# 福爾摩斯與13個謎

亞瑟·柯南·道爾 著　程道民 譯　冬陽 主編　AKRU 插畫

*CASEBOOK*

*CASE 1*

# 波西米亞祕聞

「對了，醫生，我會需要你的協助。」
「我十分樂意。」
「你不在乎可能犯法？」
「完全不會。」
「也不在乎可能被捕？」
「假如有足夠好的理由。」
「哦，那理由棒透了！」

# 1

對夏洛克・福爾摩斯而言，她永遠是**那位**女士。我很少聽他用其他名字稱呼她。他眼中只有這個女人，與她相比，其他女性全都黯然失色。但這並不意味他對艾琳・艾德勒有任何情感上的愛戀。所有情感，特別是「這類」情感，與他冷靜、精確而極度平衡的心智完全相悖。我認爲，他是世上最完美的推理與觀察機器，但說到身爲情人，就完全不是他的本性所能應付。他從不柔情蜜語，只會代之以譏嘲與訕笑，這是身爲觀察者用來掩飾動機與行爲的絕佳道具。因爲身爲訓練有素的理性之人，一旦允許這類情感侵入敏銳纖細的性格，就等於引進了干擾因素，最後將導致質疑自己心智得出的結論。然而不管是精密儀器中的沙塵，或高倍數顯微鏡上的裂痕，對他來說都不如發現自身的強烈情感來得令他困擾。但對他而言，就有這樣一位女子，而她就是從前那位，存在他某段可疑而成謎記憶中的艾琳・艾德勒。

近來我與福爾摩斯很少見面，我的婚姻使我們逐漸疏遠[1]。當首次發現自己是親手建立王國的主人後，我這個男人便沉浸在完全的喜悅與家庭生活的樂趣中，這吸引了我所有的注意力。而帶著波西米亞靈魂、厭憎任何社會形式的福爾摩斯則繼續賃居在貝克街的公寓，埋首於舊書中，生活在古柯鹼與企圖心之間，週復一週在藥物造成的困倦與敏銳天性帶來的旺盛精力間徘徊。他仍一如既往，深爲犯罪研究吸引，並將他驚人的天賦與非比尋常的觀察力用於追蹤線索，解決早已被警方視爲無望偵破而放棄的懸案。一次又一次，我不完整地聽到一些他的事蹟：爲了崔波夫謀殺案而被傳喚至俄國的敖德薩、破解發生在錫蘭川康莫利的艾金森兄弟的離奇悲劇，以及最後巧妙成功地完成荷蘭王室託付的任務。然而除了這些我與其他讀者同樣從每天報上讀到的事蹟外，我對這位從前的朋友兼同伴所知不多。

某天夜裡——那是一八八八年三月二十日——我出診後要回家（我已回歸一般民眾醫療業務），當我走過貝克街，經過那扇如今總讓我想起我的求婚，以及陰暗的「暗紅色研究」事件的熟悉大門，我興起一股急切的欲望想再見到福爾摩斯，並想知道現在他正如何運用那超人的能力。他的房間燈火通明，當我抬頭仰望，看到他瘦長身子的剪影兩度經過並映上窗簾。他在房內快速焦急踱步，低垂著頭，雙手緊握身後。對於如此熟悉他的情緒與習慣的我，可以從他的態度和行為中解讀出不同的故事。他又投入工作了，他已走出藥物造成的幻夢，熱切投身於新的問題中。我按了門鈴，接著便出現在那我曾與人共享的房間。

他看到我的樣子並不熱衷。他難得感情洋溢，但我想他還是很高興見到我。他沒說一個字，只用親切的眼神招呼我坐上某張扶手椅，把雪茄盒丟過來，並指向角落的三瓶裝小酒架和碳酸氣泡水製造機，然後站在爐火前，以他特有具穿透力的神態打量著我。

「婚姻枷鎖很適合你，華生，」他說：「自從上次見到你後，你重了七磅半。」

「七磅！」我答道。

「沒錯，我應該多想一下，就這麼一下。華生，你沒對我說過你想重操舊業，但就我的觀察，我想你又開始執業行醫了。」

「你怎麼知道的？」

1約翰・華生醫生自倫敦大學取得醫學博士學位後，被派往軍隊擔任助理外科醫生，並參與第二次阿富汗戰爭。期間因傷回到倫敦休養，機緣巧合下與福爾摩斯共同租住貝克街二二一號B座，兩人成為室友。數年後，華生因結婚而搬離，與瑪莉・摩斯坦同住在派丁頓，留下福爾摩斯一人在貝克街寓所。

「我用看的，用推論的。我又怎麼知道最近你曾弄得全身濕透，而且你家有個笨拙粗心的小女僕？」

「親愛的福爾摩斯，」我說：「這太過分了。要是你活在幾世紀前，一定會被當作巫師燒死。我的確曾在星期四到鄉間散步，回家時弄得滿身髒汙，但我換過衣服，我無法想像你要如何推論出來。至於瑪莉・珍，她確實屢教不改，我太太也告誡過她。我再說一次，我還是看不出你是怎麼做到的。」

他自顧自地笑了起來，搓著瘦長有力的雙手。

「這很簡單，」他說：「當火光照耀時，我的眼睛告訴我，你的左腳鞋子內側皮面上有六道幾乎平行的刮痕。顯然是某個十分粗心之人為了刮掉鞋子邊上的泥塊造成的。因此，你看，我的雙重推論是，你曾在惡劣天候下外出，而且你還有件倫敦僕役所能弄出最糟糕的皮靴刮痕樣本。至於你重新執業，如果一位紳士進門時身上帶著消毒藥水味，右手食指上有沾染硝酸銀的黑色痕跡，頭上帽子右側因藏著聽診器而鼓起，而我還不認為他是醫療從業人員的話，我一定是個笨蛋。」

聽了他的推論過程，我忍不住放鬆笑了出來。「每當聽了你的說法，」我說：「這些事看起來總是簡單到可笑的地步，好像我自己也能輕易做到。但你開始解釋前，我總是困惑不已，雖然我相信我的眼睛和你一樣好。」

「的確如此，」他一面回答一面點了支菸，然後重重坐進一張扶手椅。「你是看到了，但你沒有觀察，其間的差別十分明顯。舉例來說，你經常看見這道從大廳通往這房間的階梯吧。」

「經常看到。」

「多常看到？」

「嗯，總有幾百次吧。」

「那階梯總共有幾級？」

「有多少？我不知道。」

「這就是了！你沒有觀察，但你仍然看到了。這就是重點。聽著，我知道它有十七級，因為我不但看到，也觀察到了。那麼，既然你對這些小問題如此感興趣，而且夠格記錄我一、兩個微不足道的小經驗，那你可能對這東西也會感興趣。」他丟來一張剛才就已打開放在桌上，染成粉紅色的厚實信紙。「隨上一批郵件送來的，」他說：「大聲唸出來吧。」

信紙上沒有日期，也沒有簽名或地址。

今晚八點前一刻將有人登門造訪，有位紳士有極其私密之事欲就教於您。關於您，以我們從各方取得的資料顯示，您近日為歐洲某王室的服務，已證明足將不可張揚的重要大事信賴託付於您。這段時間切勿外出。若訪客戴有面具，亦望勿見怪。

「的確夠神祕的，」我說：「你想會是什麼事？」

「我還沒有任何資料。在沒有資料前先做假設那就是犯了大錯。有人會不自覺地扭曲事實以符合假設，而非檢視假設是否符合事實。至於這封短信，你能做出什麼推論？」

我仔細檢查了字跡及這張信紙。

「寫這信的人想必頗為富有，」我說著，一面努力模仿我同伴的推理過程，「這種信紙出奇強實，一紮不可能少於半克朗銀幣。」

「出奇——就是這個詞，」福爾摩斯說：「這不是英國產品。拿到燈光下看。」

我照做了，看到紙紋中有個大寫E和一個小寫g，再來是一個P，然後一個大寫G與一個小寫t。

「你認爲那是什麼？」福爾摩斯問道。

「製造商的名字，無疑如此，或者該說是名字的縮寫。」

「完全不對。G和t代表的是Gesellschaft，是德文『公司』的意思，相對於我們英文中的縮寫Co.。P，當然，就是Papier（德文的「紙」）。現在是Eg，我們來看看歐陸地名辭典，」他從書架上拿下一冊厚重的棕色書籍，「Eglow、Eglonitz——有了，Egria，位於使用德語的波西米亞王國，離卡爾斯貝不遠。『因奧國名將華倫斯坦在此陣亡而著名，並有無數玻璃與造紙工廠。』哈、哈，老弟，你對此有何高見？」他雙眼發亮，噴出一大口勝利的藍色煙霧。

「這紙是在波西米亞製的。」我說。

「正確。而且寫這信的是個日耳曼人。你注意到句子的特殊結構了嗎？——『關於您，以我們從各方取得的資料顯示』，法國人或俄國人是不會這麼寫的。只有日耳曼人會把動詞用得這麼粗魯。因此，現在剩下的就是要找出這個用波西米亞信紙寫信，而且寧可戴面具示人的日耳曼人想做什麼了。如果我沒聽錯，他已經來了，我們的疑問就要得到解答。」

他正說著，便傳來尖銳的馬蹄聲與馬車輪磨擦人行道邊的聲音，接著便是急促的門鈴聲。福爾摩斯吹了聲口哨。

「聽起來是一對馬。」他說：「沒錯。」他瞥了窗外一眼繼續說：「一輛漂亮的有篷小馬車，一對名駒，一匹要一百五十基尼金幣。華生，這案子就算什麼都得不到，至少還會有錢。」

「福爾摩斯，我想我離開可能比較好。」

「完全不用，醫生。留下別走，我可不能沒有我的摯友在場。這案子一定很有趣，錯過就可惜了。」

「但你的客戶——」

「別管他。我可能會需要你的幫助，他也是。這下他來了，醫生，坐到那張扶手椅上，集中你的注意力。」

一陣沉重緩慢的腳步聲從階梯和走廊上傳來，接著在門外暫停一下，然後響起幾下響亮而富權威感的敲門聲。

「請進！」福爾摩斯說。

一位身高至少六呎六吋，胸膛與四肢猶如大力士海格力斯的男子走進門來。他華麗衣著中的豪奢氣質一望即知，但這在英國會被視爲品味低俗。他的雙排釦大衣袖口與前襟鑲著寬厚的羔羊皮，披在肩後的深藍色斗篷有耀眼的絲質襯裡，頸部的領針是枚亮麗的綠寶石。皮靴長至小腿中段，靴頂鑲著深棕色毛皮，整個外表讓他給人那不知節制的奢華印象更形完整。他拿著一頂寬邊帽，臉上戴著一付蓋過顴骨的黑色面具，顯然進門前剛調整過，因爲他走進來時手還舉在臉旁。從臉孔下半部看來，他的性格強勢，厚而下垂的嘴唇以及筆直的長下巴顯示出他的堅毅與固執。

「你收到我的信了嗎？」他以低沉嘶啞的聲音問道，帶著明顯的德語口音，「我告訴過你我會來拜訪。」他輪流看著我們兩人，彷彿不知該對誰說話。

「請坐，」福爾摩斯說：「這是我的朋友兼同事華生醫生。他偶爾會在我的案件中提供協助。請問有幸如何稱呼閣下？」

「你可以叫我馮·克萊姆伯爵，我是波西米亞貴族。我能了解這位紳士，你的朋友，是個誠實謹慎之人，可以託付極度重要的大事。但如果並非如此，我會非常希望單獨與你會談。」

我起身準備離開，但福爾摩斯抓住我的手腕，將我推回椅子上。「要就和我們一起談，不然就算了。」他說：「你能對我說的任何事，都能在這位紳士面前提起。」

伯爵聳聳寬闊的肩膀，「那我就開始了，」他說：「但我得強制你們兩位保密兩年[2]，在那之後，這事就無關緊要了。但目前，要說這件事的分量可能大到影響歐洲的歷史都不爲過。」

「我答應。」福爾摩斯說。

「我也是。」

「面具的事還請原諒。」這位奇特的訪客繼續說：「我尊貴的雇主希望他的使者的身分能保密。我現在就能向兩位坦白，剛才我自我介紹的身分並不是眞的。」

「我剛才就知道了。」福爾摩斯冷淡地說。

「由於情況極爲敏感，因此必須採取一切預防措施，以避免造成重大醜聞並危及某個歐洲王室。說到底，這牽涉到波西米亞的世襲王室，偉大的奧姆斯坦家族。」

「這我也知道。」福爾摩斯喃喃低語，在扶手椅上調整坐姿並閉上雙眼。

我們的訪客瞥了一眼，見到自己所知全歐洲最敏銳的推理專家與最具活力的偵探竟是這副無精打采的懶散模樣，顯然十分驚訝。福爾摩斯緩緩再次睜開雙眼，不耐地看向身形巨大的訪客。

「假如陛下能開始紆尊陳述您的案子，」他說：「我才有辦法給您意見。」

那人從椅子上跳了起來，無法克制地在房內激動地踱步。最後，他擺出絕望之姿，一把將面具從臉上扯下扔向地上。「你是對的。」他叫道，「我就是國王，何必隱藏這點呢？」

「沒錯，爲什麼呢？」福爾摩斯咕噥著，「陛下還沒開口前，我就知道自己面對的是威廉・葛茲利希・席紀斯曼・馮・奧姆斯坦，卡索—費爾斯坦大公，波西米亞的世襲國王。」

「但你能明白的，」我們的奇特訪客說著，再次坐下，一隻手從白皙的高額前揮過，「你能明白我並不習慣親自出馬做這種事。但這事情太敏感，如果要我全盤托出，除非這代理人能讓我放心將自己完全交在他手中。我從布拉格匿名前來，就是爲了向你求救。」

「那麼，請說吧。」福爾摩斯說著，再次閉上眼睛。

「事情很簡單：大約五年前，我曾造訪華沙一段時間，在那裡認識了知名的女探險家艾琳・艾德勒。你一定很熟悉這個名字。」

「醫生，請幫我在索引卡中找出她來，」福爾摩斯低聲說道，眼睛未曾睜開。多年來，他採用一種能標註人物與事件相關段落的系統，因此提到某個主題或某個人物時，很少有他無法立刻提供相關資料的時候。而這一次，就在一位猶太教祭司與一位寫過深海魚類專文的參謀長之間，如三明治般夾著她的生平資料。

「讓我看看！」福爾摩斯說：「嗯！一八五八年生於美國新澤西州。女低音——嗯！史卡拉劇院，嗯！華沙皇家劇團首席女伶——是的！已從舞台退役——哈！現居倫敦——確實如此！陛下，據我了解，您與這位年輕女士曾經交往，寫過一些如今可能有害的信件給她，而現在想要取回這些信件。」

「就是這樣，但要——」

「曾經祕密結婚嗎？」

---

2 華生不只是福爾摩斯的室友兼得力助手，更是忠實的記錄者，而且會因案件可能涉及國家機密、妨礙個人名譽或影響社會觀感，刻意將記錄的手稿延後發表或封存收藏。不過，在柯南・道爾已發表的六十篇福爾摩斯探案中，亦有少數幾篇的記錄者不是華生，而是福爾摩斯自己與不知名人士。

「沒有。」

「有法律文件或證明嗎？」

「沒有。」

「那我就不懂了，陛下。如果這位女士想以這些信件勒索或作其他用途，她要如何證明信件爲眞？」

「有我的筆跡。」

「嘿！可以僞造。」

「那是我的私人用箋。」

「可以去偷。」

「有我的封印。」

「仿造的。」

「有我的照片。」

「買來的。」

「我們倆都在照片裡。」

「哦，這下可糟了！陛下，您確實太不謹愼。」

「我那時太瘋狂——失去了理智。」

「這確實嚴重危害了您的名譽。」

「那時我只是皇儲。我還年輕，現在也才三十歲。」

「那麼，必須把照片找回來。」

「我們試過，但失敗了。」

「陛下一定得付出代價。一定可以花錢買回來的。」

「她不肯賣。」

「那就去偷。」

「已經試過五次。我兩次付錢找夜賊搜過她的房子，一次在她旅行時把行李轉運出來，另兩次在路上攔截她，但結果都不成功。」

「沒有照片的蹤跡？」

「完全沒有。」

福爾摩斯笑了，「只是個小問題。」他說。

「對我來說可是非常嚴重！」國王帶著責備的口吻回道。

「的確是非常嚴重。她拿那照片要做什麼？」

「要毀了我。」

「她能怎麼做？」

「我要結婚了。」

「我聽說了。」

「我會與斯堪地那維亞國王的二女兒克勞蒂・羅茲曼・馮・薩克斯－曼寧根結婚。你可能知道，她的家風甚嚴，她自己也極端敏感。只要對我的行爲有一絲懷疑，都會導致這樁婚事告吹。」

「那艾琳・艾德勒這邊？」

「她威脅要把照片寄給他們。她說到做到，我知道她會的。你不了解她，她有鋼鐵般的意志！身爲女人，她有最美的面孔，也有最果斷的男性心智。要是我和別的女人結婚，就算遠在天邊都不能阻止她——不可能的。」

「你確定她還沒寄出去？」

「我確定。」

「爲什麼？」

「因爲她說會在婚約公布當天寄出，那就是下週一。」

「哦，那我們還有三天時間。」福爾摩斯說著打了個呵欠。「眞是幸運，因爲目前我還有一、兩件重要的案子要查。陛下目前還會留在倫敦？」

「當然。你可以在蘭姆飯店找到我，我用馮・克萊姆伯爵的名字登記入住。」

「那麼我會留言告知我們的進展。」

「請務必這麼做。我無論如何都要知道。」

「那麼，費用部分？」

「你可以提出任何要求。」

「眞的？」

「我告訴你，我甚至願意用王國的一省來換這張照片。」

「那麼目前的開支？」

國王從斗篷下取出一個沉重的羊皮袋放在桌上。

「這裡有三百鎊金幣和七百鎊紙鈔。」他說。

福爾摩斯在筆記本上草草寫了張收據撕下交給他。

「這位小姐的地址是？」他問道。

「聖約翰森林，蛇盤巷，柏奧尼別館。」

福爾摩斯記了下來。「再一個問題，」他說：「照片是四乘六吋大小嗎？」

「是的。」

「那麼，晚安，陛下。我相信很快就會帶給您好消息。你也晚安，華生。」當皇家馬車的輪子沿街而去，他又加上一句，「明天下午三點，如果你方便過來一趟，我想和你談談這個小案子。」

# 2

三點整時，我已在貝克街的公寓，但福爾摩斯還未回來。房東太太告訴我，早上八點時他曾短暫外出。我坐在爐火旁，決定不管多久，都要等他回來。我對這次他受的委託深感興趣，雖然這不像我所記錄的前兩個案子籠罩著陰森奇詭的色彩，但案件本質與客戶的崇高地位使它有了特殊的吸引力。的確，除了他手上這件案子的本質外，他對案情的精確掌控，以及敏銳犀利的推理能力，都使我在研究他的思考系統以及追蹤他破解極複雜案件的迅速微妙手法時備感愉快。也由於已如此習慣他無庸置疑的成功，所以關於他會失敗的可能，幾乎完全不曾進入我的腦海。

房門打開時已將近四點鐘，一個醉醺醺的邋遢馬車伕走了進來，他留著側鬍，滿臉通紅且衣衫襤褸。雖然我早已習慣這位朋友高明無比的易容偽裝功力，但還是看了三次才確認眞的是他。他點點頭，走進臥房，五分鐘後，又穿著原來體面的格子呢西裝再次現身，雙手插進口袋，在爐火前伸展雙腿，然後痛快地大笑了好一會兒。

「啊，眞是的！」他大叫道，然後繼續又笑又嗆了一陣子，直到最後不得不軟弱無力地倒回椅子上。

「發生了什麼事？」

「太好玩了。我敢說你一定猜不到我早上是怎麼過的，或者說我最後做了什麼。」

「我是無法想像。我猜你是去觀察艾琳．艾德勒小姐的作息或她住的房子。」

「大致如此，但結果很不尋常。我會告訴你的。今天早上八點剛過，我離開這裡，裝成一個失業的馬車伕。這在馬車伕之間自然得到許多同情和同病相憐的鼓勵，而成爲他們的一分子後，你就能知道所有該知道的事。我很快就找到柏奧尼別館，那是棟小巧精緻的兩層樓別墅，後方有個花園，但正面緊鄰馬路。門上裝了查伯鎖，右側是間頗大的起居室，家具齊全，長窗幾乎直落地面，而那些可笑的英式窗閂，連小孩都打得開。屋子後半就沒什麼值得一提。此外，從馬車房的屋頂可以碰到走廊邊的窗子。我繞著屋子走了一圈，從每個角度檢視，但都沒有值得特別注意的。

「然後我信步走到街底，如我所料發現巷子裡有間馬廄，而巷子底便是花園的圍牆。於是我幫馬伕刷馬，換來兩便士、一杯混合啤酒、兩把濃菸草，以及我想知道關於艾德勒小姐的所有事情，還有其他半打附近居民那些我完全沒興趣卻不得不聽的瑣事。」

「所以艾琳．艾德勒怎麼樣呢？」

「哦，她能讓所有男人暈頭轉向，是地球上最秀色可餐的女性。這是蛇盤巷裡一個男人告訴我的。她過得很低調，在音樂會中演唱，每天五點駕車外出，七點準時回來用餐。除了外出演唱，其他時間很少外出。她只有一位男性訪客，但來得很勤。他黝黑、英俊，而且精力旺盛。每天至少來訪一次，通常是兩次。他是戈德斐．諾頓先生，內廷律師協會成員。這時，有個馬車伕當你是自己人的好處就來了，他們曾多次從蛇盤巷的馬廄載他回家，知道很多他的事情。我聽他們說了他的所有事情後，再次走回柏奧尼別館，想著這計畫的下一步該怎麼做。

「這位戈德斐．諾頓在這事件中顯然扮演重要角色。他是個律師，這感覺是個惡兆。他們之間是什麼關係？他不斷造訪的目的是什麼？她是他的客戶、朋友，還是情人？如果是客戶，那她可能已將照片交給他保管。如果是情人，這麼做的可能性就比較小。這個問題的爭議點，將決定我是該繼續在柏奧尼別館的工作，還是將注意力轉向這位紳士在內廷的事務所。這點十分微妙，將會擴大我的調查範圍。你對這些細節聽煩了吧？但如果你想了解目前的情況，就得明白我遇上的小小困難。」

「你說的我都明白。」我答道。

「我還在衡量該怎麼辦時，一輛雙座小馬車駛到柏奧尼別館前，一位紳士跳下車來。他頗爲俊美、膚色黝黑、有個鷹鉤鼻，並蓄著鬍髭——顯然就是我聽聞的那個人。他看起來極度匆忙，大叫著要馬車伕等他，接著急忙與開門的女僕擦身而過，完全是個男人回到家的樣子。

「他在屋內待了半小時，我從起居室窗口看到他來回踱步，雙手揮舞著激動地說話。我看不到她，不久後他現身了，看起來比之前更匆忙。踏上馬車時，他還從口袋掏出一只金錶焦急地看了看，『給我死命地趕，』他對車伕吼道，『先到攝政街葛羅斯與漢奇珠寶店，然後再到艾奇華路的聖莫尼卡教堂。二十分鐘內趕到就給你半基尼金幣！』

「他們離開了，我正想著要不要跟上去，一輛小巧的四輪馬車便駛進巷內，車伕的大衣半扣著，領帶套在耳下，馬具的皮帶頭還翹在釦環外。馬車還沒停穩，她就從大門衝出跳上車。我只在這時瞥見她一眼，確實是個美麗的女子，那是張可讓男人爲她而死的臉。

「『約翰，去聖莫尼卡教堂，』她叫道，『二十分鐘內趕到就給你半鎊金幣。』

「這是絕不能錯過的好機會，華生。我正評估該用跑的跟上，還是躲在她的馬車後方，這時一輛出租馬車駛上前來，車伕對著我寒酸的樣子看了兩眼，我在他開口拒絕前就跳上車，『去聖莫尼卡教堂，』我說：『二十分鐘內趕到就給你半鎊金幣。』那時是十一點三十五分，很明顯有什麼事就要發生了。

「我的馬車駕得很快，我想我沒坐過這麼快的車子，但其他人還是比我先到。當我抵達時，他和她的馬車與氣喘吁吁的馬匹都已停在教堂門前。我付錢給車伕，趕緊走進教堂。教堂裡除了我追蹤的那兩人和一位證婚牧師外沒有別人，而牧師似乎正在勸告他們。這三人都站在聖壇前，我走在旁邊的走道上，就像個無意間閒步進入教堂的人。但出乎我意料，聖壇前的三人突然都轉頭望向我，戈德斐·諾頓更是飛快跑向我面前。

「『感謝上帝！』他叫道，『有你就行了，快來！快來！』

「『怎麼回事？』我問道。

「『快來，老兄，快過來，只要三分鐘就好，不然就不合法了！』

「我被半拖到聖壇前，還沒搞清楚狀況，就發現自己跟著耳邊的低語喃喃對應，為一件自己也莫名其妙的事作證，大致上就是協助艾琳·艾德勒這位單身女子，與戈德斐·諾頓這位單身漢合法成婚。事情一下就完成了，然後男士在我身邊感謝我，而女士也在另一邊感謝我，牧師則在對面向我微笑。這可說是我一生中遇過最荒謬的狀況，現在只要一想起還是覺得好笑。事情似乎是他們的結婚證書有些地方不合規定，而牧師拒絕在沒有見證人的情況下為他們證婚，我的出現幸運解救了新郎，讓他不至於衝到街上臨時拉個伴郎。事後新娘給了我一鎊金幣，我決定要鑲在錶鍊上來紀念這件事。」

「這眞是完全出乎意料的轉折，」我說：「然後呢？」

「嗯，我發現這情勢嚴重危及我的計畫，由於這一對夫婦看似就要離開，因此我必須立刻重新評估目前的安排。在教堂門口，他們分頭離開，他回內廷的事務所，她則回自己的住所。分手時她對他說：『我和平常一樣五點鐘駕車去公園。』我沒再聽到其他對話。他們往不同方向駕車離去，我也離開以便著手安排一些事。」

「什麼事？」

「一些冷牛肉和一杯啤酒。」他回答時一面搖鈴，「我忙得都沒時間想到要吃東西，今天晚上可能還會更忙呢。對了，醫生，我會需要你的協助。」

「我十分樂意。」

「你不在乎可能犯法？」

「完全不會。」

「也不在乎可能被捕？」

「假如有足夠好的理由。」

「哦，那理由棒透了！」

「那我就聽你差遣。」

「我就知道可以信賴你。」

「但你想要我做什麼？」

「等透納太太[3]把食物端上來後我再跟你說明。現在，」他飢腸轆轆地轉向房東太太提供的簡單食物一面說：「時間不多，我得邊吃邊討論。現在快五點鐘了，兩小時內我們就要抵達行動地點。艾琳小姐，或者該說夫人，七點鐘會駕車回來。我們得在柏奧尼別館等她出現。」

「然後怎麼做？」

「你一定要聽我的，我已經把事情都安排好了。但有一點我必須堅持，就是不管出現什麼狀況，你一定不能介入。明白嗎？」

「我要保持中立？」

「無論什麼事都不能做。到時可能會有些不愉快的小場面出現，千萬不要攪和進來，等我被送進屋裡後事情就結束了。四到五分鐘後起居室的窗戶會打開，你的位置就在那扇窗附近。」

「好的。」

「你要看著我，我會讓你看得見我。」

「好。」

「等我舉起手——像這樣——你就要把我給你的東西丟進房間，同時放聲大叫失火了。你都還聽得懂嗎？」

「完全了解。」

「不會有什麼可怕的事，」他說著，從口袋拿出一支像長形雪茄的東西，「這是鉛管工用的發煙筒，兩頭都有蓋子讓它能夠自燃。你的任務就只有這件事。當你開始大叫失火時，會引出好些人來，你就趁機走到街底，十分鐘內我就會與你會合。希望我說得夠清楚了？」

「我保持中立，靠近窗口，看著你，看到信號後把這東西丟出去，大叫失火，再到街底轉角等你。」

「完全正確。」

「只是這樣的話，你完全可以信賴我。」

「太好了。那麼我想，也許該是著裝扮演新角色的時候了。」

他消失在臥房中，幾分鐘後，他以一位善良單純的獨立教會牧師身分再次出現。他的黑色寬邊帽、寬鬆長褲、白色領結、充滿同情的笑容、平易近人的目光、親切中帶著好奇的神態，即使由名演員約翰・海爾來扮演也不過如此。而且福爾摩斯不只是改變裝扮，他的表情、舉止，從內到外每個部分都成了他所扮演的人。當他身爲罪案專家時，不但戲劇舞台損失了一位好演員，科學界也損失了一位精確的推理專家。

我們離開貝克街時已是六點一刻，抵達蛇盤巷時距離七點整還有十分鐘。天色已暗了下來，當我們在柏奧尼別館前面徘徊，等待住客回來時，屋內的燈才剛亮起。這房子正是我從福爾摩斯的簡略描述中想像的樣子，但附近卻不如我預期中隱蔽。相反地，就這安靜地區的一條小街來說，還挺熱鬧的。街角有群衣著邋遢的男人在抽菸談笑，有個帶著石磨輪的磨剪刀工，兩個門衛在和一個年輕護士調笑，還有幾個衣著入時的年輕人叼著雪茄在街上來回漫步。

「你看，」我們在那棟屋子前來回走動時，福爾摩斯說：「這件婚事讓事情變簡單了。這張照片現在成了雙面刃，她也不願讓戈德斐・諾頓看到照片，正如我們的客戶不願讓他的公主看到一樣。現在的問題是，我們要到哪裡找出照片？」

3 幫福爾摩斯與華生打點生活起居、招呼來訪的委託人的房東太太，根據其他篇故事的記載，應該是哈德遜太太才對。後世的評論家為此提供了兩個可能的答案：一是華生一時筆誤寫錯了，讀者們別太在意；一是哈德遜太太當天身體不適，請了透納太太來代班……

「沒錯，哪裡呢？」

「她不太可能隨身攜帶，因爲那是四乘六吋大的照片，要藏在女人的衣服裡嫌太大，她也知道國王有能力在路上攔截她加以搜索。之前就試過兩次了。所以我們可以認定，她不會帶在身上。」

「那會在哪裡？」

「存在銀行或她的律師手上，兩者都有可能，但我認爲都不是。女性天生傾向保持隱密，而且她們喜歡親手控制祕密。她又爲何要交到其他人手裡呢？她可以信任自己守護祕密的能力，卻無法得知依賴生意人可能帶來怎樣的間接或政治上的影響。此外，要記得幾天內她就要用到這張照片，所以一定是在隨手可得之處，一定就在她的屋子裡。」

「但屋子已經被搜過兩次了。」

「啐！那是他們不知道怎麼搜索。」

「那你要怎麼搜索？」

「我不會去搜。」

「那要怎麼做？」

「我會讓她自己拿給我看。」

「她一定會拒絕的。」

「她不會。我聽到車輪聲了，是她的馬車。現在照我的吩咐去做。」

他正說著，有輛馬車的側燈就從街角照了過來。是輛小巧精緻的四輪馬車，一路顛簸著來到柏奧尼別館門前。當車子停下，剛才街角那群游手好閒的人中有一個便衝上前來想要開門，希望能賺到一便士賞錢，結果卻被一個也想賺這錢的同夥一肘子推開。一陣激烈的爭執爆發開來，那兩個門衛也攪和進來，擠在這兩人旁邊，磨剪刀工湊向另一邊。有人揮出一拳，而這位踏出馬車的女士就被圍在這團激動推擠的騷動中心，他們甚至開始用拳頭和棍子野蠻地互相攻擊。福爾摩斯擠進人群中想保護這位女士，剛到她身邊，他便大叫一聲倒在地上，臉上血流如注。當他倒下時，兩個門衛拔腿就跑，那兩個游手好閒的人則往另一邊跑。而那些衣著光鮮的人們，剛才不願捲進這場鬥毆，這時才聚過來幫助那位女士，照顧受傷的人。艾琳・艾德勒，我仍然這麼叫她，她匆匆走上階梯，但站在最頂層，門口的燈光從身後照出她絕美身形的輪廓，回頭看向街上。

「這位可憐的先生傷得厲害嗎？」她問道。

「他死了。」好幾個聲音叫道。

「不、不，他還有氣！」另一人叫道，「不過等不及送到醫院就會斷氣了。」

「他是個勇敢的人，」有個女人說：「要不是他，他們一定會把女士的皮包和錶給搶走的。他們都是流氓，而且壞透了。啊，他又有呼吸了。」

「不能讓他就這樣躺在街上，我們可以帶他進去嗎，夫人？」

「當然了。帶他進起居室，那裡有張舒服的沙發，這邊請！」

他被小心地慢慢抬進柏奧尼別館，放在最大的房間裡，我仍在窗外的位置觀察整個過程。燈光亮了起來，但窗簾沒有放下，所以我能看到福爾摩斯躺在沙發上。我不知道這時他是否會爲自己參與的部分感到內疚，但當我看到自己陰謀對付的人是如此美麗，以及她慈悲溫柔地服侍傷者的樣子，我知道自己這輩子從未感到這等羞愧。但我若在這時臨陣退縮，不去完成福爾摩斯指示的任務，對他則會是最惡劣的背叛。於是我硬起心腸，伸手從長大衣下拿出發煙筒。終究，我想我們這麼做傷害不到她，我們是在防止她傷害他人。

福爾摩斯已從沙發上坐了起來，我看到他一副亟需空氣的樣子，接著一個女僕奔至窗邊打開窗子。這一瞬間，我看到他舉起手，信號一出現，我就將發煙筒丟進窗內並大喊：「失火了！」我話才出口，圍觀的人群，不管是衣著入時或寒酸的——紳士、馬伕和女僕——都一起大叫：「失火了！」濃濃的煙霧先在房內蔓延，接著冒出窗外。我瞥見倉促奔忙的人影，一會兒後又聽到福爾摩斯的聲音對他們說這只是假警報。於是我從喧囂的人群中脫身，走到街角。十分鐘後，欣喜地感覺我朋友挽著我的手，我們便一起離開騷動現場。他沉默地快步走了幾分鐘，直到我們走進一條通往艾奇華路的安靜街道。

「做得非常好，醫生。」他說：「不可能做得比這更好，每件事都做對了。」

「你拿到照片了！」

「我知道放在哪裡。」

「你是怎麼發現的？」

「她拿給我看的，我跟你說過，她一定會的。」

「我還是一頭霧水。」

「我不想故作神祕，」他說著，笑了起來，「這一切非常簡單。當然了，你所看到街上的人都是共犯。他們都是爲今晚的事而來的。」

「我猜到的就這麼多。」

「接著，衝突爆發時，我在手掌上藏了些未乾的紅漆。然後我衝上前，倒下來，一手拍在臉上，便成就一副引人憐憫的景象了。都只不過是老把戲。」

「這我也推測出來了。」

「然後他們把我搬進屋裡，她不能不讓我進去，不然她能怎麼做？我進了她的起居室，也就是我懷疑照片所在的房間。不在這裡就是在她臥房，我決心要找出答案。他們把我放在沙發上，而我作勢要呼吸空氣，他們只得把窗子打開，接著你的時機就來了。」

「但這樣如何能幫你達到目的？」

「這是最重要的。一個女人以為自己的屋子失火時，她的本能反應就是立刻衝向最珍視的物品。這是完全無法克制的衝動，我也不只一次利用過這點。在達林頓調包醜聞中這招對我很管用，在安斯華城堡事件中也是。已婚女人會去抱小嬰孩，未婚女子會搶救珠寶盒。現在我們很清楚，今天這位女士屋裡沒有任何物品比我們在找的東西珍貴，她一定會衝上前保護它。失火警報做得好極了，那煙霧和喊叫聲足以撼動鋼鐵般的神經。她的反應十分完美，照片就藏在叫人鈴上方一塊滑動式嵌板後的凹處。她飛奔過去，我瞥見她正要拿出照片。當我大叫說是假警報後，她又把照片放回，瞥了發煙筒一眼便跑出房間，之後就沒再見到她。我起身找了個藉口離開這屋子，一度曾經猶豫是否當場就把照片拿走，但這時馬車伕進來了，在他近距離監視下，再等一會兒似乎比較安全。這種時候一點多餘的魯莽都有可能毀了全局。」

「那現在呢？」我問道。

「我們的追查基本上算結束了。明天我會與國王上門拜訪，如果你想的話，也可以一起來。我們會被請入起居室等那位女士，但很可能她出來時，不但看不到我們，連照片也不見了。讓國王親手拿回照片，也許他會更滿意。」

「你們準備何時上門拜訪？」

「早上八點。這時間她還不會起床，應該會很順利。再說這件婚事可能會完全改變她的生活與習性，所以我們要趕緊行動。我得立刻發電報給國王了。」

# 3

當我們抵達貝克街，停在公寓門前，他正在口袋中掏著鑰匙，這時有個人經過說：

「晚安，夏洛克・福爾摩斯先生。」

人行道上同時有好幾個人，但這問候顯然來自一個穿著長大衣匆匆走過的瘦削青年。

「我聽過這聲音，」福爾摩斯說著，望向光線昏暗的街頭，「唉，但我想不出那會是誰。」

那一夜我睡在貝克街，隔天清晨波西米亞國王匆忙走進公寓時，我們正在吃吐司並喝著咖啡。

「你眞的拿到手了！」他抓著福爾摩斯的雙肩叫道，激動地望著他的臉。

「還沒有。」

「但有把握？」

「我有把握。」

「那就走吧，我完全等不及了。」

「我們得叫輛馬車。」

「不用，我的馬車在等著。」

「那就省事了。」於是我們這就下樓，再次前往柏奧尼別館。

「艾琳・艾德勒結婚了。」福爾摩斯說。

「結婚了！什麼時候的事？」

「昨天。」

「但是和誰呢？」

「一個姓諾頓的英國律師。」

「她不會愛他的。」

「我倒希望她愛他。」

「爲何這麼希望？」

「因爲這樣就可免除陛下您所恐懼未來可能出現的煩擾。若這位女士愛著她丈夫，那就不會再愛陛下。如她不再愛陛下，也就沒有理由介入陛下的計畫。」

「這倒是。但，唉——！我眞希望她和我是同等階級！這樣的話，她會是個多出色的王后啊！」他再次因鬱悶陷入沉默，直到抵達蛇盤巷都未再開口。

柏奧尼別館大門開著，一位老婦站在階梯頂。我們踏出馬車時，她嘲諷地看著我們。

「我想，你就是夏洛克．福爾摩斯先生？」

「我就是福爾摩斯。」我的同伴答道，驚疑交錯地望著她。

「是你沒錯！我的女主人交代過你有可能來訪。今天清早，她已和她丈夫從查令十字車站搭五點十五分的列車前往歐洲大陸了。」

「什麼！」福爾摩斯難以置信地後退，臉色因懊惱和驚訝一片蒼白。「你是說她已經離開英國？」

「而且再也不會回來。」

「那照片呢？」國王嘶啞地問，「全都完了。」

「看看再說。」他推開女僕，衝進客廳，國王與我跟在後頭。家具和拆卸的架子與拉出的抽屜到處都是，彷彿這位女士離開前曾倉促地掃過一遍。福爾摩斯衝向叫人鈴，拉開一塊滑動嵌板，將手伸進去拿出一張照片和一封信。照片上是身著晚禮服的艾琳・艾德勒，那封信外則寫著「留待夏洛克・福爾摩斯先生來訪敬啓」。我的朋友將信拆開，我們三人一起讀信。信是昨天午夜寫的，內容如下：

親愛的夏洛克・福爾摩斯先生：

你做得太漂亮了，完全讓我深信不疑。直到失火警報前，我不曾有一絲懷疑。直到我發現曝露了自己的行跡後，我開始回想，幾個月前，就有人警告過要我提防你。我被告知，如果國王要雇用偵探，那必定非你莫屬，我也因此得到你的地址。正因如此，我要讓你知道，就算我開始起疑後，仍然很難把一位親切慈祥的老牧師想作壞人。但你知道，我是個訓練有素的演員，扮作男裝一點也難不倒我，並經常享受這種裝扮所帶來的自由。我先讓我的車伕約翰去監視你，然後上樓換上所謂的「散步裝」，然後在你剛離開後下樓。

接著，我跟蹤到你的公寓門前，確認自己真的就是大名鼎鼎的夏洛克・福爾摩斯先生的目標。然後，我魯莽地向你道過晚安，便前往內廷去找我丈夫。

我們一致認為，當遇上如此難纏的對手，最佳的解決方式就是離開。所以當你明天來訪時，將會發現這個小窩已空。至於照片之事，你的客戶可以放心。我愛著一個比他更好的男人，也為這男人所愛。國王儘可放心做他想做之事，不必擔心受到一個曾被他殘忍虧待之人阻礙。我留下照片只是作為自身的保障，並備作未來他可能對我採取任何行動時的武器。在此，我留下一張他可能會想保存的照片。親愛的夏洛克・福爾摩斯先生，我仍是你最忠實的，

艾琳・諾頓・艾德勒

「多麼出色——哦，多麼出色的女人啊！」我們三人讀完信後，波西米亞國王叫道，「我不是跟你說過她有多麼迅速果斷嗎？難道她不會是個令人敬愛的王后嗎？她和我階級不同，這不是太可惜了嗎？」

「就我的觀察，這位女士的階級確實與陛下您十分不同。」福爾摩斯冷冷地說：「很遺憾未能讓陛下委託的事件有更圓滿的結局。」

「剛好相反，親愛的先生。」國王叫道，「不可能比這更圓滿了。我知道，她說過的話絕不反悔。這照片現在就跟丟進火裡一樣安全。」

「很高興能聽見陛下這麼說。」

「我虧欠你太多了。請告訴我能夠如何回報你。這戒指——」他從手指上脫下一枚鑲著翡翠的蛇形戒指，放在掌中遞向福爾摩斯。

「陛下，有一樣我認為更有價值的東西。」福爾摩斯說。

「只要說出來就是你的了。」

「這張照片。」

國王訝異地凝視著他。

「艾琳的照片！」他叫道，「當然，如果你要的話。」

「感謝陛下。那麼這起事件就沒有其他必須做的事了。敬祝您有個最愉快的早晨。」他彎身鞠躬，看也不看國王伸出的手便轉身離去，就在我的陪伴下回到他的公寓。

這就是一宗巨大祕聞如何對波西米亞王國造成威脅，以及一個女人如何以智慧擊敗夏洛克・福爾摩斯的絕妙計畫的經過。以前他曾以女性的聰明程度取樂，但近來我已不再聽他說過這類的話，而當他再提起艾琳．艾德勒或她的照片時，總是帶著敬意地稱她爲那位女士[4]。

4 根據華生在其他案件中的記述，福爾摩斯對女性其實是帶有「柔弱、愚昧、容易驚恐、難以信任、動不動就歇斯底里」這類偏見，因此不喜歡接近女性。不過，若為了辦案需要，福爾摩斯願意展現良好的紳士風度，且相當擅長討好、博取她們的信任——直到與艾琳．艾德勒交過手後，在他心中才對這位女性抱持獨特的情感與敬意。

*CASE 2*

# 紅髮俱樂部

「一件事越是奇怪，背後的祕密就越少。越是平淡無奇，沒有特點的犯罪才真正難解。就像一張平凡無奇的臉孔才最難辨認。這件案子我得加緊行動。」

「那你接下來要怎麼做？」

「抽菸。」福爾摩斯這麼回答，「這是個得抽三管菸斗的問題。」

去年秋季某日，我去探訪老友夏洛克・福爾摩斯時，發現他正與一位非常肥胖、臉色紅潤，並有一頭火紅頭髮的老人深談。我正要爲自己的闖入而道歉，福爾摩斯卻突然把我拉進來，並關上身後的房門。

「親愛的華生，你來的時機眞再好不過。」他熱切地說。

「我怕你有事在忙。」

「的確如此，我是在忙。」

「我可以去隔壁房間等。」

「完全不用。威爾森先生，這位紳士在我許多成功的案子裡擔任過夥伴與助手，我毫不懷疑他在你的案子裡也會帶給我極大幫助。」

這位肥胖的先生在椅子上半坐起來欠身致意，被肥肉包圍的小眼閃過一絲疑慮。

「坐那張靠背長椅吧。」福爾摩斯說著，重新坐回扶手椅，將雙手指尖對齊，這是他在評估情勢時的習慣動作。「親愛的華生，我知道你也感染了我對古怪且異於日常單調生活之事的熱愛[1]。你在那些因熱情推動而記錄下來——恕我直言——但過於美化的我的小小探險故事中，透露了這份喜好。」

「我對你的許多案子確實很感興趣。」我說。

「你應該記得，有天我曾說過，那是在我們就要遇上瑪莉・蘇德蘭小姐提出的簡單問題之前，若要追求奇特的結局和非比尋常的經驗，就要往眞實生活中探尋，在這方面眞實生活永遠超過任何想像。」

「我對這個論點相當懷疑。」

「你是如此，醫生。但你仍須理解這個觀點，否則我會丟出一件接一件事實，直到讓你的認知崩垮並承認我才是正確的爲止。今天早上傑柏斯・威爾森先生特意來訪，而他所敘述的，我敢說是長久以來我聽過最奇特的事件。你曾聽我說過，最奇怪、最獨特的事件通常牽涉的多是小罪而非大罪，甚至偶爾還會讓人懷疑其中是否眞的藏有罪行。但就目前所聽到的，我還無法判斷這案子是否屬於犯罪行爲，不過這絕對是我聽過最奇特的事件之一。威爾森先生，你能否好心重頭再說一遍。會這麼請求，不只是因爲我的朋友華生醫生剛才沒聽到開頭，也因爲這故事的奇特本質，讓我急於從你口中得知所有可能的細節。依照慣例，當我聽到事件經過中的微小徵兆，就能靠著腦中數千件相似的案件找到方向。但眼前我不得不承認，在我的認知中，這起事件的確是獨一無二。」

這位頗有噸位的客戶不無驕傲地挺了挺胸，然後從長大衣的內側口袋掏出一張又髒又舊的報紙。當他將報紙攤平在膝頭，往前垂著頭瀏覽廣告欄時，我努力模仿我的同伴，想從這人的穿著或外表上讀出某些線索。

但我的檢視沒得到多少成果。我們的訪客從各方面看來都只是個普通的英國商人，他很胖、舉止浮誇、動作遲緩。他穿著鬆垮的棋盤格長褲、不甚乾淨且前襟未扣上的黑色雙排釦外套、黃褐色背心上掛著粗重的銅錶鍊，錶鍊上還穿著一塊方形金屬作爲裝飾，以及一頂磨損的禮帽，而一件已開始褪色、絨領起縐的棕色大衣放在他身邊的椅子上。就我所見，除了他那頭火紅的頭髮和極度苦惱與不滿的表情外，實在別無特殊之處。

1 華生剛認識福爾摩斯時，並不清楚福爾摩斯從事怎樣的職業。直到有一天，華生看到雜誌上一篇名為〈生命之書〉的文章——大意是，一個有觀察力的人，對所遭遇的事物精確而有系統的觀察，再經過推論分析，就能獲得解答——之時，咒罵了一聲「胡說八道」。不過，這篇文章的作者正是福爾摩斯，而且他立即運用這套理論，推理出華生曾參與阿富汗戰爭的過去，令華生心服口服。此後，華生自然而然參與了福爾摩斯的探案冒險，並對此熱愛不已。

當福爾摩斯的利眼看到我在做什麼，便對著我詢問的眼神微笑搖了搖頭。「除了他偶爾從事手工勞動的明顯事實之外，他還吸鼻菸，而且是共濟會會員，在中國待過一段時間，近期做過大量書寫工作，其他的我就推論不出來了。」

坐在椅子上的傑柏斯．威爾森先生大吃一驚，他的食指還指著報紙，眼睛卻看著我的同伴。

「我的老天！你是怎麼知道的，福爾摩斯先生？」他問道，「你怎麼會知道我從事手工勞動？這事千眞萬確，我最早的工作就是船上的木匠。」

「是你的手，先生。你的右手比左手大了一號。你以前用右手工作，因此肌肉比較發達。」

「那麼，還有鼻菸和共濟會的事呢？」

「告訴你我是如何解讀，就等於侮辱了你的智慧，尤其這等於牴觸了你們組織的嚴格規定。只不過是從你戴著圓規和曲尺圖案的胸針，得知共濟會會員身分。」

「啊，當然，我忘了這個。那寫字的事呢？」

「還有什麼比這更明顯？你的右手袖口被磨亮了五吋，左手肘附近也因靠著桌面而磨平了一小塊。」

「這樣啊，那中國的事呢？」

「你右腕上方的魚形圖案刺青只有中國才看得到。我曾對刺青圖案做過一點研究，並以此主題寫過文章，那魚鱗圖案的淺粉紅色是中國特有的技巧。再加上我看到你的錶鍊上掛著一枚中國銅錢，這一切就更簡單了。」

傑柏斯．威爾森先生大笑起來，「啊，我絕對想不到！」他說：「一開始我還以爲你用了什麼聰明的小手段，最後才知道原來什麼都沒有。」

「華生，我開始覺得，」福爾摩斯說：「把一切解釋清楚是個錯誤。你知道，『未知的東西總是很美』，如果總是這麼坦白，那我微不足道的一點小小名聲恐怕就要毀在這上頭了。你找不到那則廣告了嗎，威爾森先生？」

「不，我找到了。」他用粗厚發紅的手指比著廣告欄中段答道，「就在這裡，一切就是從這裡開始的。你自己讀吧，先生。」

我從他手上接過報紙，讀到以下這則廣告。

致紅髮俱樂部：

出於美國賓夕法尼亞州黎巴嫩市已故的伊士奇亞·霍普金斯先生的遺贈，現在俱樂部又出現一個空缺，能讓一位會員以付出極少的服務，得到每週四鎊的薪資。所有身心健全，年齡二十一歲以上的紅髮男子都有資格申請。申請者可於週一上午十一點鐘親至艦隊街教宗廣場七號的俱樂部辦公室洽鄧肯·羅斯先生。

「這是在說些什麼？」我反覆讀過兩次這不尋常的廣告後叫了出來。

福爾摩斯在椅子上一面咯咯笑著一面扭動，這是他興致來時的習慣。「這有些不合常理，不是嗎？」他說：「現在，威爾森先生，該輪到你把自己、你的家庭，以及這則廣告對你的命運造成的影響告訴我們了。醫生，請先把這則報紙廣告和日期記下來。」

「是一八九〇年四月二十七日的《晨間記事報》。剛好兩個月前的事。」

「非常好。接下來，威爾森先生？」

「好的，就像我對你說過的，夏洛克·福爾摩斯先生。」傑柏斯·威爾森抹抹額頭說：「我在靠近市區的薩克斯－柯堡廣場經營一間小當鋪。不是什麼大生意，近幾年來也只夠我維持生計而已。以前還請得起兩個助手，但現在只有一個。不過倒不是我請得起他，而是他自願只領半薪來學這門生意。」

「這位勤懇的年輕人叫什麼名字？」福爾摩斯問道。

「他叫文森．史柏汀，他不是那麼年輕，但也很難說年紀究竟多大。我無法找到比他更聰明的助手，福爾摩斯先生，我很清楚他能賺到比我給他多一倍的薪水，讓自己過得更好。不過如果他對現狀夠滿意，我又何必給他這念頭呢？」

「的確，何必呢？看來你確實很幸運，能有個低於市場行情薪資的員工，在這年頭，對許多老闆來說這可不是普遍的經驗。但我不知道你這助手是不是眞像你說的這麼好。」

「哦，他也有缺點，」威爾森先生說：「我沒看過像他這麼迷攝影的人。他常在該學生意的時候，像隻兔子鑽回地洞一樣，帶著相機跑到地下室沖洗照片。這就是他的主要缺點，但大體上是個好員工，也沒什麼壞習慣。」

「我猜他還在你那裡工作吧？」

「是的，先生。我那裡就只有他和另一個負責做飯打掃的十四歲女孩。我是個鰥夫，從來沒有其他家人。我們三個過得很平靜，先生，有個擋風遮雨的屋子，能夠付清帳單，其他就沒什麼了。

「打亂我們生活的第一件事就是這則廣告。就在今天之前八個星期，史柏汀拿著這張報紙到辦公室來，然後說：

「『威爾森先生，要是我有一頭紅頭髮就好了！』

「『爲什麼？』我這麼問他。

「『爲什麼？』他說：『因爲紅髮俱樂部又有一個空缺了。對任何能得到這個位置的人來說，那都是筆不小的財富。就我所知，俱樂部的空缺比夠資格申請的人多，所以信託人也不知該拿這筆錢怎麼辦。如果我能改變我頭髮的顏色，那我就有個好地方可以去了。』

「『為什麼？這是怎麼回事？』我又問。你看得出來，福爾摩斯先生，我很少出門，而且我做的生意是顧客自己上門找我，而不是我得出門尋找，經常連續幾個星期都不曾踏出大門。所以我對外面的事所知不多，也很願意多知道一些。

「『你從來沒聽過紅髮俱樂部嗎？』他睜大眼睛問我。

「『從來沒有。』

「『怎麼會呢？我還在想你就有資格去申請空缺的。』

「『那會有多少錢？』我再問。

「『哦，一年兩百鎊左右。但工作很輕鬆，而且不大會影響其他方面的工作。』

「呃，你很容易就能猜到，這事情一下就鑽進我耳朵裡。我的生意已經好幾年不太好了，能有額外的幾百鎊收入，對我會很有幫助。

「『告訴我所有細節吧。』我說。

「『嗯，』他把廣告拿給我看，『你可以看到，現在俱樂部有個空缺，這是應徵的地址。我知道的就是，這俱樂部是個行事非常奇特的美國富豪伊士奇亞・霍普金斯成立的。他自己就是一頭紅髮，因此對所有紅髮男子都很有認同感。當他死後，將大筆財產交給信託人管理，指示要用孳生的利息為相同髮色的人提供輕鬆的工作。就我聽說的，要做的工作很少但薪水很不錯。』

「『但是，』我說：『一定有成千上萬紅頭髮的人會去申請。』

「『沒有你想的這麼多。』他答道，『你看，他只限倫敦人，而且要是成年男子。這個美國人年輕時從倫敦發跡，所以想要回報這個古老城市。然後我還聽說，他們只要眞正鮮亮得像火燒的紅色頭髮，淡紅色、暗紅色或其他紅色頭髮都不夠格。所以威爾森先生，你只要直接走進去，那空缺就是你的了。但或許你會認爲，不値得爲了區區幾百鎊而出面做這種事。』

「現在，兩位先生，你們可以看到，事實上我頭髮的顏色濃厚而鮮艷，所以看起來如果眞的要和不管哪裡來的什麼人競爭，我都有很大的機會。文森・史柏汀看來對這件事的細節非常清楚，我想有他在對我會有幫助，所以就要他把店的門板拉下，和我一起去看看。他也很樂意能放一天假，我們這便打烊，前往廣告上的那個地址。

「我不認爲能再次看到這樣的景象，福爾摩斯先生。每一個頭髮帶有一點紅色的人，全都從東南西北各個不同方向湧進城裡來回應這則廣告。艦隊街上擠滿了紅色頭髮的人，教宗廣場簡直就像水果小販裝滿柳橙的手推車。我從沒想過，一則廣告可以從全國各地引來這麼多的人。現場有各種顏色——麥稈黃、橙色、磚紅色、愛爾蘭長毛犬的紅、豬肝紅和土紅色。但就像史柏汀所說，現場沒幾個人擁有眞正火燒般的紅色頭髮。當我看到有這麼多人，當場就想放棄了，但史柏汀就是不肯。不知他是怎麼辦到的，他又推又拉又撞地帶我穿過人群，來到通往辦公室的階梯。這裡有兩道人流，一道是滿懷希望走上去，另一道則是沮喪走出辦公室的人。我們盡其所能往前鑽，不久後就進到辦公室。」

「你的經歷非常有意思，」當這位客戶暫時停下，吸了一大口鼻菸試著整理回憶時，福爾摩斯說：「請繼續這非常有趣的故事。」

「辦公室裡除了兩張木椅和一張松木桌外什麼都沒有。桌後坐著一個個頭矮小的男人，他的頭髮甚至比我還紅。他對每個上前應徵的人說了幾句話，似乎總能找出某些缺點讓他們因此不合格。看來要補上這個空缺也不是件簡單的事。然而當輪到我們時，這個小個子男人似乎對我比對其他人感興趣得多，在我們進辦公室後就將門關上，像是要與我們私下談話的樣子。

「『這位是傑柏斯·威爾森先生，』我的助手說：『他想要遞補俱樂部的空缺。』

「『他相當適合這個位子。』這人答道，『他具備所有條件，我不記得見過如此理想的人選。』他後退一步，抬起頭歪向一邊打量我的頭髮，到最後我都開始不好意思了。接著他突然走上前，緊抓著我的手，熱誠地恭喜我應徵成功。

「『這時要是有所遲疑，對其他人就不公平了。』他說：『我相信，你會原諒我採取這明顯的預防措施。』說著他就雙手抓住我的頭髮用力拉扯，直到我痛得叫出聲來。『你眼睛裡有淚水，』他說，然後把手放開，『我相信這是眞的。我們總得小心點，之前就有兩次被假髮、一次被顏料給騙過。我還能告訴你一些關於鞋匠用的鞋蠟的故事，你會因此開始厭惡人性的。』他走向窗邊，用最大音量對外面叫道，說空缺已經有人補上了。一陣失望的嘆息聲從下方傳上來，接著人群便往各個方向散去，最後除了我和這間辦公室的管理者之外，再也看不到一個紅頭髮的人。

「『我的名字，』他說：『是鄧肯·羅斯。我自己呢，也是這位高貴恩人遺留的基金造就的受惠者之一。你結婚了嗎，威爾森先生？有孩子嗎？』

「我告訴他我沒有。

「他的臉立刻垮了下來。

「『唉呀！』他沉重地說：『這就糟啦！很遺憾聽到你這麼說，這基金，當然了，就是爲了繁衍散布以及保存紅髮人種而設立。你是個單身漢眞是太可惜啦。』

「爲了這番話，我一臉沮喪，福爾摩斯先生，當時我想我終究無法補上這個空缺了。但那人思考了幾分鐘後，又說應該沒問題。

「『換作其他人，』他說：『一定就會被駁回，但爲了有你這樣一頭紅髮的人，我們可以網開一面。那麼你何時可以開始這份新工作？』

「『嗯，這就有點尷尬了，因爲我還有個生意要照顧。』我這麼說。

「『哦，你別擔心，威爾森先生！』文森・史柏汀說：『我可以幫你看店。』

「『工作時間是什麼時候？』我問他。

「『上午十點到下午兩點。』

「福爾摩斯先生，當鋪的生意多半是傍晚時上門，特別是在發薪日前的星期四和星期五傍晚，所以利用上午時間來賺這點錢非常適合我。再說，我知道我的助手很能幹，他可以應付店裡的任何狀況。

「『這時間非常適合我。』我說：『那麼薪水呢？』

「『一週四鎊。』

「『要做的事情是？』

「『事情非常簡單。』

「『你說的非常簡單是指？』

「『嗯，這段時間你必須都待在這辦公室，或這棟建築內。如果在時間內你離開了，就會永久喪失俱樂部成員的資格，遺囑中對於這點的要求非常清楚。如果你在規定時間內離開辦公室，就是違反了條件。』

「『一天只有四小時，我應該不會想離開。』我說。

「『任何藉口都沒有用，』鄧肯・羅斯先生說：『不管是生病、店裡的生意或任何事都不行。你一定要待在這裡，不然就會失去這份工作。』

「『那工作是什麼？』

「『抄寫大英百科全書，第一冊就在書架上。你得自備墨水、筆和吸墨紙，我們會提供桌椅。你明天就能準備好嗎？』

「『當然了。』我答道。

「『那麼，再會了，傑柏斯．威爾森先生。再次恭喜你如此幸運能得到這個位子。』他向我一鞠躬，送我出辦公室，我就和助手一起回家。我爲自己的好運高興得不得了，都不知該說或該做什麼了。

「接下來，我一整天都在想這件事，到了傍晚，我再次陷入低落的情緒中。我開始相信這整件事只是個惡作劇或大騙局，雖然我也想不出他們這麼做目的何在，但很難相信任何人會立下這種遺囑，或是有人會付出這樣一筆錢卻只需要做抄寫大英百科全書這麼簡單的事。文森．史柏汀盡可能想讓我高興一點，等到上床睡覺時，我已說服自己要置身事外。但第二天早上，我決定無論如何還是先去看看，因此我買了瓶一便士的墨水、一枝鵝毛筆和七張大頁紙，便前往教宗廣場。

「結果，出乎意料地，我很高興看到一切都準備好了。桌子已爲我擺好，鄧肯．羅斯先生也在那裡看我是否已可開始順利工作。他要我從A字部開始，接著他就離開了，但期間他會不時出現，看看我是否一切順利。下午兩點鐘，他向我道午安，稱讚我完成的抄寫數量，最後在我身後鎖上辦公室的門。

「福爾摩斯先生，日子就這樣一天天過去，到了星期六，這位管理人走進辦公室，放下四枚一鎊金幣作爲工作一週的薪水。下星期也一樣，再下星期還是照舊。我每天早上十點過去那裡，下午兩點離開。漸漸地，鄧肯．羅斯先生只在早上過來一趟，接著過了一段時間，他就不再進來了。當然，我仍舊不敢離開辦公室一步，因爲我不能確定他何時會過來。這工作那麼好，又這麼適合我，我不願冒著失去它的風險。

「八個星期就這樣過去，我從Abbots、Archery、Armour、Architecture抄到Attica，希望以這樣勤奮的速度不久後就能來到B字部。我在大頁紙上花了些錢，書架上也累積了一疊我抄寫的成果。但這一切突然就結束了。」

「結束了？」

「是的，先生。就在今天早上，我一如往常在十點鐘要去工作，不過門關著而且上了鎖，門板中間用圖釘釘著一小塊紙板，就是這個，你們可以自己看。」

他遞來一塊筆記紙大小的白色紙板。上面這麼寫著：

紅髮俱樂部
已
宣告解散
一八九〇年十月九日[2]

福爾摩斯與我看著這草率的公告和後方那張悲傷的臉孔，直到最後，當這起事件荒唐的面向蓋過一切時，我們忍不住爆出大笑。

「我看不出有什麼事好笑，」這位客戶叫道，整張臉直漲紅到他火紅的髮根，「如果你們除了笑我之外幫不了任何忙，我就找別人去。」

「不、不，」福爾摩斯叫道，把半站起身的他推回椅子上，「我絕對不願錯過這件案子。這事件委實太不尋常，但如果你能原諒我這麼說，其中確實有些趣味成分。請繼續說當你發現門上的紙板後，採取了哪些行動？」

「我當場呆住了，先生。完全不知該怎麼辦。接下來我問了周圍其他辦公室，也沒有任何人知道是怎麼回事。最後，我找上房東，他住在一樓，是個會計師，請他告訴我紅髮俱樂部發生了什麼事，他卻說從來沒聽過這麼一個組織。接著我又問他鄧肯・羅斯先生是什麼樣的人，他又說這是他第一次聽到這名字。

「『呃，』我說：『就是四號的那位紳士。』

「『啊，那個紅頭髮的人？』

「『是的。』

「『哦，』他又說：『他叫威廉・莫里斯，是個初級律師，只是暫時使用我的房子，直到他的新辦公室裝修好爲止。他是昨天搬走的。』

「『我能在哪裡找到他？』

「『哦，就在他的新辦公室，他跟我說過地址。有了，艾德華國王街十七號，離聖保羅站不遠。』

「我當下立刻過去，福爾摩斯先生，但我到那地址時，發現那裡是個製造人工護膝的工廠，裡面也沒有任何人聽過不管是威廉・莫里斯或鄧肯・羅斯這名字。」

「接下來呢？」福爾摩斯問道。

---

2這似乎又是華生的筆誤了。委託人威爾森先生之前才說，紅髮俱樂部的廣告是刊載在「兩個月前，四月二十七日的《晨間記事報》」……

「我回到位在薩克斯—柯堡廣場的家，問了我那助手有什麼主意，但他也幫不了我，只說要不要先等等看，說不定會收到信件通知。這樣不夠，福爾摩斯先生，在想盡辦法前，我不想就這樣放棄這工作。所以，當我聽說你有能力幫助有需要的可憐人時，我就來找你了。」

「你這麼做非常明智，」福爾摩斯說：「你帶來的是個極不尋常的案子，我很願意加以調查。從你告訴我的事情看來，我想這件事很可能比表面上看起來嚴重得多。」

「已經夠嚴重了！」威爾森先生說：「我可是一星期損失了四鎊啊！」

「目前就你個人來說，」福爾摩斯說：「我不認爲這個不尋常的俱樂部有虧待你之處。相反地，以我的理解，你賺了三十多鎊，更不用說從A字部中每個條目中得到的詳盡知識。你並未因爲他們而損失什麼。」

「不，先生，我要找出關於他們的一切、他們的身分，還有他們對我這樣惡作劇的目的何在——如果這是惡作劇的話。因爲這昂貴的惡作劇可是要花上他們三十二鎊。」

「我們會盡力爲你澄清這些疑點。首先，威爾森先生，我要問你一、兩個問題。你這位助手第一次讓你知道這則廣告時，已經在你那裡工作多久？」

「大約一個月。」

「他是怎麼來的？」

「他是看廣告來應徵的。」

「他是唯一的應徵者嗎？」

「不，有十來個。」

「那你爲何選擇了他？」

「因爲他做事能幹，而且薪水很低。」

「事實上，只要一半薪水。」

「是的。」

「這位文森・史柏汀長什麼樣子？」

「個子小、身材結實、動作迅速。雖然過了三十歲，但臉上沒有鬍鬚。額頭有塊被酸液濺到的灼傷痕跡。」

福爾摩斯在椅子上興奮地坐起來，「正如我所料，」他說：「你有沒有注意過他的耳朵是否有穿耳洞？」

「是的，先生。他說那是小時候被一個吉普賽人弄的。」

「嗯！」福爾摩斯說著，靠回椅子上沉思著，「他還在你那裡嗎？」

「哦，是的，先生。我剛才離開家時他還在。」

「你不在的時候，生意都還好嗎？」

「沒什麼好抱怨的，先生。上午一向沒什麼生意。」

「這樣就行了，威爾森先生。我很樂意在一、兩天內，就這件事給你一個答覆。今天是星期六，我希望星期一時就能有個結果。」

「怎麼樣，華生，」客人離開後，福爾摩斯問我，「你對這些事有什麼看法？」

「我全無頭緒。」我坦白回答，「這是個神祕至極的事件。」

「依照慣例，」福爾摩斯說：「一件事越是奇怪，背後的祕密就越少。越是平淡無奇，沒有特點的犯罪才眞正難解。就像一張平凡無奇的臉孔才最難辨認。這件案子我得加緊行動。」

「那你接下來要怎麼做？」我問道。

「抽菸。」他這麼回答，「這是個得抽三管菸斗的問題，請你在五十分鐘內不要和我說話。」[3]他整個人蜷在椅子上，瘦削的雙膝縮向鷹喙般的鼻子，閉上雙眼，突出的黑色陶土菸斗像是某種奇怪鳥類的喙。我以爲他睡著了，結果當他一副拿定主意的樣子從椅子上彈起來，把菸斗放在壁爐架上時，打起盹來的反而是我自己。

「今天下午小提琴家薩拉沙提會在聖詹姆士廳演出，」他說：「怎麼樣，華生？你的病人可以空出這幾小時嗎？」

「我今天沒什麼事，我從來沒有太專心投入醫療工作。」

「那就戴上帽子一起來吧，我要先穿過市區，我們可以在途中吃午餐。我注意到今天的曲目中有很多德國音樂，這比義大利或法國音樂對我胃口。它有讓人沉思的效果，這正是我需要的。走吧！」

我們搭地鐵到艾德門站，然後走一小段路到薩克斯－柯堡廣場，正是早上聽到奇特故事中的場景。這是個雜亂、狹窄、寒酸但又想附庸風雅的地方，四排骯髒的兩層磚房對著一塊圍欄圍起的空地，裡面雜草叢生，幾叢半枯的月桂樹奮力與汙濁的空氣及不搭調的環境抗爭。代表當鋪標誌的三顆金球和一塊用白色字體寫著「傑柏斯・威爾森」的木板就釘在角落的屋子上，顯示了這就是我們紅髮客戶的店面。福爾摩斯停在屋前，側著頭四下查看，雙眼在褶起的眼皮間發出亮光。然後他漫步走向街頭，再走回這個轉角，仍舊銳利地注視著這些房子。最後他走回當鋪前，用手杖重重在人行道上敲擊兩、三下，接著走向門前並敲門。立刻就有個相貌聰明、鬍子刮得很乾淨的年輕人來開門，並請他進去。

「謝謝，」福爾摩斯說：「我只是來請問，從這裡要怎麼走到河濱街？」

「第三條街右轉，再四條街左轉。」那個助手馬上回答，然後把門關上。

「聰明的傢伙，」我們離開時福爾摩斯說：「就我判斷，他是倫敦第四聰明[4]的人，我知道一些他以前的事，但不知他現在是不是已經爬到了第三名。」

「很明顯地，」我說：「威爾森先生的助手在這神祕的紅髮俱樂部事件中扮演著重要角色。我敢說你上門問路只是爲了要看看他長什麼樣子。」

「不是看他。」

「那是看什麼？」

「他褲子的膝蓋部位。」

「你看到了什麼？」

「我預期會看到的東西。」

「那你爲什麼要敲人行道？」

「親愛的醫生，現在是觀察而非談論的時候，我們是身在敵國的間諜。我們知道了薩克斯—柯堡廣場的一些事，現在就讓我們來探勘它背後的部分。」

當我們從隱蔽的薩克斯—柯堡廣場轉角走到另一條街上，眼前呈現的是和這條街背面對比差異極大

---

3 華生曾說：「菸斗是福爾摩斯思考時的顧問。」福爾摩斯還曾寫過一篇文章，討論有關一百四十種不同的菸草、雪茄及香菸的菸灰，真是喜愛成精了。此外，二〇一〇年英國ＢＢＣ播映的第一季福爾摩斯影集第一集中，班奈狄克康柏拜區飾演的福爾摩斯曾在手臂上貼了三張尼古丁貼片，便是對「抽三管菸斗的問題」這句名言致敬。

4 那麼，「倫敦最聰明／危險的人」（當然特別是指罪犯）前三名是誰呢？依華生在其他篇故事中的記載，第一名是「犯罪界的拿破崙」詹姆斯．莫里亞蒂教授，第二名是塞巴斯汀．莫倫上校，至於第三名，華生就沒寫了。

的另一幅景象。這是通往市區北邊與西邊的主要交通幹道之一，路上已被兩道進城與出城的車流堵住，人行步道上則黑壓壓地滿是匆忙的行人。看到街邊成排的高級商店以及堂皇的商業大樓，實在很難想像它們就緊鄰著街道背面那個我們才剛離開的黯淡蕭條的廣場。

「我看看，」福爾摩斯說著，站在街角沿街瀏覽，「我應該還記得這些商店的次序，擁有對倫敦每個角落的確實資訊是我的嗜好。這裡有莫提默菸草店、小書報攤、城市暨郊區銀行柯堡分行、素食餐館，還有麥法蘭馬車訂製行，然後就是下一條街了。現在，醫生，我們的工作已經完成，該是來點樂子的時候。先來點三明治和咖啡，然後前往小提琴的國度，那裡只有甜美、優雅與和諧，不會有紅頭髮的客戶拿他們的難題來煩擾我們。」

我這位朋友熱愛音樂，他不但是個有才華的演奏者，還是個不尋常的作曲家。一整個下午，他就坐在演奏廳的座位上，被完全的愉悅包圍，隨著音樂揮舞瘦長的手指，臉上掛著輕柔的笑容，眼神慵懶夢幻，與人們想像中的福爾摩斯，那獵犬一般、冷酷無情、機敏睿智的罪案偵探完全不同。在他獨特的性格中，兩種特質會不時交替出現，我經常想道，他表現出的極度精確與敏銳，與偶爾會出現的詩意與內省正是完全牴觸的特質。這樣的性格交替變換，能讓他從極度倦怠突然變得精力充沛，正如我很清楚，當一日將盡，他癱在扶手椅上，沉浸於即興演奏與珍本書中時，也是他最令人畏懼的時刻。這時追逐的欲望會突然升起，他傑出的推理能力會猶如本能般敏銳，直到最後讓那些不熟悉他手法的人對他超凡的智識投以不可置信的眼神。當那個下午我看到他沉浸於聖詹姆士廳的音樂中時，我能感覺到，對於他即將獵捕的對象來說，不幸的時刻就要來臨了。

「毫無疑問地，你想回家了，醫生。」我們走出來時他這麼說。

「是的，我是這麼想。」

「我也有些事要處理，要用上幾個小時。薩克斯—柯堡廣場這件事十分嚴重。」

「怎麼說十分嚴重？」

「一件相當重大的罪行正在進行中，我確信我們必須及時加以阻止。但今天是星期六，使得事情變得有些複雜。今天晚上我會需要你的協助。」

「什麼時候？」

「十點鐘應該夠早了。」

「那我十點鐘會到貝克街。」

「非常好。另外，醫生，這事可能會有些小小危險，所以請將你的軍用左輪手槍放進口袋。」他揮揮手轉身離開，不久便消失在人群中。

我相信自己絕對不比其他人遲鈍，但每次與福爾摩斯打交道，我就受不了自己的愚蠢。我明明聽到他聽到的，見到他所見的，但當我還爲事件感到迷惑、覺得古怪時，從他的話中卻很明顯知道他不但看到發生了什麼事，也知道將要發生的事。坐車回我在肯辛頓的家時，我把整件事從頭想了一遍，從紅髮百科全書抄寫員的奇特故事，到造訪薩克斯—柯堡廣場，以及臨別時他所說的不祥之語。這次夜間探險是怎麼回事？又爲何要我帶槍？我們要去哪裡？又要做些什麼？我從福爾摩斯透露的線索得知，那個面孔白淨的當鋪助手是個危險人物——一個玩著深奧遊戲的人。我試著解開謎題，最後還是絕望地放棄，只得把這事先放一邊，等待夜晚降臨時將帶來的解答。

九點一刻，我離家出門，穿過海德公園，再穿過牛津街來到貝克街。兩輛有篷雙人馬車已停在門前，我來到走廊時，聽到上方傳來聲音。當我走進他的公寓，發現福爾摩斯正與兩個人熱烈交談，我認出其中一個是彼得．瓊斯，他是官方警探。另一個是位身材瘦長，有張苦臉的男人，他有頂非常時髦的帽子和一件質料很好的雙排釦大衣。

「哈！人都已到齊，派對可以開始了，」福爾摩斯說著，扣上他的厚呢短夾克鈕釦，並從架子上拿起沉重的狩獵短棍，「華生，我想你已經認識蘇格蘭場的瓊斯先生。讓我再向你介紹梅利韋瑟先生，他也是我們今晚探險的夥伴。」

「醫生，你看，我們又要再次聯手出擊了。」瓊斯用他一貫的誇張語氣說：「我們的朋友最擅長發動追獵，他只是需要一隻老狗幫忙追逐獵物而已。」

「我只希望今天到最後不會白忙一場。」梅利韋瑟先生陰鬱地說。

「你對福爾摩斯先生可以有絕對的信心，先生。」這位警探驕傲地說：「他有他的小祕訣，如果他不介意我這麼說的話，就是有點太理論化而且不實際，但他天生就是個當偵探的料。說有一、兩次也不為過，就像在薛圖少校謀殺事件與亞格拉的寶藏這案子裡，他的推理就比警方正確得多。」

「哦，瓊斯先生，如果你這麼說，那就是了。」這陌生人帶著敬意說：「但我還是得說，我錯過了今晚的牌局。這是我二十七年來第一次週六晚上沒去打牌。」

「我想你將發現，」福爾摩斯說：「今晚你要下的賭注會比以往都來得大，而且也更刺激。梅利韋瑟先生，對你來說，賭注會是三萬鎊。至於你，瓊斯，則是一個你一直想抓到的人。」

「約翰．克雷，謀殺犯、竊賊、製造並散布偽幣和偽鈔者。他是個年輕人，梅利韋瑟先生，但已經是他那圈子裡的頂尖高手。我想用手銬銬住他的渴望，勝過對倫敦的任何罪犯。這年輕人約翰．克雷是個傑出的人才，他的祖父是皇家公爵，他上過伊頓公學與牛津大學。他的腦袋和手指一樣狡猾，雖然在每個案子裡都看得出他留下的痕跡，但就是沒辦法找到他本人。這個星期他在蘇格蘭入門行竊，下星期又在康瓦爾現身募款興建孤兒院。我已經追捕他好幾年，但連他的影子都還沒見過。」

「希望今晚我能有幸將他引見給你。我和約翰·克雷先生也有一、兩次小過節。我同意你說的，他確實是那圈子裡的頂尖高手。已經超過十點，我們該出發了。你們請搭第一輛馬車，我和華生搭第二輛。」

在漫長的車程中，福爾摩斯很少開口，只是靠著椅背，哼著下午聽到的曲子。我們嘎嘎穿過由點著煤氣燈的街道組成的無盡迷宮，最後來到法林頓街。

「現在我們很接近了。」我的朋友說：「這個梅利韋瑟是個銀行董事，他個人對這案子很有興趣。我想到要找瓊斯一起來，這傢伙在他那行裡是個傻子，但人還不壞。他有個優點，就是像牛頭犬一樣勇敢，而且像龍蝦一樣，一旦鉗住東西就緊咬不放。我們到了，他們已經在等著我們。」

我們來到早上到過的那條擁擠的交通幹道。我們退了馬車，然後在梅利韋瑟先生帶領下，穿過一條狹窄的走道，走進一扇他爲我們打開的側門。門內是條窄小的走廊，盡頭是扇巨大的鐵門，一樣打開之後，是一道通往地下的蜿蜒石階，石階終點是又一扇令人望而生畏的大門。梅利韋瑟先生這時停下來點亮油燈，便帶著我們再走下這條黑暗且帶著土味的通道，接著，再打開第三扇門後，走進一個巨大的金庫或說是地窖，這裡堆滿了條板箱和大盒子。

「你們這裡從上方很難攻破。」福爾摩斯舉起油燈看著他說。

「從下方也一樣。」梅利韋瑟先生說道，用手杖敲擊石板鋪成的地面，「唉呀，我的天，聽起來好空洞啊！」他滿臉驚訝地抬起頭說。

「我眞的必須請你小聲點！」福爾摩斯嚴厲地說：「你已經讓我們萬無一失的行動陷入危機了。我可以請你好好地坐在那邊的箱子上，而且不要插話嗎？」

梅利韋瑟先生小心移坐到一個條板箱上，一臉受傷的表情。這時福爾摩斯雙膝跪地，用油燈與放大鏡仔細檢查石板間的縫隙。幾秒鐘似乎就夠他用了，只見他又站起來，將放大鏡放回口袋。

「我們眼前至少還有一個小時，」他說：「在那老實的當鋪老闆睡著之前，他們很難採取任何行動，不過接下來他們就一分鐘也不會浪費。他們越快完成工作，就有越多時間逃逸。醫生，我們現在——無疑你已推測出來——是在倫敦一間大銀行市區分行的地下室。梅利韋瑟先生是董事長，他會向你解釋，爲何目前有越來越多大膽的倫敦罪犯對這地下室有這麼高的興趣。」

「是因爲我們的法國金幣，」董事長悄聲說：「我們已接獲數次警告，可能有人想染指這些金幣。」

「你們的法國金幣？」

「是的。幾個月前，我們想要增加現金儲備，於是向法蘭西銀行借了三萬拿破崙金幣。這段時間，大家逐漸知道我們還沒將這些金幣開箱，還躺在我們的地下室。我坐的條板箱裡就有包在層層鉛箔中的兩千拿破崙金幣。我們目前的黃金儲備遠大於單一分行平時應有的存量，幾位董事對此已開始有些擔憂。」

「這應該就足夠說明了，」福爾摩斯說：「現在該是安排我們小小計畫的時候，我預計在一個小時內就會開始。現在這個時候，梅利韋瑟先生，我們該把油燈的罩子蓋上了。」

「然後坐在黑暗中？」

「恐怕只得這樣。我口袋裡有副撲克牌，我想在場的人既然『兩兩成對』，你們可能也會想來場牌局。但我注意到敵人的準備如此周全，我們就不能冒險洩漏燈光。現在，我們要先選好位置。這些人都是凶惡的歹徒，雖然我們已讓他們處於不利的地位，除非小心戒備，否則他們還是有可能傷害我們。我會站在條板箱後面，你們就躲在那些箱子後方。到時我會把燈光先對他們一閃，然後立刻罩上。華生，如果他們開火，別心軟，直接把他們放倒。」

我找到左輪手槍，上了膛，放在我蹲踞處後方的木箱上。福爾摩斯關上他的燈罩，我們便身處一片漆黑之中——是我未曾經歷的全然黑暗。燒熱的金屬味提醒我們燈仍然亮著，預備在某個特定時刻亮起。我的神經在期待中緊繃到最高點，在突然降臨的黑暗與金庫陰冷潮濕的空氣中，感覺得到一種消沉壓抑的氛圍。

「他們只有一條退路，」福爾摩斯輕聲說：「就是從這棟屋子退回薩克斯—柯堡廣場。瓊斯，希望你已照我說的安排好了？」

「我已經讓一名警探和兩名警員守在前門。」

「這麼一來我們就堵住所有出口了，現在保持安靜繼續等待吧。」

感覺好漫長的一段時間啊！事後才知道，原來才過了一小時又一刻鐘，但當時我卻覺得彷彿一整夜就要過去，朝陽就要在我們上方升起。我的四肢疲憊僵直，但又不敢改變姿勢，我的神經仍然緊繃在最高點，聽覺變得十分敏銳，不但能聽到我同伴輕微的呼吸聲，還能分辨出瓊斯較深沉粗重的呼吸與董事長宛如嘆息的較輕呼吸聲。從我的位置能從箱子上方看到地板，突然間，我的眼睛捕捉到一絲亮光。

一開始只是石板上方出現一點陰慘的亮光，接著便延長成一條黃線，然後，沒有任何預兆或聲響，出現一道裂口，一隻手伸了出來。那是隻白皙猶如女子的手，就在那一小塊光芒中央。過了一分鐘或稍久一點，那隻手與其蠕動的手指伸出地板之外。接著，就像它的突然出現，又縮了回去。四周再次恢復黑暗，只剩一絲亮光標示出石板間的縫隙。

然而那光亮只是暫時消失，隨著一陣撕裂聲，一塊白色石板被翻至側立起來，露出方形的巨大裂口，油燈的光芒從中流洩而出。洞口邊緣露出一張白淨如男孩的臉孔，先四下仔細觀察，然後一手撐著洞口一邊，先露出肩膀，然後是腰部，接著一邊膝蓋撐在洞口邊緣。不到一會兒，他就站在洞口邊，拉起身後另一個同伴。這人也像他一樣靈活矮小，有張蒼白的臉和一頭令人驚艷的紅髮。

「安全了，」他輕聲說：「你帶了鑿子和布袋嗎？大事不妙！阿奇，快跳，我跟在後面！」

福爾摩斯這時已跳了出來，抓住這入侵者的衣領，另一個則鑽回地洞，我聽見瓊斯抓住他的上衣時傳來的衣服撕裂聲。火光照亮了一把左輪手槍的槍管，但福爾摩斯的狩獵短棍已擊中他的手腕，手槍也應聲掉落石板地上。

「沒用的，約翰．克雷，」福爾摩斯溫和地說：「你一點機會都不會有。」

「那又如何，」另一人極度冷靜地說：「雖然你們抓到他的外套後襬，但我想我的夥伴已經安全了。」

「另一邊門口有三個人在等他。」福爾摩斯說。

「哦，這樣子！你安排得很周密，看來我該要稱讚你。」

「我也是。」福爾摩斯答道，「你那紅髮人的點子既創新又實用。」

「你馬上就能看到你的同伴了，」瓊斯說：「雖然他在洞裡爬得比我快，但頂多撐到我把你上完手銬吧。」

「請你別用那髒手碰我。」當手銬碰上手腕時，我們的犯人說：「你大概不知道我血管裡流著皇室血脈。請你行行好，對我說話時要用『先生』和『請』字。」

「沒問題，」瓊斯瞪著他，然後低笑一聲，「那麼，先生，能否請你移駕上樓，我們才能用馬車將閣下送往警局？」

「這樣好多了，」約翰．克雷沉著地說，接著向我們三人躬身行禮，最後在警探的戒護下安靜離開。

「真的，福爾摩斯先生，」當我們跟著他們走出地窖時，梅利韋瑟先生說：「我真不知銀行要怎麼感謝或回報你。你無疑偵察到一件就我所知最嚴重的銀行竊案，並以最徹底的方式將它擊敗。」

「我和約翰・克雷先生有一、兩件小過節要解決，」福爾摩斯說：「我在這案子上有些小小開銷，希望銀行能墊還給我。除此之外，我已經從這在許多方面來說都是獨一無二的經驗，以及聽到紅髮俱樂部這不尋常的故事中得到充分的回報了。」

「你知道，華生，」隔天清晨，當我們在貝克街對飲威士忌蘇打時，他解釋道，「打從這奇妙的俱樂部廣告和抄寫百科全書的事件開始，其目的就再明顯不過，那就是要把這不太聰明的當鋪老闆，每天從家中引出幾個小時。他們安排的方式十分古怪，但說真的，也很難找到比這更好的方法。無疑地，正是克雷那同夥的髮色，給了他足智多謀的腦袋靈感。一週四鎊是引人入計時必須的誘餌，對於他們所玩的數千鎊遊戲，這點錢算什麼呢？他們登了廣告，其中一個惡徒去弄了間臨時辦公室，另一個鼓動這人前來應徵，他們聯手確保這老闆週間的每天早上都不會在店裡。當我聽到那助手只要一半薪水，就能明顯看出他有很強烈的動機以確保能得到這份工作。」

「但你怎能猜到那動機是什麼？」

「如果他家裡有女人，我會懷疑只是尋常的私通事件，然而這不可能發生。再說這人經營的只是小生意，屋裡沒有任何東西值得他們如此精心部署，並付出這筆費用。因此必定是某樣位於屋外的事物。但會是什麼呢？我想到那助手喜歡攝影以及溜去地下室的把戲。地下室！那就是這團混亂線索的端倪。然後當我問及這位神祕的助手時，發現這次我要交手的，竟是倫敦最冷靜也最大膽的罪犯之一。他在地下室進行某件事——某件需要每天花上數小時，要用上幾個月才能完成的事。我再想，那會是什麼？除了他在挖地道通往其他建築之外，我想不到其他可能。

「我們去勘察行動地點時，我所知的就這麼多。我用手杖敲擊人行道時曾讓你覺得奇怪，當時我在探查他們是從地下室往前還是往後挖出，但並不在屋前。然後我按了門鈴，希望是那助手來應門，我和他之間有過一些小衝突，但沒正式打過照面。我沒怎麼注意他的臉，他的膝蓋才是我要看的地方。你一定也注意到那地方磨得有多舊、多縐，而且多髒。這就證實了那幾個小時正是用來挖掘地道。剩下的唯一疑點就是他們要挖到哪去。當我走過街角，看到城市暨郊區銀行緊鄰我們這位朋友的房子，我就知道問題解決了。演奏會後你回家時，我拜訪了蘇格蘭場及銀行董事長，剩下的結果你都看到了。」

「那你又怎麼知道他們會在今晚行動？」我問道。

「這個嘛，當他們關閉俱樂部的辦公室，就顯示他們已經不在乎傑柏斯．威爾森先生是否在家——換言之，他們已經完成地道的挖掘。但重點是必須盡速利用，否則要不是會被發現，就是那批黃金會被移走。對他們來說，星期六比其他日子都適合，這樣就有兩天時間可以逃脫。綜合所有理由，我便預測他們會在今晚行動。」

「你的推理實在太漂亮了！」我出於眞誠且欽佩地叫了出來，「這麼長一條鍊子，但每個環節都扣得實實在在。」

「這能讓我免於無聊之苦。」他打著呵欠回答我，「唉呀！我已經開始感覺它又遮蔽了我。長久以來，我的生命一直致力於避免成爲平凡的存在，這些小問題正好能夠幫助我。」

「你眞是上天賜給人類的恩惠。」我說。

他聳聳肩，「嗯，也許吧，到頭來還算有點小用。」他說：「就像福婁拜寫給喬治桑的信中說的：『人本身沒有價值，他所做的才代表一切。』」

## *CASE 3*
# 藍色石榴石探案

「我想我是幫一個重刑犯減了刑，但也拯救了一個靈魂。這傢伙嚇壞了，以後不會再做壞事。現在送他進監獄的話，他一輩子都是隻籠中鳥。再說，這是個原諒的季節。一個奇異古怪的謎題透過命運落在我們手上，而它的解答就是獎賞。」

聖誕節後兩天的早上，我前去拜訪老友夏洛克・福爾摩斯向他賀節。他正穿著紫色晨袍靠在沙發上，右手邊有個菸斗架和一疊縐巴巴的晨報，顯然才剛看過。長沙發旁有張木椅，椅背一角掛著一頂骯髒破舊、已有好幾處裂縫的硬毛氈帽，幾乎不能再戴了。木椅座位上有個放大鏡和一把鑷子，想來這帽子是因受過檢查才變成這個樣子。

「你在工作，」我說：「我是不是打擾了？」

「完全沒有，很高興能有個朋友和我討論這些成果。這只是件無足輕重的小事。」——他用拇指比了比那頂帽子——「但與它相關的幾個地方倒不全然無趣或毫無用處。」

我坐進他的扶手椅，伸手靠近劈啪作響的爐火取暖。有道強烈的寒流來襲，窗上已結了厚厚的霜花。「我想，」我說：「這看起來平凡無奇的東西，一定和某些厲害的故事有關——它是引導你找到謎題解答並懲罰某些罪行的線索。」

「不、不，沒有犯罪，」福爾摩斯笑道，「只是一些當幾平方哩空間內有四百萬人擁擠推撞時會發生的古怪小事。在如此密集人群的各種行動與反應中，什麼事都有可能發生，許多即使算不上犯罪的小事，也會因此顯得古怪而引人注目。我們已經有過這樣的經驗。」

「確實如此，」我說：「最近加入我記錄中的六件案子，其中就有三件完全不涉及法律上的罪行。」

「完全正確。你指的是我試圖從艾琳・艾德勒那裡找回照片、瑪莉・蘇德蘭小姐的古怪案件，以及歪唇男人探案事件。嗯，這件小案子無疑也會被歸入這種無犯罪行爲的類別。你認識門衛彼得森嗎？」

「認識。」

「這件戰利品就是屬於他的。」

「是他的帽子。」

「不、不，是他找到的，原主不知是誰。我請你把這看成一個智力上的問題，而不只是一頂破舊的毛氈帽。首先，說說它是怎麼來的。這是在聖誕節早晨和一隻上好肥鵝一起來的，那隻鵝現在無疑正在彼得森的爐火上烤著。事實如下：聖誕節清晨大概四點鐘，彼得森——你知道他是個非常誠實的傢伙——正從一場小型聚會出來，經由塔騰漢廳路回家。他在煤氣燈光下，看到前方有個腳步微帶踉蹌的高個子，肩上掛著一隻白鵝。當他來到古奇街轉角，和一小群混混起了衝突。其中一個混混把那人的帽子打掉，他則舉起手杖自衛，當他將手杖高舉過頭，卻打碎了身後的商店櫥窗。彼得森衝入那群攻擊者中保護那個陌生人，但那人先是因打碎玻璃而當場愣住，接著又看到一個穿著制服像是警察的人衝過來，於是便丟下那隻鵝，拔腿就跑，消失在塔騰漢廳路後方迷宮般的小巷子裡。那些混混也因彼得森的出現而逃跑，這戰場上便只剩他一人，以及這頂破舊的帽子和一隻最無可挑剔的聖誕肥鵝這些戰利品。」

「這些東西他自然物歸原主了吧？」

「親愛的老弟，問題來了。雖然這隻大鳥左腿上確實綁了張『給亨利．貝克（Henry Baker）太太』的小卡片，這頂帽子內襯上也的確可見『H. B.』的縮寫，但我們這個城市裡有幾千個人姓貝克，也有幾百個亨利．貝克，因此要將這些失物送還失主並不容易。」

「那彼得森接下來怎麼辦？」

「聖誕節早上，他帶著這頂帽子和這隻鵝來找我，他知道我對再小的問題都會有興趣。那隻鵝留到了今天早上，雖然天氣寒冷，但實在不能再放著不吃了。於是牠被撿到的人帶走，完成一隻鵝最後的命運。我則繼續留著那頂弄丟聖誕大餐的無名紳士所有的帽子。」

「他沒登廣告尋找嗎？」

「沒有。」

「那關於他的身分，你有什麼線索？」

「就只有目前推論出的這些。」

「從他的帽子上？」

「完全正確。」

「你是在開玩笑，這麼破舊的氈帽上能找到什麼東西？」

「這是我的放大鏡，你知道我的方法，看看你能從中找出多少這帽子原主的特性？」

我拿起這破爛的帽子，憐憫地翻看。這是一頂非常普通的常見圓頂黑帽，幾乎無法再戴。紅色絲質內襯嚴重褪色。上面沒有製造商的名字，但正如福爾摩斯所說，其中一側有潦草的縮寫「H. B.」。帽緣有個爲帽釦留的小孔，但鬆緊帶已經不見。其他能觀察到的部分則是：帽子已經破了，積了許多灰塵，還有幾處汙漬，看來有幾個地方還曾用墨水試圖掩蓋褪色的痕跡。

「我看不出什麼東西。」我說著將帽子遞還給我的朋友。

「相反地，華生，你能看見每個細節，但你沒有從所看到的去推理。你太怯於推論了。」

「那請告訴我，你從這頂帽子能推理出些什麼？」

他拿起帽子，用深思時特有的招牌表情看著它，「或許能提供的線索已不如原來那麼多，」他說：「但還是能看出些非常明確的結論，以及一些可能性很高的推論。從帽子表面來看，這個人智力很高，最近三年過得不錯，但最近日子過得不好。他有遠見，但已不如前，顯示出他在道德上的衰敗，這點再加上他經濟狀況的惡化，指出他應是受了某種不好的影響，也許是酗酒。這可能也造成他的妻子不再愛他。」

「天哪，福爾摩斯！」

「然而他還留有一點自尊，」他不理我的驚呼繼續往下說：「他習慣久坐、很少外出、身體狀況很糟、中年、灰髮、而且前幾天剛剪過、抹萊姆味髮油。這是從他的帽子所推論出較明顯的事實。另外，他的屋子極不可能裝有煤氣。」

「福爾摩斯，你一定是在開玩笑。」

「完全沒有。難道我給了你這些結論後，你還看不出是怎麼得來的嗎？」

「我不懷疑自己很笨，但我要承認這次我完全聽不懂。比如說，你怎麼知道這人很聰明？」

福爾摩斯爲了回答，把帽子戴在頭上。這帽子蓋過他的額頭，甚至碰到鼻梁。「這是立體容積問題，」他說：「能有這麼大腦袋的人，裡面必然裝了點東西。」

「那經濟狀況惡化呢？」

「這帽子用了三年了，帽簷捲起是當時的流行款式。這帽子質料非常好，看看這絲緞帽帶和絕佳內襯，如果這人三年前買得起這麼昂貴的帽子，此後就沒再換過，那他的狀況一定糟透了。」

「好吧，這確實很清楚。但有遠見和道德衰敗又怎麼說？」

福爾摩斯笑了，「這就是遠見，」他說著將手指放在帽釦的小鐵片和釦環上，「這些是跟帽子分開賣的。如果他會爲了防止帽子被風吹走而去訂一個來用，就顯示他有一定程度的遠見。但我們也看到上面的鬆緊帶斷了，他卻沒去換一條，很顯然他的遠見已不如前，這也是品行衰敗的證明。另外，他會試著用墨水遮蓋毛氈上的汙漬，這就是他還留有一點自尊的跡象。」

「你的推論很有道理。」

「其他幾點，例如他是中年人、灰色頭髮、最近剛剪過，以及他用萊姆味髮油，都是從檢查內襯底部得來的。放大鏡顯示有理髮師剛剪下的大量髮渣黏在上面，而且有明顯的萊姆髮油味。至於灰塵，你會看到不是街頭的砂狀塵埃，而是家中的毛狀棕色塵埃，顯示帽子大半時候都掛在室內。帽子內側的濕痕，證明了戴帽的人很會出汗，所以他的體能狀態並不好。」

「但他的妻子——你說他的妻子不再愛他。」

「這帽子好幾星期沒刷過了。親愛的華生，如果我看到你的帽子積了一星期的灰塵，你太太還讓你這樣出門，那恐怕很不幸，你太太對你已不再有熱情了。」

「但他也可能是單身漢。」

「不，他帶了隻鵝回家作爲和妻子談和的禮物。記得那隻鵝腿上的卡片嗎。」

「每件事你都說得出答案。但你到底怎麼推理出他家裡沒裝煤氣？」

「若有一、兩處油脂的汙漬，那可能是碰巧沾上的，但當看到不下五處時，我便想，這人無疑經常接觸燃燒的油脂——或許是夜裡上樓時一手拿帽子，另一手拿著滴蠟的蠟燭。不管怎樣，那絕不會是在煤氣噴嘴上沾到的油脂。滿意了嗎？」

「嗯，眞的非常聰明，」我笑著說：「不過，就如你剛才所說，沒有犯罪發生，除了一隻鵝外也沒造成其他損失，這樣看來你只是白費力氣。」

福爾摩斯正要開口回答，這時門突然打開，門衛彼得森衝進公寓，兩頰通紅的臉上滿是震驚與迷惑。

「那隻鵝，福爾摩斯先生！那隻鵝，先生！」他喘著氣說。

「呃？牠怎麼了？又活過來從廚房窗戶飛走了？」福爾摩斯從沙發上轉過身好看清楚這人激動的臉。

「先生，你看這個！看我太太在牠的嗉囊找到什麼！」他伸出手，掌中有顆閃爍著光芒的藍色石頭，尺寸比豆子略小，如此純淨的光芒，宛如在他掌上的黑暗虛空中閃耀的一星電光。

福爾摩斯坐起身吹了聲口哨。「乖乖，彼得森！」他說：「可真是貴重的寶物。我想你知道自己找到的是什麼吧？」

「一顆鑽石，先生？一顆寶石。用它切玻璃就像切油灰一樣。」

「這不只是顆寶石，它就是『那顆』寶石。」

「不會是莫嘉女伯爵那顆藍色石榴石吧！」我脫口說了出來。

「就是它。最近每天在《泰晤士報》上都能看到它的廣告，我應該知道它的尺寸和形狀。它絕對是獨一無二的，它的價值只能推估，但懸賞的一千鎊絕對不到它市價的二十分之一。」

「一千鎊！上帝保佑！」這門衛猛地倒進一張椅子上，輪流看著我們兩人。

「據我所知，會懸賞是背後的感情因素所致，因此女伯爵願意拿出一半財產，只求能找回這顆寶石。」

「我若沒記錯，它是在麗都酒店遺失的。」我說。

「沒錯。十二月二十二日，就在五天前。水管工約翰・霍納被指控從這位女士的珠寶盒中將它偷走。針對他的證據十分不利，案子便移交巡迴法庭。我應該有關於這起事件的一些報導，我記得有。」他在報紙堆中翻找，瞄著報上的日期，最後把其中一張攤平，折成對半，讀出以下這段報導：

麗都酒店珠寶竊案。約翰・霍納，二十六歲，水管工，被控於本月二十二日，自莫嘉女伯爵的珠寶盒中竊取價值連城的珠寶，亦即著名的藍色石榴石。飯店高級職員詹姆斯・萊德提出的證詞顯示，他曾於竊案發生當日帶霍納到女伯爵的更衣室，去焊接壁爐柵門鬆掉的第二根鐵杆。

他和霍納一起待了一段時間，然後被叫走。當他回來時，發現霍納已經不在，櫃子被強力撬開，其中一個摩洛哥山羊皮小盒，事後得知正是女伯爵平時存放珠寶的地方，此刻被放在梳妝台上，裡面空空如也。萊德立刻報警，霍納當晚就被逮捕，但不管在他身上或住處皆未尋獲這顆寶石。女伯爵的女僕凱薩琳．庫薩克作證時表示，當她聽見萊德發現失竊時的驚慌叫聲，便立刻衝進更衣室，而她看到的與先前證人所述完全相同。蘇格蘭場B區督察布萊史崔在證詞中表示，霍納被逮捕時不斷瘋狂掙扎，強烈抗議自己是無辜的。嫌犯曾有竊盜前科，地方法官拒絕即刻處理此案，轉交巡迴法庭。霍納在過程中一直非常激動，最後當場暈倒，被抬出法庭。

「哼！治安法庭也不過如此，」福爾摩斯若有所思地說，把報紙往旁邊一放，「現在我們要解決的問題是一連串事件，開頭是個被洗劫一空的珠寶盒，結尾則是塔騰漢廳路上一隻鵝的嗉囊。你看，華生，我們的小小推理突然就變得重要起來，這件事也不再與罪惡無涉。這就是那顆寶石，它來自那隻鵝，這鵝來自亨利．貝克先生，這位先生有頂破帽子和其他一些我剛才讓你聽煩了的特徵。因此我們現在必須認真尋找這位先生，並查明他在這個小小謎題中所扮演的角色。首先，我們得先嘗試最簡單的方法，無疑就是利用所有晚報上的廣告欄。如果不行，我們再想其他辦法。」

「你要登些什麼？」

「給我一枝鉛筆和那張紙。就這麼寫：

於古奇街角拾獲一隻鵝與一頂黑色氈帽。亨利．貝克先生可於今晚六點三十分至貝克街二二一號B座取回上述物品。

這樣夠簡單明白了。」

「非常明白。但他會看到嗎？」

「嗯，他一定會注意報紙，因爲對個窮人來說，這是很大的損失。他很顯然因爲自己意外打破玻璃以及彼得森的出現而嚇壞，因此想也不想直接就跑，但事後一定非常後悔自己一時衝動丟下那隻鵝。再說，登出他的名字會讓他看到這則廣告，認識他的人也會讓他注意到這件事。喏，彼得森，拿去廣告代理行，登在今天的晚報上。」

「登什麼報，先生？」

「哦，《環球報》、《星報》、《帕摩公報》、《聖詹姆斯公報》、《新聞晚報》、《標準晚報》、《回聲報》，以及其他你想得到的報紙。」

「好的，先生。那這顆寶石呢？」

「啊，是的。我先保管吧，謝謝。還有，彼得森，回來路上再買隻鵝來這裡給我。我們得有隻鵝給那位先生，來代替你家人正在享用的那隻。」

門衛離開後，福爾摩斯拿起寶石對著燈光，「眞是漂亮，」他說：「你看它多晶亮燦爛。當然它一定會是罪惡的核心與焦點，每顆美好的石頭都是。它們是惡魔最愛的誘餌，至於那些更大更古老的珠寶上，每一個切面背後或許都有個血腥的故事。這顆石頭還不到二十年，它是在中國南方廈門的河畔發現的，所有特徵和一般石榴石完全相同，只除了是藍色而非一般的暗紅色[1]，它也因此而著名。雖然年分還很新，但它已經有了不祥的歷史。爲了這塊四十喱重的碳結晶，已經發生了兩次謀殺、一次潑硫酸、一次自殺和好幾次竊盜事件。誰會想到一樣美麗的玩物竟會成爲絞刑與監獄的源頭？我會把它鎖進我的保險櫃，並告訴女伯爵，東西在我們手上。」

「你認爲那個霍納是清白的嗎？」

「我不知道。」

「那麼，你覺得另外這個亨利·貝克與這件事有關係嗎？」

「我想亨利·貝克很有可能是完全清白的，他根本不知道就算自己手上這隻大鳥是用純金打造，也不及牠眞正的價値。關於這點，如果我們的廣告有回應，我有個很簡單的方法可以知道答案。」

「所以在那之前你什麼都不能做？」

「不能。」

「這樣的話我就先回去看診了，但我會在傍晚你提到的時間回來。我很想看到這曲折的案子最後會怎麼解決。」

「很高興你能過來。我七點鐘吃晚餐，我想會有隻山鷸。基於近來發生的狀況，也許我該叫哈德遜太太檢查一下嗉囊。」

我被一個病人耽擱了一會兒，等我再次來到貝克街時，已經稍微超過六點半。我快到公寓時，看到一個戴著無邊呢帽的高個男子，大衣直扣到下巴，站在透過氣窗投射出的半圓形光圈下。我剛走到，門也跟著打開，我們便一起進入福爾摩斯的公寓。

「我想你就是亨利·貝克先生，」他說著從扶手椅起身，毫不費力擺出和藹親切的姿態迎接訪客，「貝克先生，請在壁爐邊的椅子坐下。今晚很冷，看來你的生理循環比較能適應夏天而非冬天。啊，華生，你來得正好。這是你的帽子嗎，貝克先生？」

「是的，先生。這的確是我的帽子。」

他是個大個子，肩膀渾圓厚實，頭部碩大，有張聰慧的寬臉，蓄著棕灰色山羊鬍，鼻子和雙頰有些紅斑，伸出的手微微顫抖。這使我想起福爾摩斯對他的習性所作的推測。他的破舊黑色長大衣在身前緊扣著，領子豎起，自衣袖伸出的細瘦手腕不見袖口或襯衫。他說起話來緩慢而斷字清楚，並謹慎選擇用字，給人一種受過教育但命運坎坷的印象。

「這些東西我們已經留了好幾天，」福爾摩斯說：「本來希望能從你登的廣告得知你的地址，我不知道你爲何不登廣告？」

我們的訪客困窘地笑了笑，「我的手頭已不像以前那麼寬裕，」他說：「我以爲一定是那些攻擊我的混混把帽子和鵝拿走了，我不想爲了找回它們而花錢做無望的嘗試。」

「這是當然。對了，關於那隻鵝，我們不得不吃了牠。」

「你們吃了牠！」我們的訪客激動地就要從椅子站起來。

「是的，就算我們不吃，牠也不能再擺下去了。但我想餐具櫃上這隻鵝的重量和原來那隻差不多，而且完全新鮮，對你來說應該沒問題吧？」

「哦，當然，那是當然。」貝克先生鬆了口氣答道。

「另外，我們還留著原來那隻鵝的羽毛、腳和嗉囊之類的東西，如果你——」

這人痛快地大笑出聲，「也許這些可以充作這次探險的紀念品，」他說：「但除此之外，我看不出這些曾經屬於我的『斷簡殘編』對我還有什麼用。不，先生，如你不介意，我寧願把注意力放在餐具櫃

1 石榴石可能的顏色有紅色、橙色、黃色、綠色、紫色、咖啡色、白色、黑色，就是沒有藍色，而且結構也不是後文所說的「碳結晶」——看在歡樂的聖誕氣氛上（這是唯一一篇以聖誕節為背景的溫暖故事），讀者們也就不太在意了。

上我看到的那隻鵝身上。」

福爾摩斯明顯對我使了個眼色，微微聳聳肩。

「這是你的帽子，還有，這是你的鵝，」他說：「對了，能不能麻煩你告訴我，之前那隻鵝你是在哪買的？我對家禽頗有偏好，很少看到能比那隻好的鵝。」

「確實是，先生，」貝克說著站了起來，並將剛拿到的這些東西夾在腋下，「我們有幾個人常去大英博物館附近的阿法酒館——你知道，白天都能在博物館裡找到我們。今年，那個好心的店主，他姓溫迪蓋，發起一個肥鵝俱樂部，只要每週繳交區區幾便士，每個人就能在聖誕節得到一隻肥鵝。我按時繳了費用，其他的你就都知道了。先生，非常感激，不管對我的年紀或嚴肅的長相來說，無邊呢帽實在不適合我。」他用滑稽誇張的動作對我們鄭重地深深一鞠躬，接著便大步離開。

「亨利・貝克先生這邊就這樣了，」福爾摩斯在他身後關上門時說：「我們算是可以確定他對這件事毫不知情。你餓了嗎，華生？」

「還不太餓。」

「那我建議把晚餐改成宵夜[2]，趁這條線索還新鮮時繼續追蹤。」

「沒問題。」

這天晚上酷寒無比，因此我們穿上長大衣，將圍巾直包到喉頭。外頭無雲的天空中，星星閃著清冷的光芒，路人呼出的氣息形成煙霧，就像許多剛擊發的手槍。我們踏著清脆響亮的腳步聲，走過醫學院、溫普街、哈雷街，再經由衛格默街轉到牛津街。一刻鐘後，我們來到布魯斯柏瑞區的阿法酒館，那是在其中一條通往賀朋街的小路轉角上的小酒館。福爾摩斯推開酒館大門，向穿著白圍裙，臉色紅潤的老闆點了兩杯啤酒。

「如果你的啤酒和你的鵝一樣好的話就太棒了。」他說。

「我的鵝！」這人看來頗爲驚訝。

「是的，半小時前我才和你肥鵝俱樂部的成員亨利・貝克先生聊過。」

「啊！是的，我懂了。不過先生，你要知道，那不是『我們』的鵝。」

「這樣啊！那是誰的呢？」

「啊，我是跟柯芬園市場一個販子買了兩打。」

「眞的？那裡有些人我也認識，你說的是誰？」

「他姓貝肯瑞吉。」

「啊！這個我不認識。那麼，老闆，祝你身體健康，生意興隆。晚安。」

「現在去找貝肯瑞吉，」當我們扣上大衣走入外頭冰冷的空氣中時他繼續說：「記住，華生，雖然整件事的一頭是一隻鵝這樣平凡的小事，但另一頭將有個人要被判上七年苦刑，除非我們能證明他是無辜的。雖然我們的調查也可能反而證實他的罪行，但不管怎樣，有一條被警方疏忽，卻以奇特方式落入我們手中的線索要調查。就讓我們往殘酷的另一頭追蹤下去。往南走，加快腳步！」

我們穿過賀朋街，沿著安德爾街往下走，穿過髒亂曲折的陋巷來到柯芬園市場。幾個最大的攤子當中，有一個上面寫著貝肯瑞吉的名字，攤主是個壯碩的男人，一臉精明，留了一圈落腮鬍，正在幫一個

2 福爾摩斯曾對華生說過：「我不能把精力浪費在消化食物上。」在狀況緊張時刻意不吃東西，是福爾摩斯的怪癖，他會以鋼鐵般的意志辦案，直到營養不良昏倒為止。

男孩裝上窗板。

「晚安，今晚好冷啊。」福爾摩斯說。

這販子點點頭，對我的同伴投來疑問的一瞥。

「我看你的鵝都賣完了。」福爾摩斯繼續說著，一面指向空空的大理石平台。

「明天早上又有五百隻了。」

「那就沒用了。」

「喏，點著煤氣燈那裡還有幾攤有貨。」

「啊，但有人向我推薦你這家。」

「是誰？」

「阿法酒館的老闆。」

「哦，是啊。我送了兩打鵝過去給他。」

「那些鵝眞不錯，你又是從哪裡運來的？」

讓我驚訝的是，這問題竟激怒了這個販子。

「先生，你聽好，」他頭一擺，兩手叉腰說：「你想幹什麼？有話就直說吧。」

「我說得夠明白了。我需要知道你賣給阿法酒館的鵝是從哪運來的。」

「喏，我不會告訴你的。現在你想怎樣？」

「哦，這不是什麼了不起的大事，我不明白何必為一點小事發這麼大火。」

「發火？如果你跟我一樣一直有人來煩，你一樣會發火。我付了該付的錢，拿到該拿的東西，生意應該就結束了。可是一下子『那些鵝到哪去了？』，『鵝你賣給誰了？』，又是『那些鵝要多少錢你才肯賣？』，看到爲這些鵝這樣小題大作，有人搞不好會以爲全世界只剩那幾隻鵝了哩。」

「哦，我跟其他那些來問問題的人沒關係，」福爾摩斯漫不經心地說：「如果你不肯說，那我們就沒法賭了，就這樣。但我對家禽的感覺絕對錯不了，我敢賭五鎊，我吃的那隻鵝是在鄉下養出來的。」

「哈，那你已經輸了那五鎊。牠們是養在城裡的。」那販子刻薄地說。

「不可能。」

「我說是就是。」

「我不信。」

「你以爲你會比我懂家禽？我可是從小就開始搞這些了。我告訴你，送去阿法酒館的鵝，全是城裡養出來的。」

「你不可能說服我的。」

「那你要賭嗎？」

「那你不如直接把錢給我，我知道我一定是對的。但我願意跟你賭一鎊金幣，只是要給你個教訓，別那麼固執。」

那個販子陰險地笑了起來，「把帳簿拿來，比爾。」他說。

小男孩拿來一本薄薄的小本子和另一本封面沾滿油光的較大簿本，一起擺在吊燈下方。

「吶，自信先生，」那販子說：「我以爲我的鵝都賣完了，但打烊前，你會看到我店裡還有一隻。你看到小本子嗎？」

「如何？」

「這是我的進貨人名單。看見了吧？喏，這一頁都是住鄉下的進貨人，他們名字後面的數字，就是在大本的總帳裡的帳號。看著！看到用紅墨水寫的這頁沒有？哈，這些就是我在城裡的供應商。現在，看第三個名字，你唸出來吧。」

「歐克蕭太太，布里斯頓路一一七號——二四九。」福爾摩斯唸道。

「沒錯。現在再翻開總帳。」

福爾摩斯翻開他所指的那頁，「這裡，『歐克蕭太太，布里斯頓路一一七號，蛋與禽肉供應商』。」

「再看，最後一筆是什麼？」

「『十二月二十二日，二十四隻鵝，七先令六便士。』」

「正是，就是這個。再下面呢？」

「『售予阿法酒館溫迪蓋先生，十二先令。』」

「現在你怎麼說啊？」

福爾摩斯一臉懊惱至極的樣子。他從口袋拿出一枚一鎊金幣丟在平台上，一副嘔到說不出話來的表情。然後他走了幾碼，停在一根街燈柱下，以他獨有的風格開始無聲地大笑。

「當你看到一個人留著那種鬍子，口袋還露出一截粉紅色的《運動週報》，你就一定能用打賭的方式騙到他。」他說：「我敢說，就算放一百鎊在他面前，他也不會像跟我打賭時一樣拿出這麼完整的資料。嗯，華生，我想我們已經快要接近調查的終點，現在唯一需要確定的，就是今晚是否該去找這位歐克蕭太太，或是等到明天再說。就像那個壞脾氣的傢伙所說，除了我們之外，還有其他人十萬火急地追查這件事。所以我應該——」

他的話被我們剛才離開的攤位上引發的一陣騷亂打斷。我們轉過身，看到一個長了張老鼠臉的矮小傢伙站在搖曳的攤販吊燈放射出的光圈中央，那個販子貝肯瑞吉站在攤子門口，對著那瑟縮的身形揮著拳頭。

「我受夠你跟你的鵝了，」他吼著，「我希望你們全都下地獄去。如果你再拿那些無聊事來煩我，我就放狗咬人了。你找歐克蕭太太過來我就回答她。但這跟你到底有什麼關係？那些鵝是我跟你買的嗎？」

「不是，但其中有一隻是我的。」那矮個子哀求著。

「哼，那你就該問歐克蕭太太。」

「她叫我來問你。」

「那你可以去問普魯士國王，我管你這麼多。我受夠了，給我滾開！」他向前猛衝，那個問問題的人立刻竄進黑暗中。

「哈！搞不好這可以讓我們省下去布里斯頓路一趟。」福爾摩斯悄聲說：「跟我來，看看能從這傢伙身上挖出什麼。」我的同伴大步穿過在各個攤販的燈光間閒晃的一叢叢人群，快速追上那矮小男子，在他肩上拍了一下。他急轉過身，在煤氣燈下，我看到他的臉上全無血色。

「你是誰？你要幹什麼？」他聲音發顫地問。

「請原諒，」福爾摩斯溫和地說：「我剛才不小心聽到你問那攤販的問題，我想或許我能幫助你。」

「你？你是誰？你怎麼會知道這件事？」

「我叫夏洛克・福爾摩斯。我的工作就是想辦法知道別人不知道的事。」

「但你怎麼可能知道這件事？」

「抱歉，我知道關於這件事的一切細節。你想追蹤一些布里斯頓路的歐克蕭太太賣給一個叫貝肯瑞吉的販子的鵝，他賣給了阿法酒館的溫迪蓋先生，而他再賣給他的俱樂部成員，其中一位是亨利・貝克先生。」

「哦，先生，你正是我一直想找的人，」這矮小的傢伙攤開雙手，手指全在顫抖地叫道，「我很難向你解釋為什麼我對這件事這麼感興趣。」

福爾摩斯攔下一輛路過的四輪馬車，「我們最好去個舒適點的房間，而不是在這颳著冷風的市場討論這件事。」他說：「但在我們進一步討論前，請讓我知道我有幸協助的是哪一位。」

這人猶豫一下，「我叫約翰・羅賓森，」他回答時眼神一閃。

「不、不，眞的名字，」福爾摩斯親切地說：「跟用化名的人談事情總是有點尷尬。」

這陌生人的蒼白臉龐頓時通紅，「嗯，呃，」他說：「我的眞名是詹姆斯・萊德。」

「這就對了，麗都酒店的經理大人。請上馬車，很快我就能把你想知道的一切告訴你。」

這矮小男子站在原地，以半帶恐懼、半帶希望的眼神輪流看著我們兩人，彷彿無法確定自己即將面對的是意外之財，還是可怖的災難。接著他踏上馬車，半小時後，我們再次回到貝克街公寓的客廳。一路上沒人說話，但我們這位新同伴忽深忽淺的呼吸，以及雙手時開時合的聲音，正說明他緊繃的情緒。

「到了！」我們陸續進入房間後，福爾摩斯高興地說：「這樣的天氣下，生一爐火正合季節。你看起來很冷，萊德先生，請坐這張藤椅。我先換上拖鞋，然後就來處理你的小問題。好了！你想知道那些鵝怎麼了是嗎？」

「是的，先生。」

「或者，我想應該說是那隻鵝。我認為你感興趣的只有一隻——白色的，尾部還有圈黑毛。」

萊德激動地不住顫抖，「哦，先生，」他叫道，「你能告訴我牠到哪去了嗎？」

「牠到了這裡。」

「這裡？」

「是的，而且牠證實了自己是最不尋常的一隻鵝。我完全不懷疑你會對牠感興趣，因爲牠死後下了顆蛋——從未有人見過，最美最亮麗的藍色小蛋。我放在我的博物館裡了。」

我們的訪客顫巍巍地起身，伸出右手抓住壁爐架。福爾摩斯打開保險櫃，拿出藍色石榴石，它像星辰般閃亮，清冷的光芒向四面八方輻射開來。萊德站在那裡，表情專注地看著它，不確定該承認還是否認。

「遊戲結束了，萊德，」福爾摩斯平靜地說：「站住，老兄，否則你要掉進爐火了！華生，扶他坐回椅子上。他還不夠格犯下如此重罪卻全身而退。給他一點白蘭地，呿！現在看起來比較像個人了。眞是個沒用的小人！」

有那麼一刻，他一臉難以置信，差點就要倒下。白蘭地讓他的臉頰恢復一點血色，現在他以恐懼的眼神看著指控他的人。

「我手中幾乎掌握了所有環節與可能需要的證據，所以你只需要告訴我一些事就行了，而這一小部分就能讓整個案情眞相大白。萊德，你曾聽過莫嘉女伯爵有這顆藍色寶石？」

「是凱薩琳．庫薩克告訴我的。」他的聲音顫抖碎裂。

「我知道，她的貼身女僕。嗯，就像在你之前的人一樣，如此輕易就能得到這樣巨大的財富想必是太大的誘惑，但你的手法卻不夠仔細。萊德，就我看來，你其實是個不折不扣的惡棍。你知道水管工霍納有前科，因此會使他更容易成爲嫌犯。於是你怎麼做？你在女伯爵房間動了點小手腳——你和你的共犯庫薩克——再安排他來修理。接著，當他離開，你洗劫珠寶盒，再報警，讓這不幸的人被逮捕。然後——」

萊德突然跪在地毯上，抓住我同伴的膝蓋，「看在上帝份上，請可憐可憐我！」他尖叫道，「想想我爸爸！還有我媽媽！他們會傷心透頂的，我以前從來沒做過錯事！我以後再也不會了，我發誓，我願對聖經發誓。哦，別把這件事送上法庭！耶穌基督，不要！」

「坐回你的椅子上！」福爾摩斯嚴厲地說：「現在你會畏畏縮縮跪地求饒，但你當初卻不曾對被告席上全然不知情的霍納著想。」

「我會逃走，福爾摩斯先生。我會離開這個國家，先生。這樣對他的指控就會撤銷了。」

「哼！我們等會再討論這個，接下來先聽聽眞相。這石頭是怎麼進入鵝的體內，鵝又是怎麼流入市場的？把眞相告訴我們，這是你讓自己安全獲救的唯一機會。」

萊德舔舔乾燥的嘴唇，「我會照實告訴你，先生，」他說：「當霍納被逮捕，我覺得最好立刻帶著這石頭遠走高飛，因爲我不知道警方何時會想搜查我或我住的地方。飯店裡沒有任何地方是安全的。我假裝有事外出，來到我姊姊家。她嫁給一個姓歐克蕭的，住在布里斯頓路，在那飼養家禽供應市場攤商過活。一路上，我眼中的每個人看起來都像警察或警探，雖然晚上這麼冷，但我走到布里斯頓路前早就流了滿臉的汗。我姊姊問我過來有什麼事，還問我臉色爲什麼這麼蒼白，我告訴她是因爲飯店的珠寶竊案而心情不好。我走到後院，抽著菸斗，想著要怎麼做才好。

「我以前有個朋友姓毛茲利，後來走上歪路，剛從潘頓維爾監獄服完刑。之前有一次他碰到我，聊起偷竊以及他們怎麼處理贓物的事。我知道他不會騙我，因爲他有一、兩件把柄在我手上。因此我決定去他住的基爾本區找他，讓他知道我的祕密。他會教我如何把寶石換成現金。但要怎樣才能安全抵達他那裡？我想著從飯店出來後一路上讓我苦惱的，就是可能會被逮捕並搜身，而寶石就在我外套口袋裡。這時我靠著牆，看著在腳邊晃蕩的鵝，於是想到一個可以騙過最聰明的警探的點子。

「幾星期前我姊姊對我說過，我可以挑隻鵝當作聖誕禮物。我知道她一向說話算話，我可以現在就挑隻鵝，讓鵝帶著我的寶石到基爾本區。後院裡有個棚子，我在棚子後面挑了一隻鵝——一隻又大又好，尾部有條紋的白鵝。我抓住牠，撬開牠的嘴，把寶石盡可能往牠喉嚨裡塞。那隻大鳥一個吞嚥，我感覺到寶石沿著牠的咽喉進入嗉囊。但這動物開始撲翅掙扎，我姊姊出來看發生了什麼事。當我轉身和她說話，這畜牲就掙脫開來，拍著翅膀回到同伴當中。

「『你在對那隻鵝幹什麼，小詹？』」她說。

「『啊，』我說：『你說過要給我一隻當聖誕禮物，我在看哪隻最肥。』

「『哦，』她說：『我們已經幫你挑好一隻——我們都叫牠小詹的鵝。就在那邊，又大又白的那隻。這裡有二十六隻，一隻給你，一隻給我們自己一隻，剩餘兩打送到市場去。』

「『謝了，瑪姬。』我說：『如果對你沒差的話，我要剛才我抓的那隻就好。』

「『另外那隻重了三磅多，』她說：『我們特別爲你養肥的。』

「『沒關係，我要那隻就好，我現在就帶走。』我說。

「『好啦，隨你高興。』她有點生氣地說：『你要的是哪隻？』

「『那隻白色然後尾巴有條紋的。在那群中間。』

「『哦，好吧，我宰了牠讓你帶走。』

「嗯，福爾摩斯先生，就像她說的，鵝處理好後拿給我，我就帶著去了基爾本區。我把我做的事告訴那個朋友，他是讓人容易說出那種事的人，他聽得笑岔了氣，然後我們拿刀把鵝剖開。結果我整顆心沉到了水裡，因為完全不見那顆寶石，於是我知道事情出了大錯。我把鵝丟下，衝去我姊姊那裡，急忙跑到後院，但已經一隻鵝都沒有了。

「『瑪姬，牠們都到哪去了？』我叫道。

「『送去給肉販了，小詹。』

「『哪個攤子？』

「『柯芬園的貝肯瑞吉。』

「『是不是還有另外一隻尾巴有條紋的？』我問她，『跟我挑的那隻一模一樣？』

「『是啊，小詹。有兩隻的尾巴上有條紋，我一直分不清哪隻是哪隻。』

「所以，我當然知道是怎麼回事，於是趕緊跑去找貝肯瑞吉。但他已經立刻又賣掉了，而且一個字都不肯跟我說是賣到哪裡。今晚你也聽到他說的，他一直都這樣回答我。我姊姊以為我瘋了，有時候我也覺得我自己瘋了。現在──現在我成了個竊賊，但出賣人格換來的錢財我連碰都沒碰過。上帝你幫幫我！你幫幫我！」他將臉埋在雙掌中，爆出一陣陣抽泣。

現場陷入一陣冗長的靜默，期間只有他粗重的呼吸聲與福爾摩斯以指尖敲打桌緣的聲音。接著我的朋友起身，用力打開房門。

「滾出去！」他說。

「先生，你說什麼？哦，老天保佑你！」

「別再廢話，出去！」

什麼都不用說，樓梯間發出一陣匆促的劈啪聲，接著是用力甩門聲，最後是街上傳來急速奔跑的清脆腳步聲。

「畢竟，華生，」福爾摩斯說著一面伸手去拿陶土菸斗，「我不是警方聘來彌補他們的缺陷的。如果霍納真有危險，那是另一回事，但這傢伙不會再以不利的證人身分現身，這案子也就無法成立了。我想我是幫一個重刑犯減了刑，但也拯救了一個靈魂。這傢伙嚇壞了，以後不會再做壞事。現在送他進監獄的話，他一輩子都是隻籠中鳥。再說，這是個原諒的季節。一個奇異古怪的謎題透過命運落在我們手上，而它的解答就是獎賞。醫生，如果你能好心拉鈴，我們就能展開另一次調查，而鳥類在其中仍然會是主角。」

*CASE 4*

# 花斑帶探案

「福爾摩斯，」我叫道，「我想我隱約能看到你暗示的東西了。我們正好趕上，來阻止一件曖昧而可怖的罪行。」

「夠曖昧也夠可怖。當一個醫生走上歧途，就會是個一流罪犯。因爲他有膽量，也有足夠的知識。」

瀏覽過去八年間，我為了研究我的朋友夏洛克・福爾摩斯的思考方法而記下的七十個古怪案件中，有些是悲劇，有些是喜劇，大部分則單純只是奇特的案件，但沒有一件平凡無奇。由於他是出自對思考技藝的熱愛，而非為了財富投入工作，因此會拒絕涉入調查任何不算不尋常，甚至不奇怪的案子。在這許多案件中，我想不出哪一件會比廣為人知的薩利郡史托克－莫蘭村的羅勒特家族一案更為特別。這案子發生在我和福爾摩斯認識初期，當時我們都是單身漢，在貝克街合租公寓。由於有保密承諾，所以在此之前一直無法將此案公諸於世。直到上個月，當初對其承諾保密的那位女士終於過世，此案才得以解密。同時，也許現在也是該讓事實曝光的時候。基於某些理由，我知道已有關於葛林斯畢・羅勒特醫生死因的謠言開始流傳，因此與其讓謠言繼續造成傷害，不如將事實公開。

那是一八八三年四月初，某天早晨醒來時，我發現福爾摩斯已裝扮整齊站在床邊。他向來是個晚起的人，而壁爐架上的時鐘顯示現在才七點一刻。我驚訝地對著他猛眨眼，也許其中還有點不高興，因為我自己的生活是頗有規律的。

「很抱歉吵醒你，華生。」他說：「但這在今天早上十分合理。由於哈德遜太太被人吵醒，她遷怒在我身上，我就遷怒於你。」

「怎麼回事——失火了嗎？」

「不，有客戶上門。是個年輕女士，進來時看起來非常激動，堅持一定要見我。現在她在起居室等著。你說，當一位年輕女士在早上這時間進城，把還在睡覺的人從床上叫醒，我想必然有十分急迫之事要說。如果這是個有趣的案子，我很確定你一定想從一開始就參與。所以我想，無論如何都該來叫你，給你這個機會。」

「親愛的老兄，我絕對不會為了任何事而錯過。」

沒有任何事能比跟著福爾摩斯進行專業調查更讓我感到愉快，看著他面對眼前的謎題，以紮實的邏輯爲基礎，如直覺反應般迅速做出推論並加以解決，也讓我欽佩不已。我趕緊穿好衣服，幾分鐘後便準備就緒，與我的朋友一同前往起居室。有位身穿黑衣，戴著密實面紗的女士坐在窗邊，看到我們進房便站了起來。

「早安，女士。」福爾摩斯愉快地說：「我叫夏洛克．福爾摩斯。這位是我的好友兼同事華生醫生，可以對我說的話，在他面前也可以放心地說。哈！很高興看到哈德遜太太明智地生了火。請坐到火爐邊，我可以幫你倒杯熱咖啡，我看到你在發抖。」

「我發抖不是因爲冷。」這位女子低聲說著，依他的指示移動座位。

「那是爲什麼？」

「是恐懼，福爾摩斯先生。實在太可怕了。」說話時她掀起面紗，我們看到她確實激動不安到令人憐憫的程度。她的臉色一片死灰，雙眼像被追逐的野獸滿是懼意。她的身形與五官看起來像三十歲左右的女人，但頭髮卻提早轉爲灰白，表情也疲憊憔悴。福爾摩斯瞄了一眼，迅速詳盡地將她審視一遍。

「你不用害怕，」他用安撫的語氣說，傾身向前輕拍她的前臂，「我全然相信我們很快就能把事情解決。我想你今天早上是坐火車來的吧。」

「你以前就認識我？」

「不，我看到你把回程車票握在左手的手套中。你一定是很早就起來，到火車站前還坐雙輪小馬車在顛簸的路上跑了好長一段。」

這位女士大感震驚，迷惑地凝視我的同伴。

「親愛的女士，這毫無神祕之處。」他微笑說道，「你外套的左手袖子濺上了泥巴，至少有七個地方，而痕跡還很新。只有雙輪小馬車會讓泥巴這樣噴濺，而且你是坐在車伕左邊才會這樣。」

「不管你的理由是什麼，你完全說對了。」她說：「我不到六點鐘就從家裡出發，六點二十分抵達里茲海德車站，搭上第一班車來到滑鐵盧車站。先生，我無法承受這壓力，再繼續下去我就要瘋了。我無人可以求助——完全沒有。只有一個人，他關心我，但這可憐的傢伙卻根本幫不上忙。福爾摩斯先生，我從別人那裡聽說你的名字。我是從法倫塔許太太那裡知道的，你在她最需要的時候幫助過她，也是她把你的地址給了我。哦，先生，你不認爲能夠幫助我嗎？或者至少在包圍我的重重黑暗中投入幾許光明？目前我還無法爲你的幫助支付酬勞，但一到兩個月內我就要結婚，到時便有可支配的收入，你就會知道我並非不知感恩。」

福爾摩斯轉向書桌，打開上鎖的抽屜，拿出一小本用來參考的案件記錄簿。

「法倫塔許，」他說：「啊，是的，我記得，是關係到一頂蛋白石頭冠的案子。我想那是在我認識你之前的案子，華生。我只能這麼說，女士，對於你的案子，我會付出對你朋友同樣的關注。至於報酬，我的職業就是報酬，你可以自由選擇對你來說方便的時候支付我在此案中的開銷。現在，我請你將這件事的所有細節告訴我們，以便爲你提供意見。」

「唉！」我們的訪客嘆道，「我的狀況最可怕之處，就在於那恐懼是如此不可捉摸，我的疑慮都來自一些微不足道的小事，這對其他人來說也許根本就不重要，甚至對那個我最應該尋求幫助與忠告的人，也將我告訴他的一切當作一個神經質女子的幻想。他沒這麼說，但我能從他撫慰的話語和迴避的眼神中讀出來。福爾摩斯先生，我聽人說，你能看出人心深處的種種邪惡，或許你也能指點我該如何行走在包圍我的重重危險之中。」

「我正專心聽著，女士。」

「我叫海倫．史東納，我和繼父住在一起，他所屬的是全英國最古老的薩克遜人家族之一，也是薩利郡西部邊界史托克－莫蘭村的羅勒特家族最後的苗裔。」

福爾摩斯點點頭說：「這名字很熟悉。」

「他們曾是全英國最富有的家族，產業甚至超過郡界，遠至北邊的博克郡與西邊的罕普郡。但上個世紀的四個繼承人全是放蕩驕奢之徒，最後終於在喬治三世攝政時期被一個賭徒將家產敗光。最後除了幾畝地和一棟幾乎抵押殆盡的兩百年老宅外，其他什麼都不剩。最後一個地主只能苟延殘喘，空有貴族架子其實過著貧民生活，而他的獨子，也就是我的繼父，看出自己必須改變生活，於是向一位親戚借了筆錢，用來攻讀了醫學學位，然後去加爾喀達，靠著醫學專業與強勢性格，建立起偌大的事業。但因為某次盜賊入室行竊事件，他一怒之下打死一個當地男僕，差點被處死刑。他為此在牢裡待了很長一段時間，後來便返回英國，成了個孤僻沮喪的人。

「羅勒特醫生在印度時娶了我母親，孟加拉砲兵營史東納少將的年輕寡婦史東納太太。我姊姊茱莉亞和我是雙胞胎，母親再婚時我們才兩歲。她有一大筆錢，每年的收入不下一千鎊。她把這筆錢留給羅勒特醫生，只要我們還和他住在一起，這筆錢就完全歸他，但有個條款，就是當我們結婚後，每年要撥出一部分給我們兩人。我們回到英國後不久，母親就過世了——她是八年前在克魯威死於一場火車意外。之後羅勒特醫生放棄在倫敦開業行醫，帶著我們住進史托克－莫蘭村的祖宅裡。母親留下的錢足夠我們生活所需，似乎也沒有什麼能阻止我們幸福地生活。

「就在這時，我繼父身上發生了極可怕的變化。對於剛開始很高興看到史托克－莫蘭村的羅勒特家族有人回到老家的鄰人，他不再與他們往來或相互拜訪。他把自己關在屋裡，除了對路過的人凶惡地吼叫外很少出門。暴烈而幾近瘋狂的脾氣是這家族男性的遺傳，至於我繼父，我相信由於他長年住在熱帶，使這情況更是變本加厲。於是一連串不光采的爭吵甚至鬥毆事件接連發生，其中兩次還鬧上警察局。到了最後，他成了村中的恐怖分子，只要他一走近，人們便拔腿就跑，畢竟他是個一身蠻力而且完全無法控制脾氣的人。

「上個星期，他把一個本地鐵匠扔過矮牆丟進溪裡，我用盡身邊能找到的每一分錢賠償，才避免又一次家醜外揚。除了一些流浪的吉普賽人，他沒有任何朋友。他會允許這些流浪漢在他幾畝長滿荊棘的祖傳田地上紮營，他會到他們的帳篷中接受招待，有時甚至與他們一起流浪幾個星期。他十分熱愛印度的動物，有個與他往來過的印度商人有時會運送一些動物過來給他。目前他養了一隻印度豹和一隻狒狒，牠們可以在他的土地上四處遊蕩，對於牠們，村民幾乎就和對牠們的主人一樣害怕。

「從我所言，你可以想像，我和我可憐的姊姊茱莉亞的生活幾乎沒有樂趣可言。沒有僕人願意留下，長久以來一直是我們自己做所有家務。她死時才三十歲，但頭髮已開始變白，現在我也一樣。」

「你姊姊已經死了？」

「她兩年前剛過世，我來就是希望與你談談她的死亡。你能了解，過著我描述的這種生活，很難遇到與我們年紀和地位相當的人。我們有個姨媽，荷諾莉亞・魏斯特法小姐，是母親娘家的妹妹。她住在倫敦附近的哈洛鎮，我們偶爾能獲准到她家短暫作客。兩年前，茱莉亞在聖誕節時過去作客，認識了一位半退役的海軍少校，後來兩人訂了婚。我姊姊回家後，繼父知道了她訂婚的事，對這婚事沒表示反對。但就在婚禮前兩個星期，發生了可怕的事，也因此帶走我生活中唯一的同伴。」

福爾摩斯靠向椅背，閉上雙眼，頭埋在一個靠墊中。他突然半睜開眼，對我們的訪客投以一瞥。

「請詳細說明。」他說。

「對我來說這很容易，因為在那段可怕時期發生的每一件事都深深烙印在我的記憶中。如我所說，那棟大宅非常古老，而且現在只有一側有人居住。這一側的臥房都在一樓，起居室在整棟建築的中央。這些臥室中，第一間是羅勒特醫生的房間，第二間是我姊姊的，第三間是我的。臥房之間無法相通，但都面向同一條走廊。我說得夠明白嗎？」

「非常清楚。」

「三間房間的窗戶都面向草坪。那致命的一夜，羅勒特醫生很早就回臥房，但我們知道他還沒睡。因爲我姊姊很不喜歡他習慣抽的那種印度雪茄的煙味，所以她到我房間來坐了一會兒，聊著即將到來的婚禮。十一點鐘，她起身離開，但在門口停下回頭張望。

「『海倫，告訴我，』她說：『你在深夜時有沒有聽過口哨聲？』

「『沒有。』我說。

「『我想你睡覺時應該不會吹口哨吧？』

「『當然不會。怎麼了嗎？』

「『因爲過去幾天夜裡，總是在凌晨三點聽到一陣低沉但清楚的口哨聲。我一向睡得很淺，就被這聲音吵醒了。我不知道這聲音是從哪來的，可能是隔壁房間，也可能是草坪上。我只是想問問你是不是也聽到了。』

「『沒有，我沒聽到。一定是田地上那些可憐的吉普賽人吧。』

「『很有可能。如果是草坪上傳來的，你怎麼會沒聽見呢？』

「『啊，我比你睡得沉吧。』

「『嗯，其實也不是什麼大事。』她對我笑了笑，關上我的房門，過了一會兒，我聽到她的鑰匙在鎖孔中轉動的聲音。」

「好，」福爾摩斯說：「你們晚上睡覺時總是習慣鎖門嗎？」

「是的。」

「爲什麼？」

「我想我剛提過，醫生養了印度豹和狒狒。不鎖門的話，我們會沒有安全感。」

「的確是。請繼續陳述。」

「那一夜我睡不著，一種近在眼前，模糊又不祥的預感壓迫著我。你還記得我姊姊和我是雙胞胎吧，你也知道，兩個如此親近的靈魂，彼此間會有怎樣的隱密連結。那是瘋狂的一夜，外頭強風呼嘯，雨點擊打潑濺在窗上。突然，在風雨造成的吵雜聲中，爆出一聲女人受驚嚇時發出的瘋狂尖叫聲。我認出是姊姊的聲音，就從床上跳了起來，圍了件披肩就衝進走廊。打開房門時，我似乎聽見一聲低沉的口哨聲，就像姊姊描述過的。過了一會兒，傳來匡鋃一聲，像是一堆金屬物掉落的聲音。當我來到走廊上，姊姊的房門開著，掛在鉸鍊上的門扉緩緩晃動。我飽受驚嚇地看著，不知房裡發生了什麼事。就著走廊上的燈光，我看到姊姊出現在門口，她的臉色因爲受驚而一片慘白，雙手在身前摸索尋求幫助，整個身子像喝醉一樣來回晃動。我跑上前抱住她，這時她的膝蓋卻突然一軟，倒向地板。她彷彿正受著極大的痛苦不住扭動，四肢恐怖地抽搐不停。一開始我以爲她不認得我了，但當我在她身子上方彎身查看時，她突然發出我一輩子也忘不了的尖叫聲：『哦，我的天！海倫！那條帶子！那條花斑帶！』她還想說些什麼，但手指插向空中，比往醫生的房間，這時又一陣抽搐攫住她，把她的話堵在喉頭。我衝過去大聲叫喚繼父，他穿著晨袍匆忙走出房間。當他來到我姊姊身邊，她已經失去意識，雖然他爲她灌了白蘭地，還送她到村裡的醫療站，但一切全都徒勞無功，她就這樣緩緩沉入死亡之中，再也不曾恢復意識。這就是我親愛的姊姊遭遇的可怕結局。」

「等一下，」福爾摩斯說：「你確定聽到口哨聲與金屬聲？你能確定嗎？」

「驗屍官訊問時也問了同樣的問題，我的感覺是確實聽到了，但在暴風雨和老屋子發出的聲音之間，我也可能會聽錯。」

「你姊姊穿著整齊嗎？」

「不，她穿著睡衣。她的右手握著一截燒過的火柴，左手拿著火柴盒。」

「這顯示當她尖叫時，正擦亮火柴查看四周。這很重要。那驗屍官有什麼結論？」

「由於羅勒特醫生在郡裡惡名昭彰，所以他非常仔細調查這個案子，但是找不出能讓他滿意的死因。我的證詞顯示，門是從房內鎖上，窗子是用裝有鐵條的老式窗板封住，每天晚上都會關緊。仔細敲擊檢查牆壁，顯示全都非常結實，地板也徹底檢查過，結果還是一樣。煙囪很寬，但裡面釘了四根橫閂封住。因此可以確定，我姊姊面對生命終點時是獨自一人在房裡。此外，她身上也沒有任何遭受暴力對待的痕跡。」

「可能是中毒嗎？」

「醫生檢查過了，但沒有發現。」

「那麼，你認爲這位不幸的女士是怎麼死的？」

「我相信她是死於純粹恐懼和神經性休克，雖然我想不到有什麼能讓她如此驚恐。」

「當時田地上有吉普賽人嗎？」

「是的，幾乎隨時總有幾個人在那裡。」

「啊，關於你姊姊提到的——花斑帶（speckled band），那會是什麼？」

「有時候我想那只是狂亂的臨終囈語，有時又覺得可能指的是一群人（band），或許指的就是田地上這批吉普賽人。不知道會不會是他們當中有些人用有斑點的手帕包頭，才讓她想到這樣奇怪的形容法。」

福爾摩斯搖搖頭，似乎對這解釋完全不滿意。

「太深奧了，」他說：「請繼續你的故事。」

「在那之後過了兩年，直到最近，我的生活仍然比以前更爲寂寞。然而一個月前，一個已經認識多年的好友向我求婚。他叫艾米塔吉——波西．艾米塔吉——是瑞汀市附近鶴溪鎮艾米塔吉先生的次子，我的繼父並未反對婚事，我們準備要在春天結婚。兩天前，老宅西側開始重新裝修，我的臥房牆壁被打掉，所以暫時搬進我姊姊去世時所在的房間，睡在她的床上。你可以想像我昨天晚上的恐懼，當我醒著，想到她可怕的命運時，突然在深夜的寂靜中，聽到預告她死亡命運的低沉口哨聲。我從床上跳起來，點亮油燈，但房間裡什麼都沒有。我怕得沒辦法再回床上睡覺，所以穿好衣服，等天一亮就溜出來，在對面的皇冠客棧叫了輛小馬車，一直坐到里茲海德。從那時起到今天早上，我只有一個目標，那就是見你一面並請你幫忙。」

「你的反應非常聰明，」我的朋友說：「但你把所有事情都告訴我了嗎？」

「是的，所有事。」

「羅勒特小姐，你沒有。你爲繼父隱瞞了一些事。」

「什麼？你的意思是？」

福爾摩斯將這位訪客放在膝頭的手臂的黑色蕾絲摺邊往後推作爲回答。有五個青紫色瘀痕，那是四隻手指加上拇指的痕跡，就印在她白皙的手腕上。

「你被虐待過。」福爾摩斯說。

這位女士滿臉漲得通紅，將受傷的手腕再次遮起，「他是個粗暴的人。」她說：「他也許不知道自己力氣有多大。」

這時一陣冗長的沉默降臨，福爾摩斯傾身用手托著下巴，注視嗶剝作響的爐火。

「這是件很嚴重的案子。」最後他開口說：「在我決定採取行動前，還有太多細節需要知道，不能再浪費任何時間了。如果我們今天就前往史托克－莫蘭村，有沒有可能在不知會你繼父的情況下檢查這幾間房間？」

「正好，他說今天有些很重要的事要進城，很有可能會去一整天，這樣就不會有人妨礙你們了。我們現在有個管家，但她又老又傻，我可以輕易把她支開。」

「太好了。你不反對走一趟吧，華生？」

「一點也不。」

「我們就一起去。那你怎麼辦？」

「既然我在城裡，那麼有一、兩件事可以去辦。但我要搭十二點鐘的火車回去，這樣就可以在那裡等你們來。」

「那我們中午過後會到，我自己也有事要處理。你不再等一會兒一起吃早餐？」

「不，我得走了。把心裡的煩惱告訴你後，我覺得輕鬆多了。那麼就下午再與你們見面了。」她把密實的黑紗蓋回臉上，靜靜地離開房間。

「你怎麼看這件事，華生？」福爾摩斯靠回椅背時問道。

「在我看來，這案子極爲黑暗而且邪惡。」

「是夠黑暗也夠邪惡。」

「如果這位女士說的沒錯，地板和牆壁都沒問題，門、窗和煙囪也無法通行，那麼她姊姊神祕死亡時，毫無疑問房內只有一個人。」

「這樣的話，那深夜的口哨聲，還有垂死女人說的奇怪字眼，又是什麼意思？」

「我想不出來。」

「當你把深夜口哨聲和那群與老醫生往來密切的吉普賽人連結起來，我們就有充足理由相信，老醫生有意阻止繼女的婚事。關於帶子的臨終留言，以及最後海倫・史東納小姐聽到的金屬聲這件事，很可能是將封住窗板的鐵條放回原位的聲音。我認為若要破解這案子，這幾條線索會是很好的基礎。」

「但是，那些吉普賽人又扮演什麼角色？」

「我還想不出來。」

「我可以為這個理論找出一堆反證。」

「我也是，這正是我們今天要去史托克－莫蘭村的原因。我要看看這些反證是真的無法推翻，還是可以用其他想法解釋。這到底是怎麼回事！」

我的同伴正感嘆著，這時門卻突然被人用力撞開，一個身材高大的男人站在門框中。他的服裝是專業人士與農夫的奇怪組合：戴著黑色禮帽、穿著黑色雙排釦長大衣和一雙高筒無帶靴，手上揮著狩獵短棍。他非常高，以致帽子幾乎碰到門楣，身體的寬度也幾乎頂到門框兩側。他有張布滿皺紋，被陽光烤得焦黃的大臉。這時他用惡毒的表情輪流看著我們兩人，射出憤怒目光的深陷雙眼和高聳但薄而無肉的鼻子，使他看起來像隻兇惡的老年猛禽。

「你們哪個是福爾摩斯？」這怪人問道。

「我就是，先生。但我不認識你。」我的同伴平靜地說。

「我是史托克－莫蘭村的葛林斯畢・羅勒特醫生。」

「是的，醫生。」福爾摩斯溫和地說：「請坐。」

「我才不坐。我的繼女來過這裡，我跟著她過來的。她跟你說了什麼？」

「以一年的這個時候來說，今天有點冷。」福爾摩斯說。

「她跟你說了什麼？」這老人憤怒地大叫。

「我聽說番紅花會開得很好。」我的同伴繼續冷靜地說。[1]

「哈！你想敷衍我是嗎？」我們的新訪客說著，向前踏出一步，揮著狩獵短棍，「我知道你，你這無賴！我以前就聽過你這個人，你就是福爾摩斯，愛管閒事的人。」

我的朋友只管微笑。

「福爾摩斯，愛管閒事！」

他臉上的笑容更大了。

「福爾摩斯，蘇格蘭場的愛現傢伙！」

福爾摩斯痛快放聲大笑，「你說的話太有趣了，」他說：「出去時請把門帶上，不然穿堂風會吹進來。」

「話說完我自然會走。你膽敢來管我的事情，我知道史東納小姐來過這裡，我跟著她過來的！我可

1 從福爾摩斯與羅勒特醫生這一來一往的對話當中，我們可以清楚看到這位名偵探的性格絕非一板一眼，偶爾會耍嘴皮子，或做出孩子氣的舉動。例如在某個案件中（本書未收錄），委託人因遺失一份重要文件而焦急不已，結果福爾摩斯偷偷把尋回的紙捲藏在委託人面前蓋上蓋子的餐點中，當餐蓋掀起，委託人自是又驚又喜，還差點昏厥過去——福爾摩斯先生，您也未免太淘氣了吧？

是危險人物，誰敢來動我！來啊！」他快步上前，抓起撥火鉗，用那雙棕色大手用力折彎。

「看到沒，最好離我遠一點！」他咆哮著將折彎的撥火鉗丟進壁爐，然後邁步離開。「眞是友善的人啊。」福爾摩斯笑著說：「我沒他粗壯，但如果他繼續鬧下去，我會讓他看看我的肌肉可不比他來得差。」他說著一面撿起那支撥火鉗，用力一扳，又把它扳直了。[2]

「把我比作官方警探來貶低我，他還眞有意思！這個意外這下讓我們的調查更有趣了，而我相信，我們的小朋友這次不會再因爲她的不小心而被這野獸跟上了。現在，華生，我們先叫早餐，之後我要去民事法院一趟，希望能找到一些可以幫助我們調查這案子的資料。」

□

下午將近一點，福爾摩斯外出歸來，手上拿著一張藍色的紙，上面潦草記錄著一些註記與數字。

「我看到那位去世妻子的遺囑了，」他說：「爲了確認它的眞正意義，我必須算出當年的投資今天剩下多少市値。這位妻子過世那年，每年收入總値略少於一千一百鎊，但現在由於農產價格下跌，每年已不超過七百五十鎊。兩個女兒在已婚的情況下，每年可得兩百五十鎊。所以很顯然，如果兩個女兒都結婚，就沒剩下多少好處。就算只有一個女兒結婚，也會讓他損失不少。我今天早上的工作不算白費，證明了他有非常強烈的動機阻止任何這類事情發生。華生，現在不能再浪費時間，尤其是這老頭已經察覺我們對他的家務事有了興趣，如果你已準備好，我們就叫輛街車去滑鐵盧車站。如果你能把左輪手槍放進口袋，我會非常感激。要對付一個能把撥火鉗彎成麻花的紳士，伊利二號手槍會是最好的武器。再帶支牙刷，我想這些就夠了。」

在滑鐵盧車站，我們很幸運趕上一班開往里茲海德的列車，到了那裡，我們在車站旅店租了輛輕便馬車，走了四到五哩路穿越美麗的薩利郡街道。今天天氣很好，陽光明亮，空中飄著羊毛般的雲朵。樹木與路邊的灌木都抽出新芽，空氣中充滿潮濕泥土的美好氣息。至少對我來說，這春季將至的甜美景象，和我們即將展開的凶險調查，不得不說是極爲特殊的對比。我的同伴在馬車前座，他交抱雙臂，拉下帽簷遮住雙眼，下巴抵在胸前，正浸浴在最深沉的思考中。突然間他驚坐起來，拍拍我的肩膀，指向遠處的草原。

「你看！」他說。

一片稠密的林地沿著和緩的坡地向上伸展，在最高處形成一片森林。枝葉之間露出一座古老宅邸的灰色山形牆和屋脊。

「這是史托克－莫蘭村？」他問道。

「是的，先生。那是葛林斯畢．羅勒特醫生的房子。」車伕說。

「那兒還有些屋子，」福爾摩斯說：「我們就是要去那裡。」

「村子就在那，」車伕說著，指向左邊有些距離的幾座屋頂，「但如果你們要去那座大屋，從這道階梯，再走那條穿過空地的步道會近一點。就在那裡，那位女士所走的地方。」

2 扳彎或扳直一根撥火鉗需要多大力氣？顯然福爾摩斯絕非是個文弱體瘦的書生。華生醫生曾在《暗紅色研究》中這樣描述福爾摩斯：「精於棒棍、拳擊與劍術。」在《四個人的簽名》中，福爾摩斯還跟一位前職業拳擊手麥可莫多敘舊：「我不認為你會忘了我。難道你不記得四年前那場友誼賽中，跟你打了三個回合的業餘拳手？」這位麥可莫多也曾在二〇〇九年上映的福爾摩斯電影中出現過，再次扮演了小勞勃道尼飾演的福爾摩斯的「拳」下敗將。

「那位女士，我想就是史東納小姐。」福爾摩斯遮著陽光說：「是的，我想我們走你建議的路比較好。」

我們下車，付了車資，這輛馬車便循原路嘎嘎駛回里茲海德。

「我有想過——」當我們走在階梯上，福爾摩斯說：「——要讓這傢伙以爲我們是建築師或爲了其他正事而來，這樣可以防止他到處碎嘴。午安，史東納小姐。你看，我們是很守信用的。」

今晨來拜訪我們的客戶快速上前與我們會合，臉上滿是喜悅的神色。「我等你們等得好心急。」她一面叫道，一面熱情地與我們握手。「事情進行得很順利，羅勒特醫生進城去了，傍晚前不太可能趕得回來。」

「我們有幸已經和這位醫生見過面了。」福爾摩斯說道，簡短敘述事情經過。史東納小姐聽得嘴唇都發白了。

「天哪！」她叫道，「他竟然跟蹤我。」

「看起來是如此。」

「他太狡猾了，我永遠不知道什麼時候才能眞正避開他。那他回來後會怎麼說？」

「他得先保護自己，因爲他會發現有個比自己更狡猾的人已尾隨而至。今晚你要自己一個人鎖在房間裡，如果他開始施暴，我們會帶你到哈洛鎭的姨媽家去。現在，我們得加緊利用時間，帶我們去那些要檢查的房間吧。」

這棟建築是由覆滿青苔的灰石建成，中央部分高起，有兩道曲折延伸的側翼，就像蟹鉗向兩側伸出。其中一道側翼的窗戶已然破損，用木板封了起來。屋頂也有部分下陷，好一副殘敗的景象。中央部分維護較佳，右邊看起來相對較新，窗上裝有窗簾，煙囪內有藍煙裊裊升起，顯示是這家人生活的主要區域。尾端牆面搭起鷹架，部分石牆已被打掉，但我們到訪此時，看來現場沒有任何工人。福爾摩斯在修剪得參差不齊的草地上慢步來回走動，並仔細檢查窗戶外側。

「我想這就是以前你住的房間，中間這間是你姊姊的，緊鄰主建築這間是羅勒特醫生的房間？」

「確實如此。但我現在睡在中間這間。」

「我知道，因為改建的關係。但是，看起來尾端的牆面並沒有重修的必要。」

「是沒有。我相信那是要我搬離原本房間的藉口。」

「啊！很有意思。那麼，這道狹窄側翼的背面，也就是三間臥房開門後面對的走廊。那一面當然也有窗子？」

「有的，但非常小，沒有人能從那裡鑽進來。」

「也就是當你們晚間鎖上房門後，沒人能從那一面進來。現在，你能不能走進你房間，把窗板封起來？」

史東納小姐依言行事，福爾摩斯仔細檢查窗戶後，用各種方式努力想將窗戶打開，但都無法成功，連條讓小刀插入挑開窗閂的細縫都沒有。接著他用放大鏡檢查並測試鉸鍊，但它們是高純度的鐵製品，牢牢鑲在石塊之中。「哼！」他困惑地抓著下巴說：「看來我的理論出了點問題。窗板封上之後，就沒人能進得來。嗯，我們看看能不能從裡面找到一點線索。」

我們從一扇小型側門進入三間房間面對的刷白走廊。福爾摩斯並未察看第三間房間，我們跳過進入第二間，也就是史東納小姐現在所睡，之前她姊姊面對不幸命運的房間。這是間很平常的小房間，天花板低矮，有個壁爐，是舊式鄉村風格。角落裡有個棕色抽屜櫃，另一個角落是張鋪著白色床罩的窄床。窗戶左邊有個梳妝台。就這些東西，加上兩張小藤椅，就是這房間裡的所有家具，房間中央地板上還有塊威爾頓地氈。房裡的木板和牆上的鑲板是被蟲蛀過的棕色橡木，非常古老且褪色嚴重，很可能從這棟大宅初建時就已存在。福爾摩斯拉了張椅子，靜靜坐在角落，但雙眼不斷環伺上下四周，檢視這房間的每樣細節。

「那個叫人鈴連到什麼地方？」最後他指著床邊的一條粗繩問道，繩子尾端的流蘇已垂到枕頭上。

「連到管家房間。」

「這看起來比房裡的其他東西要新？」

「沒錯，幾年前才裝上的。」

「我猜是你姊姊要求的？」

「不，我從來沒聽她用過這東西。我們已經習慣要什麼就自己去拿。」

「的確是，看來沒必要裝條這麼好的鈴繩在這裡。請原諒，我得用幾分鐘檢查地板。」他拿著放大鏡，臉朝下整個人貼在地上，不斷快速前後爬行，詳細檢視木板上的每條裂縫。接下來也以同樣步驟檢視房裡的牆面鑲板。最後他走向床邊，花了點時間凝視著它，再上下觀察牆面。最終，他執起鈴繩，輕輕一拉。

「啊，是假的。」他說。

「不會響嗎？」

「不會，它甚至沒有接上銅線。非常有意思。你可以看到它只是拴在通風口的一個鉤子上。」

「多荒謬啊！我從來沒注意到這點。」

「非常奇怪！」福爾摩斯嘟噥著，拉著那條繩子，「這房間有一、兩個很奇特的地方。舉例來說，哪個愚蠢的建築師會做這麼麻煩的事，把一個房間的通風口通往另一個房間，再從那房間通往戶外！」

「那個通風口也滿新的。」這位女士說。

「和鈴繩差不多時間做的嗎？」福爾摩斯說。

「是的，那段時間重新改裝了一些小地方。」

「看來它們都有些奇怪的特性——不會響的鈴繩、不能通風的通風口。史東納小姐，如你允許，我們就到最內側的房間繼續調查。」

葛林斯畢．羅勒特醫生的房間比他兩個繼女的房間來得大，但家具同樣簡單。一張行軍床、一個擺滿書籍的小型木製書架，上面多半是技術類書籍。床邊有張扶手椅，另有一張木椅靠牆擺放，還有張圓桌，以及一個鐵製大保險櫃，我們看到的大概就是這些。福爾摩斯慢步四處走動，帶著極高的興致檢查每樣東西。

「這裡面有什麼東西？」他輕拍保險櫃問道。

「我繼父生意上的文件。」

「哦！你看過裡面的東西嗎？」

「好幾年前看過一次。我記得裡面都是紙張。」

「舉例來說，裡面不會有隻貓吧？」

「不，那多奇怪啊！」

「喏，看看這個！」他拿起保險櫃上一個盛著牛奶的碟子。

「不，我們沒有養貓。只有印度豹和狒狒。」

「啊，是的，當然！不過，印度豹就是大貓，但我敢說，一碟牛奶當然遠遠不能滿足牠。還有一個我希望能弄清楚的地方。」他蹲在那張木椅前，全神貫注檢視著坐墊部分。

「謝謝。這樣就差不多了。」他說著站起來，把放大鏡放回口袋。「哼啊！這東西可有趣了！」

他看到的是條掛在床邊的小型狗鞭。上面的鍊子繞回來打了個結，就像用鞭繩做了個套圈。

「你覺得這是做什麼用的，華生？」

「這是條很常見的鍊子，但我不知道爲什麼要這樣綁起來。」

「這不太尋常吧，不是嗎？啊呀！這眞是邪惡的世界，當一個聰明人把腦袋用在犯罪上，就是最糟糕的時候。我想我看夠了，史東納小姐，你同意的話，我們就到外頭的草地上吧。」

走出這個調查現場時，看到這位朋友臉上是前所未見的嚴肅神色與緊鎖的眉頭，我們在草地上前後走了幾趟，在他從沉思中回神前，史東納小姐和我都不想打斷他的思緒。

「這點非常重要，史東納小姐，」他說：「你一定要完全照我的指示去做。」

「我絕對會。」

「事情太過嚴重，所以現在不容遲疑。你的性命安全就交託在是否聽從指示上了。」

「我保證會把自己完全交付給你。」

「首先，我和我朋友要在你的房間過夜。」

史東納小姐和我都訝異地看著他。

「是的，非如此不可。聽我解釋，我想那邊是個鄉村旅舍？」

「是的，那是皇冠客棧。」

「非常好。從那裡可以看到你房間的窗口嗎？」

「絕對可以。」

「當你繼父回來，你就假裝頭痛關在房內。等聽到他就寢後，你就打開窗板，解開搭釦，把油燈放在那裡當信號，然後悄悄帶著需要的東西，回到你原來的房間。雖然在裝修，在裡面過一夜我想應該沒問題吧？」

「哦，是的，小事一件。」

「其他的就交給我們吧。」

「你們會怎麼做？」

「我們會在你房裡過夜，調查困擾你的聲音究竟來自何處。」

「福爾摩斯先生，我相信你一定已經有了結論。」史東納小姐說著，把手放在我同伴的衣袖上。

「也許是。」

「那麼看在可憐的我的份上，請告訴我，是什麼東西殺了我姊姊？」

「我寧可等到有更確實的證據時再告訴你。」

「你至少可以告訴我，我想的是否正確。她是突然受到驚嚇而死嗎？」

「不，我不這麼認爲。我認爲是某些更具體的原因所導致。現在，史東納小姐，我們得離開了，如果羅勒特醫生這時回來看到我們，那這趟就白來了。再會，勇敢一點，如你能照我說的去做，最後就能知道我們將解除你所受的危險威脅，從此得到安寧。」福爾摩斯和我毫無困難地在皇冠客棧訂到一間有臥室和起居室的套房。房間在樓上，從我們的窗口可以看到小徑的鐵門，以及史托克—莫蘭大宅中有人居住的西翼。黃昏時，我們看到羅勒特醫生搭馬車經過，矮小車伕身邊，他的巨大身形隱約可見。那男孩看來在打開沉重的鐵門時有些吃力，我們聽到醫生嘶啞的怒吼聲，並看到他憤怒地對男孩揮著緊握的拳頭。馬車繼續前進，幾分鐘後，某間起居室的燈打開時，我們也在樹叢間看到燈光亮起。

「你知道嗎，華生？」當我們並肩坐在逐漸變暗的房間，福爾摩斯說：「今晚帶你一起行動眞讓我有些不安，那裡顯然會非常危險。」

「我幫得上忙嗎？」

「你能在場就是無上的幫助。」

「那我就一定要去。」

「我對此非常感激。」

「說到危險，顯然你在這些房間裡看到的東西比我要多。」

「不，但我作出的推論比你多一些。我認爲你也看到我所見的一切。」

「除了那條鈴繩，我沒看到其他特別的東西，而它的目的何在，坦白說我還是想不出來。」

「你也看到通風口了？」

「是的，但我不覺得連通兩個房間的通風管道有多不尋常。那裡小到連老鼠都很難鑽過。」

「我在來到史托克—莫蘭村之前，就知道會發現通風管了。」

「哦，福爾摩斯！」

「嗯，是的，我想到了。你還記得嗎，在她的陳述中說到，她姊姊聞得到羅勒特醫生的雪茄煙味。這麼一來，當然就讓人立刻聯想到這兩個房間必然有連通的管道，而且不會太大，否則就會引起驗屍官的訊問。我的推論就是通風管。」

「那能造成什麼傷害？」

「唔，至少在時間上有著奇特的巧合。做了個通風口、掛了條繩子，然後睡在那床上的女士死了。你難道不會想到什麼嗎？」

「我還是看不出任何關聯。」

「你看出那張床有什麼特別之處嗎？」

「沒有。」

「它被鎖死在地板上，你以前看過這種被鎖住的床嗎？」

「我不認為曾經看過。」

「那位女士無法移動床鋪，床只能一直與通風口和繩子保持相同位置——我們叫它繩子，是因為它從來無法發揮拉鈴的功能。」

「福爾摩斯，」我叫道，「我想我隱約能看到你暗示的東西了。我們正好趕上，來阻止一件曖昧而可怖的罪行。」

「夠曖昧也夠可怖。當一個醫生走上歧途，就會是個一流罪犯。因為他有膽量，也有足夠的知識。帕瑪和普利察醫生就是這行中的頂尖人物。只是這個人的手段更陰險，華生，但我想我們會更勝他一籌。不過今夜結束前還得受夠多的恐怖，所以就讓我們好好安靜抽一管菸，讓腦袋有幾小時得以思考比較愉快的事。」

大約九點鐘，樹叢間的燈光熄滅，往大宅方向望去，只剩一片漆黑。兩個小時緩慢過去，剛到十一點鐘時，突然一盞燈光正對著我們亮起。

「那是給我們的信號，」福爾摩斯說著倏地站了起來，「是中間那扇窗戶。」

我們外出時，他和客棧主人說了幾句話，說我們要夜訪一位朋友，可能整夜都會待在那裡。一會兒之後，我們便身在漆黑的路上，冷風撲面而來，前方一道閃爍的黃色燈光穿透黑暗，在這趟嚴峻的任務途中一路指引我們。

進入大宅領地沒什麼困難，因為經久失修的花園圍牆有不少縫隙可以通過。我們穿過樹林，走過草坪後正要從窗口進入房間時，月桂叢中竄出一個看起來醜惡變形的小孩身影，摔在草皮上，四肢不住扭動，接著又快速跑過草坪，消失在黑暗中。

「老天！」我悄聲說：「你看到了嗎？」

有一瞬間，福爾摩斯和我一樣嚇了一跳。他的手像鉗子般激動地緊抓住我的手腕。接著他發出低沉的笑聲，湊到我耳邊說話。

「好一個家族成員，」他悄聲說：「是那隻狒狒。」

我都忘了醫生寵愛的那些奇怪寵物，還有一隻印度豹，說不定牠隨時會撲上我們肩頭呢。我得承認，當我跟著福爾摩斯，學他把鞋脫掉再爬進臥房後，才真正放下心來。我的同伴無聲無息地關上窗板，把油燈放回桌上，然後將房間掃視一遍。一切都和白天看到的一樣，然後他悄悄走到我身邊，把手圈起，再次在我耳邊輕聲說話。他的聲音太輕，我只能勉強聽清楚他所說的：

「再小的聲音都可能讓我們的計畫失敗。」

我點頭以示聽到。

「我們得坐在黑暗中，他能從通風口看到燈光。」

我再次點頭。

「別睡著了，這可是關係到你的性命。把手槍準備好，我們可能用得上。我要坐在床邊，你坐椅子上。」

我取出左輪手槍放在桌角。

福爾摩斯帶了支細長的手杖，放在身邊的床上，旁邊還有一盒火柴和一截蠟燭。然後他熄掉油燈，我們身陷一片漆黑。

我要如何才能忘了這恐怖的守夜經驗？我聽不到任何聲音，甚至連呼吸聲也沒有，只知道身在幾呎外的同伴，和我一樣神經高度緊繃地睜眼坐在那裡。窗板擋住任何一絲微弱的光線，我們在全然黑暗中等待。外頭間或傳來夜鳥鳴叫聲，有一次就在這扇窗外，還傳來貓叫般的長嚎，我們因此得知那隻印度豹確實得以自由行動。我們還能聽到遠處傳來教堂每一刻鐘都會響起的低沉鐘聲，但這一刻鐘感覺卻如此漫長！十二點的鐘響了，接著一點鐘、兩點鐘，再來三點鐘。我們仍舊沉默地坐待即將降臨的任何狀況。

突然，一道短暫的微光出現在上方通風口，但又立刻消失，繼之而來的是燃燒油脂與金屬加熱的強烈氣味。有人在隔壁房間點起油燈但蓋上了遮光罩。我聽到輕微的移動聲響，然後一切復歸寂靜，可是那氣味卻越趨濃烈。這半小時中，我坐在那裡，豎起耳朵，這時突然又響起另一種聲音——非常微弱柔順的聲音，就像微量蒸氣持續逸出水壺。我們聽到的那一剎那，福爾摩斯便從床上跳起來，擦亮火柴，並拿手杖用力抽打那條鈴繩。

「你看到了嗎，華生？」他大吼著，「看到了嗎？」

我什麼都沒看到，福爾摩斯擦亮火光時，我聽到低沉清晰的口哨聲，但突然閃進疲憊眼中的火光，使我無法看清我朋友猛力抽打的是什麼。然而我能看到他的臉色一片慘白，並滿是恐懼與憎惡的神情。

當一陣我所聽過最恐怖的喊叫聲突然打破深夜的寂靜，他便停止抽打鈴繩並抬頭望向通風口。聲音越來越響，那是混著痛苦、恐懼與憤怒的粗啞吼聲，最後在一聲恐怖的尖叫中結束。事後人們說這叫聲使村子遠端，甚至遠至牧師公館的人都從床上驚醒。那聲音讓我們冷到內心深處，我站在那兒看著福爾摩斯，他也直視著我，直到最後一陣回音在聲音發出之處歸於寂靜為止。

「那會是什麼？」我喘著大氣問道。

「那表示一切都結束了。」福爾摩斯答道，「也許到頭來，這是最好的結局。帶上你的槍，我們要去羅勒特醫生的房間。」

他臉色凝重地點亮油燈，率先進入走廊。他敲了那房門兩次，都沒有回應，於是轉開門把進入房間，我緊跟在後，緊握著上膛的手槍。

我們看到的是副奇異的景象，桌上有盞遮光罩半開的油燈，強烈的光芒照在櫃門半開的鐵製保險櫃上。桌旁的木椅上坐的是披著灰色長型晨袍的葛林斯畢・羅勒特醫生，晨袍下方露出赤裸的腳踝，雙腳穿著紅色無跟土耳其式拖鞋。他的膝上擺著我們白天時看過的附著長鍊的短棒。他的下顎抬起，恐懼的眼神僵直地望著天花板一角。他的眉頭附近繞著一條很特別的黃色帶子，上面還有棕色斑點，看來在他頭上綁得很緊。我們走進房間時，他既未發出聲音，也沒任何動靜。

「那條帶子！那條花斑帶！」福爾摩斯輕聲說。

我往前跨出一步，這一瞬間，他頭上的特殊物件開始移動，在髮際間露出一截蹲踞在帶子後方的菱形頭部與膨脹的頸部，是條令人作嘔的毒蛇。「是沼地蝰蛇！」福爾摩斯叫道，「印度最致命的毒蛇，他被咬到十秒內就已經死了。施暴於人者，必爲暴力反噬，眞是一點不假；陰謀者終將墜落害人的陷阱。讓我們把這生物丟回牠的巢穴，然後將史東納小姐移往安全所在，再讓郡警局知道這裡發生了什麼事。」

他說著一面從死者膝上迅速抽走那條狗鞭，移動繩圈套住這條爬蟲的頸部，將牠從那可怖的棲息處拉開，保持一臂之距將牠丟進保險櫃，再趕緊關上櫃門。

這就是史托克－莫蘭村的葛林斯畢・羅勒特醫生的死亡經過。我沒必要將篇幅已經過長的敘述加以延伸，說明我們如何將這不幸的消息告訴那被嚇壞的女子、如何一大清早將她帶上火車送往她在哈洛鎮的好心姨媽家，還有警方的偵訊程序以及得出醫生因出於輕忽而在玩弄危險寵物時致命的結論過程有多緩慢。對於這案子剩下一些我仍未解的疑點，則由福爾摩斯在隔天回程中為我作了解答。

「我曾經——」他說：「——作出一個完全錯誤的結論。親愛的華生，這顯示藉由不完整的資料進行推理，永遠是件危險的事。吉普賽人的出現，以及那可憐女子所說的『帶子』（band），無疑解釋了當她擦亮火柴時匆忙一瞥看到的影像，卻足以徹底將我導入錯誤的想像。我唯一的功勞，就是當我明顯發現無論出現在這房裡的是什麼樣的危險威脅，都不可能從門或窗進來時，便立刻重新檢視我的想法。正如我對你說過，我的注意力迅速轉移到通風口以及床邊的鈴繩。當發現鈴繩是假的，以及床被鎖在地板上後，我便立刻懷疑那繩子是讓某個物體穿過通風口的小洞後通往床上的橋梁。於是關於蛇的念頭立刻出現，這點再與有人從印度為醫生提供並進口動物的資料結合，我就感覺這可能才是正確的思考路徑。使用某種無法以化學檢驗發現的毒物的手法，正可能出自一個聰明而殘忍，且在東方受過訓練之人的腦袋。這種發作迅速的毒物不但效果奇佳，而且就他的觀點來說，對他極為有利。事實上，需要眼力極佳的驗屍官，才能看出由毒牙所留下的兩個黑色細小咬痕。然後我又想到口哨聲。當然，他必須在天亮前將牠召回以防被害人看見。他訓練過牠，也許就是用我們看到的牛奶召喚牠回來。他會在他認為最適合的時間將牠放入通風口，以確保牠會沿著繩子爬下並落在床上。牠未必會咬房間裡的人，她甚至可能整個星期每天夜裡都能逃過一劫，但或遲或早，她終究會成為受害者。

「我甚至在進入他的房間前，就已得出這個結論。藉由察看他的椅子，讓我知道他習慣站在上頭，當然這是為了要能搆到通風口。看到保險櫃、那碟牛奶以及鞭繩的套圈後，就更足以驅散剩下的疑慮。至於史東納小姐聽到的金屬聲，則明顯是她繼父將保險櫃中的可怕住客放入櫃中後匆忙關門的聲音。一且確定結論，你也清楚我接下來用證據印證事實的步驟。我聽見那生物的嘶嘶聲，無疑你也聽到了，於是我便立刻點亮蠟燭並攻擊牠。」

「結果讓牠爬回通風口。」

「也導致牠回頭攻擊另一邊的主人。我的手杖有幾下打中牠的要害，激出蛇類的野性，因此牠便撲向看到的第一個人類。我無疑間接導致了葛林斯畢・羅勒特醫生的死亡，只是我不能說我會因此而良知有愧就是了。」[3]

3〈花斑帶探案〉不但是全球讀者票選「最喜愛的福爾摩斯探案」第一名，也是作者柯南・道爾最喜歡的故事。

## *CASE 5*

# 銀斑駒

「奎格利，我建議你將注意力轉向這群羊的傳染病上。」
「你覺得那很重要？」
「非常重要。」
「其中有任何你希望我特別注意的嗎？」
「那隻狗在夜間表現出的奇怪行為。」
「但牠什麼都沒做。」
「這就是奇怪之處。」福爾摩斯說。

「我恐怕得走一趟，華生。」某天早晨我們正在用早餐時，福爾摩斯這麼說。

「走！你要去哪兒？」

「達特木的國王馬場。」

我對這回答並不驚訝。事實上，我唯一的疑問是他怎麼還沒介入這全英國上下都在談論的極不尋常案件。一整天下來，我這位同伴將下巴抵在胸前，眉頭緊鎖，不斷在房中踱步，一次又一次將最濃烈的黑菸草塡進菸斗中，並對我的發問或言談完全充耳不聞。報僮不斷將最新的報紙送上來，但他只稍微瀏覽後就扔到角落。雖然他如此沉默，但我非常清楚他正在思考什麼事，現在衆人眼前唯一能挑戰他分析能力的問題，就是威塞克斯盃賽事中最熱門的賽馬失蹤及其訓練師慘遭殺害的事件。因此當他突然宣布要前往事件現場時，這正是我原本希望並預期會發生的事。

「如果不會妨礙你，我非常希望能跟你一起去。」我說。

「親愛的華生，你能來的話，對我會是非常大的幫助。而且我想你的時間不會白白浪費，因爲有幾個特點會讓這案子成爲那種獨一無二的奇特事件。我想我們應該能趕上派丁頓車站開出的火車，路上我再跟你詳細說明這起事件。你要是能帶上那具很好的望遠鏡，我也會十分感激。」

於是大約一個小時後，我已身在頭等車廂一角，一路向艾克斯特疾馳而去。福爾摩斯那機敏而渴切的臉孔包覆在護耳旅行帽中[1]，急切地沉浸在從派丁頓車站買來的一疊剛出刊的報紙中。當他將最後一份報紙塞進座位底下，我們已將瑞汀遠遠抛在後頭，然後他將雪茄盒遞向我。

「車子走得很順。」他說著一面看向窗外，一面看看手錶，「現在我們時速五十三點五哩。」

「我沒看到每隔四分之一哩設置的標桿。」

「我也沒有，但這條路線上每隔六十碼有一根電線桿，計算起來非常簡單。我想你已經研究過約翰

・史崔克謀殺案以及銀斑駒失蹤事件了？」

「我已經讀過《每日電訊報》和《新聞記事報》上關於此事的報導。」

「這是一個要運用理智研究細節，而非依靠搜尋新證據來解決的典型案例。這個悲劇是如此不尋常、執行得如此徹底，而且對許多人來說意義十分重大，以致使我們受困於過多的臆測、推想與假設中。困難之處就在於要將事實——無可推翻的絕對事實——與評論者和媒體記者的加油添醋加以分離。然後我們的責任就是在這完整的基礎上，看看能導出什麼樣的推論，以及整起神祕事件的關鍵點何在。星期二傍晚，我就收到馬主羅斯上校以及偵辦此案的奎格利探長的電報，邀請我共同協助辦案。」

「星期二傍晚！」我驚叫道，「現在已經是星期四上午了。你爲何不昨天就動身呢？」

「因爲我犯了個大錯，親愛的華生。而這種錯誤發生的機會，恐怕要比那些只從你的案件記錄中認識我的人以爲得多。事實上，我不相信這匹全英國最有名的賽馬有可能長時間消失無蹤，特別是在達特木北部這種人煙稀少的地方。昨天我一直期盼能聽到牠被找到，而帶走牠的人就是殺害約翰・史崔克的凶手的消息。當第二天清晨到來，我發現除了逮捕費茲羅伊・辛普森這個年輕人之外，沒有其他進展，便認爲該是我採取行動的時候了。就其他角度來看，昨天其實也不算浪費掉了。」

「你已經有個想法了，是吧？」

---

1 關於福爾摩斯的衣著，最先浮現讀者腦海中的，恐怕是頂格子狀的獵鹿帽吧？初次刊載〈波士堪谷奇案〉的雜誌社請來插畫家席尼・佩吉為作品繪製插圖時，選用了「他瘦長的身影被長灰色的旅行裝及緊戴的布帽烘托得更顯瘦長」這段描述，為福爾摩斯繪上極具代表性的獵鹿帽。有趣的是，作者柯南・道爾也很喜歡這個設計，於是在此幫福爾摩斯添了一項「護耳旅行帽」，算是最貼近獵鹿帽造型的描述了。

「至少我已經掌握本案的核心事實，我會逐一向你說明。沒有什麼方法能比向另一個人說明更能釐清一個案件，而且我若不把我們對本案的切入點告訴你，恐怕也很難得到你的幫助。」

我往後靠向椅背，抽著雪茄，福爾摩斯身子前傾，用他瘦長的食指在左手掌上一一點出將我們帶上這趟旅程的事件概要。

「銀斑駒，」他說：「是名駒索莫米的後裔，其輝煌紀錄絲毫不遜於牠的祖先。牠現在五歲，但已為牠幸運的主人羅斯上校從賽馬場上贏得各式錦標。直到這悲慘事件發生前，牠一直是威塞克斯盃的冠軍大熱門，賠率是三賠一。牠一直都是賭客最愛的奪冠熱門，也從未讓他們失望。因此雖然賠率如此，但總有鉅額賭金押在牠身上。很顯然也會有很多人極力想阻止銀斑駒於下星期二開賽時出現在賽馬場上。

「當然，國王馬場，也就是上校訓練賽馬的地方，對這情形非常清楚。為了守護這匹熱門名駒，他們用上了所有預防措施。訓練師約翰．史崔克是個退休騎師，在因體重過重退休前一直都是羅斯上校的騎師。他為上校當了五年騎師、七年訓練師，一直是個熱心而忠誠的僕人。由於馬場不大，總共只有四匹馬，因此他手下只有三個馬僮，每晚都會有個馬僮在馬廄守夜，其他人則睡在馬廄的閣樓。這三個人個性都很好。約翰．史崔克已婚，住在離馬廄約兩百碼遠的一棟小屋。他沒有小孩，家裡有個女僕，生活過得算是寬裕。屋子四周非常荒涼，往北約半哩有些別墅，那是塔維史托克鎮的一個建築包商為了那些前來此處養病以及想要享受達特木的純淨空氣而來的人所建。塔維史托克鎮在往西兩哩遠處。穿過荒野大約也是兩哩左右，有個較大的訓練場叫麥波頓，屬於貝克華德爵士所有，由塞拉斯．布朗經營。除此之外，這片野地一片荒蕪，只有少數流浪的吉普賽人。這就是上週一這件悲劇發生時的大致狀況。

「那天傍晚，馬匹一如往常做完訓練並洗刷完畢，到了晚上九點鐘，馬廄鎖了起來，其中兩個馬僮前往訓練師的小屋，在那裡的廚房吃晚餐，第三個馬僮奈德．杭特留在馬廄看守。九點過後不久，女僕伊荻絲．巴斯特將他的晚餐送到馬廄，晚餐是一盤咖哩羊肉。她沒帶飲料，馬廄裡有水龍頭，按規定馬僮值班時不能喝水之外的飲料。穿過荒野的小路非常暗，女僕還帶了盞油燈。

「伊荻絲．巴斯特走到離馬廄約三十碼時，有個男人從黑暗中現身並叫住她。當他走進油燈的黃色光暈中，她看到對方的模樣像是個紳士，穿著灰色粗呢西裝，戴著軟帽。他打了綁腿，帶著一根有杖頭的沉重手杖，但讓她印象最深的，是那人蒼白的臉孔和緊張的行為舉止。至於年紀，她猜想應該有三十出頭。

「『你能告訴我這是哪裡嗎？』他問道，『在看到你的油燈之前，我差點就決定要睡在這片荒地了。』

「『您就在國王馬場的馬廄附近。』她說。

「『哦，眞的嗎！我運氣眞不錯！』他叫道，『我知道每天晚上都有個馬僮在那裡守夜，你拿的大概是帶給他的晚餐吧。我想，你應該不會驕傲到不願去賺能買件新衣的錢，是嗎？』他說著從外套口袋拿出一張折起的白紙，『今晚請一定要把這個拿給馬僮，這樣你就能擁有金錢所能買到最美的新衣了。』

「她被這人急切的態度嚇壞了，立刻從他身邊跑開，來到平時送餐的窗口前。窗口已經打開，杭特坐在窗口內的小桌旁。她正要對他說剛才發生的事情時，那陌生人再次現身。

「『晚安，』他一面說一面看向窗內，『我想和你說句話。』那女孩事後發誓，她看到那人在說話時，那張折起白紙的一角就從他握起的手中露了出來。

「『你來這裡幹什麼？』馬僮問道。

「『有件也許能讓你賺幾個錢的小生意。』那人說：『你們有兩匹馬會在威塞克斯盃出賽，就是銀斑駒和貝爾德。給我點內線消息，你不會吃虧的。聽說貝爾德會在八分之五哩比賽中以一百碼的差距勝出，所以你們都把錢押在牠身上，是眞的嗎？』

「『原來你是該死的賭馬探子！』馬僮大叫，『我這就讓你看看我們國王馬場怎麼對付這種人！』他拔身而起，衝向馬廄另一邊去把狗放開。女孩則跑回小屋，她邊跑邊回頭，看到那陌生人還靠在窗口。過了一會兒，杭特帶著狗衝出馬廄時，那人已經不見了，雖然他在馬廄四周又搜查了一番，但仍未找到任何蹤跡。」

「等等，」我問道，「那馬僮帶著狗跑出來時，門是不是沒有鎖上？」

「很好，華生，非常好！」我的同伴喃喃說道，「我也覺得這點十分重要，所以昨天還特地發了封電報到達特木釐清這件事。那男孩離開前將門鎖上了，另外附帶說明，那窗戶不足以讓一個成年人鑽過去。

「杭特等到同伴回來後，便去向訓練師報告剛才發生的事。史崔克初聽之下非常激動，但其實不十分清楚這件事的眞正意義。不過他心中仍舊感到隱隱不安，而史崔克太太凌晨一點鐘醒來時，發現他已穿好衣服。面對她的詢問，他說自己因爲擔心馬匹而睡不著，想去馬廄看看是否一切安好。她聽到雨水打在窗上的聲音，求他待在家裡，但他不顧她的懇求，披上雨衣後離開了屋子。

「到了早上七點，史崔克太太醒來時發現丈夫沒有回來。她匆匆著裝，把女僕叫來，兩人一同前往馬廄。馬廄的門開著，在屋內，杭特縮在椅子上完全不省人事。銀斑駒的馬欄空著，此外完全不見訓練師的蹤影。

「另兩個馬僮睡在馬具間上方堆放草料的閣樓，很快被叫了起來。他們都是睡得很沉的人，因此昨夜沒聽到任何動靜。杭特顯然被某種強效藥物迷昏，無法喚醒，於是被留在原處等藥效消退，兩個馬僮和兩位女士一同外出尋找失蹤者。他們仍抱著一線希望，期盼訓練師只是帶馬出去做晨間訓練。但當他們登上小屋旁可將附近荒野一覽無遺的小丘時，非但沒看到那匹失蹤名駒的任何形跡，還隱約感覺自己正身在一齣即將展開的悲劇中。

「離馬廄四分之一哩遠處，約翰．史崔克的大衣落在一叢金雀花上，在不遠處一個碗狀窪地底部，他們發現了這位不幸訓練師的屍體。他的頭被沉重的鈍器打碎，大腿上有道長而整齊的切傷痕跡，顯然出自某種非常鋒銳的利器。另外，史崔克很明顯曾與攻擊者有過一場激烈搏鬥，他的右手拿著一把小刀，從刀刃到刀柄都沾滿血跡。他的左手抓著一條紅黑色絲領巾，女僕指認出這條領巾屬於昨天夜訪馬廄的陌生人，等杭特從昏迷中醒來後，也十分肯定這是那陌生人的東西。他同樣認定是那陌生人站在窗前時在咖哩羊肉中下了藥，好讓馬廄無人看守。至於失蹤的馬匹，窪地底部的泥地可充分證明當兩人搏鬥時，牠也在現場，但從那天早晨失蹤之後，雖然提出鉅額賞金，達特木的吉普賽人也被告知留意牠的蹤跡，仍舊沒有任何消息。最後檢驗馬僮殘留的晚餐得知，其中含有相當分量的鴉片粉末，可是同一天晚上在屋內吃了相同食物的人卻未出現任何不適。

「這些就是這案子的主要事實，我已排除臆測部分，並盡可能直接陳述。現在我大概說明警方對本案已進行的處置。

「負責本案的奎格利探長是位非常能幹的警官，若是能再多些想像力，他應該能升到更高的位置。他一抵達後，就立刻找到並逮捕那最有嫌疑的人。找出這個人不怎麼困難，他就住在我之前提過的別墅中。據說這人名叫費茲羅伊．辛普森，出身良好且受過高等教育，但在賽馬場上浪擲了不少金錢，如今人在倫敦的許多運動俱樂部中低調地當簽注人。查驗過他的簽注登記簿後，發現他在這匹熱門名駒身上押了五千鎊。被逮捕時，他自動招認去過達特木，爲的就是希望得到國王馬場的參賽馬匹，以及麥波頓馬場中由塞拉斯・布朗訓練，目前是第二熱門的戴斯波諾的內線消息。他沒有否認前晚的所作所爲，但宣稱並無不軌意圖，只是單純想得到第一手消息而已。不過看到自己的絲領巾時，他的臉色變得慘白，而且完全無法說明東西爲何會在被害者手中。濕掉的衣服顯示昨夜颳暴風雨時他在戶外，他的手杖是灌了鉛的檳榔木做的，極可能就是用來不斷毆擊，最後導致訓練師傷重而死的凶器。不過另一方面，他身上沒有任何傷口，史崔克的刀子卻顯示至少有一個攻擊者身上會有傷口。所有情況簡單來說就是如此，華生，如果你能指出任何方向，我會非常感激你。」

我全神貫注聽著面前的福爾摩斯以他特有的清晰條理陳述這一切，雖然大部分事實我已十分熟悉，卻還未能充分察覺其重要性或彼此間的關聯。

「有一點或許並非不可能，」我猜想，「史崔克腿上的割傷，也許是他腦部受傷後的抽搐造成他用刀割傷自己。」

「這不只有可能，而是非常可能，」福爾摩斯說：「這樣的話，對被告十分有利的一點就不存在了。」

「但到目前爲止，」我說：「我還是不知道警方對此案有什麼想法。」

「不管我們做出什麼推論，恐怕都會和他們的想法大相逕庭。」我的同伴答道，「我想警方是認爲費茲羅伊・辛普森對馬僮下了藥，並用某種手法取得複製鑰匙，打開馬廄的門，把馬牽出來，顯然將牠綁走了。牠的轡頭不見了，所以應該是辛普森爲牠戴上的，然後他沒關上馬廄的門，將馬帶進荒野中，在途中遇上或是被訓練師給追上，而一場爭吵自是免不了。辛普森用他的沉重手杖打倒了訓練師，卻未被史崔克用以自衛的小刀所傷，接著這個竊賊將馬帶到某個祕密地點藏匿，或是馬在兩人搏鬥時跑走了，現在正在荒野中的某處遊蕩。這就是警方目前的看法，雖然不太可能眞是如此，但其他解釋似乎更不可能發生。等到抵達現場後，我會盡快勘查一番。在那之前，我看不出如何能讓案情有更多進展。」

我們抵達塔維史托克鎮時已近傍晚，這小鎮像盾牌上的浮雕般位於達特木這片荒野的中央。兩位先生在火車站等著我們，其中一位身材頗高，相貌端正，頭髮和鬍子宛如獅子，並有一對充滿好奇心的淺藍色眼睛。另一位個子較小，神情機警，打扮整潔俐落，穿著雙排釦長大衣，打綁腿，連鬢鬍鬚修剪整齊，戴著單片眼鏡。後面這位便是著名的運動家羅斯上校，另一位則是在英國警探中聲名鵲起的奎格利探長。

「很高興你能來到這裡，福爾摩斯先生。」上校說道，「探長已做了他能做的一切，但我仍希望能盡一切可能為可憐的史崔克復仇，並找回我的馬。」

「目前有任何最新進展嗎？」福爾摩斯問道。

「我只能遺憾地說，進展十分有限。」探長說：「我們有輛敞篷馬車等在外頭。不用說，你一定希望能在天黑前去現場看看，我們可以邊走邊談。」

過了一會兒，我們便置身於一輛舒適的四輪馬車上，一路顛簸地穿過古老雅致的德文郡小城。奎格利探長言無不盡地敘述此案細節，福爾摩斯則不時提出問題或插句話。羅斯上校靠著椅背，雙手交抱身前，下斜的帽簷遮住眼睛，我則興味十足地傾聽兩位偵探的對話。奎格利正在說明他對此案的想法，幾乎就跟福爾摩斯在火車上對我說的完全相同。

「網子已經貼身罩住費茲羅伊・辛普森了，」他說：「而我相信他就是我們要找的人。但我也知道，目前的證據都是間接證據，只要出現任何新的發展就會被會推翻。」

「史崔克的刀子又怎麼說？」

「我們的結論是，他跌倒時割到了自己。」

「我的朋友華生醫生在前來的路上也這麼說過。果眞如此的話，那就對辛普森很不利了。」

「無疑如此。他身上沒有刀割或其他種類的傷口，對他不利的證據十分紮實。他也有強烈動機讓這匹熱門賽馬失蹤。他有對馬僮下藥的嫌疑，毫無疑問暴風雨時他身在戶外，隨身帶著沉重手杖，身上的絲領巾又出現在死者手中。我眞的認爲已經有足夠證據將他送到陪審團面前了。」

福爾摩斯搖搖頭，「一個精明的辯護人能夠把這些全都撕成碎片。」他說：「他爲何要把馬帶出馬廄？如果他想傷害那匹馬，爲何不直接在馬廄裡動手？有在他身上找出複製鑰匙嗎？是哪個藥劑師把鴉片粉賣給他的？除此之外，在這一帶來說，以他這樣一個陌生人，能將一匹馬——尤其還是這麼一匹名駒——藏到哪裡？他對於要女僕轉交馬僮的紙條又做何解釋？」

「他說那是張十鎊的鈔票，就是在他口袋中找到的那張。你提出的幾個疑點也沒那麼難解釋。他對這一帶並不陌生，今年夏天他曾兩度來塔維史托克鎮暫住。鴉片可能是從倫敦帶過來的。至於鑰匙，開了門之後就丟掉了。而那匹馬可能在荒野中的某個窪地底部或舊礦坑中。」

「那絲領巾他怎麼說？」

「他承認那是他的東西，不過之前就已遺失。另外有個新發現，可能可以作爲他把馬帶出馬廄的證據。」

福爾摩斯豎耳聆聽。

「我們在謀殺現場約一哩外發現一群吉普賽人在週一晚間紮營的痕跡，他們週二就離開了。現在，假設辛普森與這群吉普賽人之間有某種關係，難道他被追上時不會將馬帶到他們那裡嗎？現在馬不是很可能在他們那裡嗎？」

「是有這個可能。」

「我已搜查了這片荒地上的吉普賽人，也檢查了塔維史托克鎭方圓十哩內的所有馬廄與棚屋。」

「就我所知，不遠處就有另一個訓練馬場是嗎？」

「是的，那是另一個我們絕不能忽略的重點。由於他們的賽馬戴斯波諾是賭盤上的第二熱門，因此也有動機讓最熱門的賽馬消失。另外我們也得知訓練師塞拉斯・布朗在這場賽事中投入大筆金錢，而他和可憐的史崔克可算不上是朋友。我們也搜查過那裡的馬廄，但沒有發現任何他與本案的關聯。」

「那這個辛普森和麥波頓馬場之間也沒有任何利益糾葛？」

「完全沒有。」

福爾摩斯靠回馬車椅背，談話就此中斷。幾分鐘後，我們的車伕將車停在路邊一幢屋簷外露的小巧紅磚別墅前。穿過一片牧草地的不遠處，是一排灰色棚屋。四下望去，平緩起伏的荒野中呈銅鏽色的枯萎蕨類一路蔓延至天際線，其間偶被塔維史托克鎭的房屋及西邊麥波頓馬場的棚舍輪廓打斷。除了福爾摩斯外，我們都下了馬車，他仍靠著椅背，眼神聚焦在前方天空的某處，完全沉浸在自己的思緒中。直到我碰碰他的手臂，他才一驚之下跳了起來，步下馬車。

「抱歉，」他轉向羅斯上校，後者正驚訝地望著他，「我做起白日夢了。」他的眼中閃過一道光芒，動作中有著抑制不住的興奮，以我對他的認識，我相信他必然掌握了某種線索，雖然我完全無從想像他是如何發現的。

「或許你想先到犯罪現場看看，福爾摩斯先生？」奎格利說。

「我想先在這裡停一下，思考一、兩個細節問題。我猜，史崔克是被帶回這裡是嗎？」

「是的，就在樓上。明天會安排驗屍。」

「他爲你做事有些年頭了吧，羅斯上校？」

「我一直認爲他是個優秀的僕人。」

「探長，我想你應該有份清單，記錄了他死時口袋裡的東西吧？」

「我把那些東西都放在客廳，如果你想，可以過去看看。」

「我非常樂意。」我們陸續走進前廳，圍著房間中央的桌子而坐。探長打開一個方形鐵盒，然後將一小堆物品放在我們面前。其中有一盒短火柴、一支兩吋長的牛油蠟燭、一支A. D. P.牌石南根菸斗、一個裝著半盎司長條板菸的海豹皮小袋、一個附有金錶鍊的銀製懷錶、五枚一鎊金幣、一個鋁製鉛筆盒、幾張紙，和一把有象牙握柄與堅硬刀刃，上面刻著「衛斯公司，倫敦」字樣的精緻小刀。

「這把刀相當特別，」福爾摩斯說著，一面拿起刀子仔細檢視，「既然在上面看到血汙，那我想這就是那把握在死者手中的刀了。華生，這是你這行使用的刀吧？」

「這是我們用來切除白內障的刀。」我說。

「我想也是。這麼精緻的刀刃是用來做非常精細的工作，奇怪的是，一個人竟會帶著這種刀進行一趟艱難的行動，特別是這刀在口袋中還不能折起來。」

「刀尖墊了一塊軟木，我們在他屍體旁找到的。」探長說：「他太太告訴我們，刀原來放在梳妝台上，是他離開房間時帶走的。這算不上好用的武器，但可能是當時他能找到最好的選擇。」

「非常可能。那這些紙呢？」

「其中三張是草料商的帳單，一張是羅斯上校下的指示，還有一張是龐德街高級服飾店的雷蘇瑞爾夫人開給威廉・德比夏的三十七鎊十五先令帳單。史崔克太太告訴我們，德比夏是她丈夫的一位朋友，有時他的信件會寄到這裡來。」

「看來德比夏夫人的品味相當昂貴。」福爾摩斯瞥了帳單一眼後說：「一樣服裝配件就要二十二基尼，實在頗爲貴重。不過這裡已經沒有東西可看，我們這就去犯罪現場吧。」

當我們要走出客廳時，有位等在走廊上的女子向前踏出一步，伸手抓住探長的袖子。她的面容消瘦憔悴，神態急切，明顯留有最近這起可怖事件的印記。

「你抓到他們了嗎？找到他們了嗎？」她迫切地問道。

「沒有，史崔克太太。但這位福爾摩斯先生從倫敦前來協助我們，我們會盡一切所能的。」

「不久前我在普里茅斯一場花園宴會中顯然見過您吧，史崔克太太？」福爾摩斯說。

「不，先生，您認錯人了，」

「看我這記性！但怎麼，我發誓我見過您。您當時穿鴿灰色絲質禮服，上面還有鴕鳥羽毛的飾邊。」

「我從來沒有這樣一套衣服，先生。」這位女士答道。

「啊，那就是我記錯了。」福爾摩斯說完，向那位女士道歉，便跟著探長走出去。我們穿過荒野，走了一小段路後，來到屍體被發現的窪地。窪地邊緣正是那晚死者大衣披掛的金雀花叢。

「就我所知，那天晚上沒有風。」福爾摩斯說。

「是沒有風，但雨下得很大。」

「也就是說，那件大衣不是被吹到金雀花叢上，而是被放上去的。」

「是的，大衣被披在花叢上。」

「你讓我開始覺得有趣了。我想現在底下一定被踏得亂七八糟，畢竟從週一晚上到現在不知有多少雙腳來過了。」

「旁邊有塊墊子，我們都踩在上面。」

「太好了。」

「這個袋子裡有雙史崔克的靴子、一雙辛普森的鞋子，和一塊銀斑駒用的馬蹄鐵。」

「親愛的探長，你眞是太優秀了。」福爾摩斯接過袋子，走下窪地，把那塊墊子往中間推一點。然後他伸展四肢，全身伏低，雙手撐著下巴，仔細研究眼前被踏亂的泥地。「好啊！」他突然說：「這是什麼？」

那是一截燒了一半的蠟火柴，由於被泥巴包覆，因此乍看之下像塊木屑。

「眞不敢相信我竟然漏了這個！」探長神情懊惱地說。

「它埋在泥裡，本來就看不到。我能看到是因爲我知道要找什麼。」

「什麼！你知道會找到這個？」

「我想這並非不可能。」

他從袋中拿出靴子，逐一比對泥上印出的鞋印。然後往上走到窪地邊緣，再爬向蕨類與花叢之間。

「那裡恐怕不會有其他痕跡了，」探長說：「這方圓一百碼內我都非常仔細檢查過了。」

「確實如此！」福爾摩斯說著爬了起來，「聽你這麼說，我就不用再這麼莽撞行事了。但我想在天色暗下來前，在這片野地上走走，這樣到了明天，我也算多少了解這一帶。此外，我還想把這馬蹄鐵放進口袋裡當幸運符。」

對於我的同伴低調的系統化工作方式，羅斯上校露出不耐的神情，看了看手錶。「探長，我希望你跟我一道回去，」他說：「有幾件事我需要你的意見，特別是要不要將這匹馬從比賽中除名，以免辜負觀衆的期待。」

「當然不用。」福爾摩斯果斷地叫道，「我會把牠的名字繼續留著。」

上校鞠了個躬，「先生，很高興聽您這麼說。」他說：「我們會在可憐的史崔克家裡，等你四處看完後，再一道乘馬車回塔維史托克鎮。」

他和探長轉身離去，我和福爾摩斯緩緩走向荒野中。太陽開始落向麥波頓馬場的馬廄後方，我們面前平緩延伸的坡地染上一層金色，而浸浴在落日餘暉中的枯萎蕨類與刺藤則變成濃郁的紅棕色。不過這美麗的景象在我同伴面前完全就是浪費，他只深深沉浸在自己的思緒中。

「這樣吧，華生，」最後他終於開口，「我們先把誰殺了約翰・史崔克的問題放到一邊，來想想那匹馬怎麼了。現在，假設牠在悲劇發生當下或之後跑走，牠會跑去哪裡？馬是群居性很強的動物，如果任牠憑本能行動，那不是回到國王馬場，就是往麥波頓馬場而去。為什麼牠會跑進荒野中？牠應該早就被人看見了才對。吉普賽人又為何要綁架牠？這些人只要一有麻煩就立刻跑得遠遠的，不會想被警察纏上。他們也不能指望賣掉這匹名駒，這要冒上極大的風險，帶著牠走也沒任何好處。這再清楚不過了。」

「所以，牠會在哪兒？」

「我已說過，牠要不是去國王馬場就是去麥波頓。但牠不在國王馬場，所以就在麥波頓了。讓我們假設一下，看看能導出什麼結論。就如探長所說，這一帶荒野的土地又乾又硬，往麥波頓那邊則越濕。你往那邊看，那邊有一道很長的窪地，星期一晚上那裡一定非常濕。如果我們的假設正確，這匹馬一定跑過了那裡，我們應該就能從那裡找到牠的蹤跡。」

談話同時，我們一面快步走著，幾分鐘後來到剛才說的那塊窪地。在福爾摩斯要求下，我走在窪地右邊，他走左邊，才走不到五十步，他就對我大叫並揮手。一道馬的足跡清晰地印在他面前的濕軟土地上，而且與他從口袋中取出的馬蹄鐵完全吻合。

「看到想像力的價值了吧。[2]」福爾摩斯說：「這就是奎格利缺少的特質。我們想像可能發生的事，根據這個假設採取行動，接著就發現我們是正確的。我們繼續往下走吧。」

我們穿過泥濘的底部，接著走過四分之一哩乾硬的土地。地面再次傾斜，我們再次看到足跡，接下來半哩路又消失不見，然後在很接近麥波頓馬場的地方又看到它。是福爾摩斯先看到的，他站在原地指著足跡，臉上露出勝利的表情。在馬的足跡旁有一道人的鞋印。

「之前馬都是自己獨行！」我叫道。

「的確，之前是這樣沒錯。嘿，這是什麼？」

這兩道足跡轉了個大彎，朝著國王馬場而去。福爾摩斯吹了聲口哨，我們倆跟在足跡後方繼續前進。他直盯著足跡，我則偶爾抬眼看向旁邊，結果驚訝地發現同樣的足跡竟往相反方向又走了回來。

「做得好，華生，」當我指出這點時，福爾摩斯說：「你讓我們少走一大段冤枉路，不然就要跟著自己的腳印又走回來了。我們跟著往回的足跡走吧。」

我們沒走太遠，足跡就止於通往麥波頓馬場大門的水泥步道前。當我們走上前，一個馬伕從門內衝了出來。

「我們不歡迎任何人在這裡閒晃！」他說。

「我只是來問個問題。」福爾摩斯說著，將食指與拇指插進大衣的腰間口袋，「如果明天清晨五點來拜訪你的主人塞拉斯·布朗先生，不知會不會太早？」

「你很幸運，先生，如果有誰能這麼早起，那一定是他。他總是第一個起床的。哦，他來了，先生，就讓他自己回答你的問題。不行，先生，不行的。讓他看見我拿了你的錢，那我的工作也完了。如果你堅持要給，那請等會兒再說。」

當福爾摩斯將半克朗金幣放回口袋，一個相貌凶狠的老者從門中走出，手上揮著一支狩獵短棍。

「這是怎麼回事，道森！」他叫道，「不准閒聊！去幹你的活兒！還有你，你這該死的在這做什麼？」

「我想花個十分鐘和您聊聊，好心的先生。」福爾摩斯用他最迷人的嗓音說。

「我沒那麼多時間跟遊手好閒的人聊天！我們不歡迎陌生人。快走，否則你就要被狗追著跑了！」

福爾摩斯靠了過去，在這位訓練師耳邊說了幾句話。他嚇得猛地一抽，連額頭都漲得通紅。

「謊言！」他大叫道，「惡毒的謊言！」

「很好。那我們要在這裡公開爭辯，還是進你的接待室再談呢？」

「唉，你要的話就進來吧。」

福爾摩斯露出笑容，「我只去幾分鐘，不會耽擱太久，華生。」他說：「布朗先生，那就聽從您的指示。」

過了二十分鐘，落日餘暉由深紅轉爲灰色，福爾摩斯與訓練師才再次現身。我從未見過這麼短的時間內能像塞拉斯·布朗這樣態度變化如此之大的人。他的臉色灰白，額頭不斷冒出汗珠，手中握著的狩獵短棍抖得像風中的樹枝。剛才的粗暴傲慢全都消失無蹤，他畏縮地跟在我的同伴身邊，就像隻跟著主人的狗。

「你的指示我會照辦，會照你說的完全辦妥。」他說。

「絕不能有任何差錯。」福爾摩斯邊說一面打量著他。布朗讀出他眼中的威脅後，又是一陣畏縮。

2 福爾摩斯總是不時強調想像力的重要性。他曾這麼對華生說：「我將自己放在那個人的位置，進而估計那人的智慧後，再去試想我在同樣的情況下會怎麼行動。」由於「官方警探」缺乏這份想像力，福爾摩斯屢次以此來調侃或說教一番。

「哦，不會的，絕對不會有任何差錯。牠會出現在那裡的，我要爲牠做什麼改變嗎？」

福爾摩斯想了一會兒，然後爆出笑聲。「不，不需要。」他說：「我會再寫信告訴你。別玩花樣，不然——」

「哦，你可以相信我。你絕對可以相信我！」

「嗯，我想也是。好吧，明天你會接到我的消息。」他轉身走開，不顧那隻顫抖著伸向他的手。我們這就離開前往國王馬場。

「我沒遇過像塞拉斯·布朗這樣集粗暴、懦弱、狡猾於一身的人。」我們跋涉回國王馬場途中，福爾摩斯說道。

「馬在他那裡，是嗎？」

「他虛張聲勢想賴掉這件事，但等我對他敘述那天早上他的一舉一動後，他便以爲我當時正監視著他。你發現的那道形狀特殊的方頭鞋足跡，正好與他的靴子完全吻合。另外，他的手下是不敢做這種事的。根據他的作息，他總是第一個起床，因此我對他敘述，他如何發現荒野中有匹陌生的馬四處遊蕩，他如何走出馬場接近牠，又如何震驚地認出牠那因此得名的白色額頭，以及這下他無意中得到機會控制唯一能擊敗自己下了大注馬匹的名駒。接著我告訴他，剛開始他曾動念帶牠回國王馬場，但接下來心中的邪念讓他想到可以將牠藏匿起來直到比賽結束。於是他如何將牠帶回並藏在麥波頓馬場。當我說出每一樣細節後，他終於放棄抵抗，最後只想保住自己的面子。」

「但他的馬廄不是被搜查過嗎？」

「哦，他這種騙子多得是方法。」

「但你不擔心馬在他手上，他很可能會傷害牠嗎？」

「親愛的老弟，他會把牠當作掌上明珠來守護。他明白若要得到原諒，唯一的機會就是確保牠的安全。」

「在我印象中，羅斯上校不像是個心胸寬大的人。」

「重點不在羅斯上校身上，我用自己的方法行事，透露多少線索也由我決定。這就是身為非體制內人員的優勢。華生，不知你看出來沒有，上校對我的態度有些傲慢。所以我想在他身上找點樂子，你先別跟他說馬的事情。」

「未經你的同意，我是絕不會說的。」

「當然，殺害約翰·史崔克的人是誰，這只是小事一件。」

「你會繼續追查吧？」

「剛好相反，我們搭今晚的夜車回倫敦。」

這句話對我猶如青天霹靂。我們才抵達德文郡幾個小時，他對本案的偵察也十分順利，卻就這麼放棄。在我看來，實在太不可思議。直到返抵訓練師家中，我都無法從他口中再套出任何一個字。上校和探長正在接待室等著我們。

「我和我的朋友打算搭夜間快車回去，」福爾摩斯說：「這次總算見識了達特木迷人的清新空氣。」

探長聞言睜大眼睛，上校則輕蔑地揚起嘴角。

「這麼說，你是打算放棄逮捕殺害可憐史崔克的凶手囉？」他說。

福爾摩斯聳聳肩，「其中確實有些重大的難題，」他說：「但我對於你的馬在週二上場比賽抱有絕對的信心，希望你能讓騎師做好準備。我能向你要張約翰·史崔克先生的照片嗎？」

探長從信封中拿出一張照片遞給他。

「親愛的奎格利，你總是無所不備。你能在這兒等一下嗎？我有個問題要問一下女僕。」

「不得不說，我對我們從倫敦請來的顧問非常失望。」我的朋友離開房間後，羅斯上校毫不掩飾地說道，「我看不出現在比他剛來時多了什麼進展。」

「至少他保證你的馬能夠出賽。」我說。

「是啊，有他的保證。」上校微微聳肩，「但我寧可有我的馬。」

我正要再為我的朋友辯解時，他再次走進接待室。

「各位先生，」他說：「我準備好回塔維史托克鎮了。」

我們踏上馬車時，有個馬僮在旁為我們扶著門。這時福爾摩斯似乎想到什麼，於是他傾身向前碰碰馬僮的袖子。

「你們的牧草地上有幾隻羊，是誰照看牠們？」

「是我，先生。」

「你有沒有注意到牠們最近有什麼不對勁？」

「嗯，先生，沒什麼特別的。只是其中三隻變得有點跛。」

看得出福爾摩斯非常滿意，他摩搓雙手，輕聲笑了起來。

「大膽的假設，華生，非常大膽的假設，」他捏捏我的手臂說：「奎格利，我建議你將注意力轉向這群羊的傳染病上。上路吧，車伕！」

羅斯上校臉上仍是一副對於我同伴的能力不甚認同的表情，但我望向探長的臉，發現他的注意力明顯被挑了起來。

「你覺得那很重要？」他問道。

「非常重要。」

「其中有任何你希望我特別注意的地方嗎？」

「那隻狗在夜間表現出的奇怪行爲。」

「但牠什麼都沒做。」

「這就是奇怪之處。」夏洛克・福爾摩斯說。

四天後，福爾摩斯和我再次搭上火車，前往溫徹斯特觀賞威塞克斯盃賽馬。羅斯上校和我們約好在車站外碰面，我們搭他的馬車，往城外前進。他臉色嚴肅，態度也極度冷淡。

「我的馬還沒有任何消息。」他說。

「看到牠的話，我想你應該認得出來吧？」福爾摩斯說。

上校非常憤怒，「我從事賽馬已經二十年了，從來沒有人問過這種問題！」他說：「就算小孩也認得出銀斑駒的白色額頭和牠右前腿的雜毛。」

「目前賭盤如何？」

「嗯，這就是奇怪的地方了。昨天還是十五賠一，但賠率卻越降越低，今天連三賠一都很難買到了。」

「哼！」福爾摩斯說：「很明顯，某人掌握了些內線消息。」

當馬車駛近看台時，我看了一眼出賽名單。

威塞克斯盃　參賽費每匹五十鎊金幣　附註：馬齡四至五歲

第一名一千鎊金幣　第二名三百鎊獎金　第三名兩百鎊獎金

新賽程（一又八分之五哩）

1. 希斯・紐頓先生：黑神駒，紅帽，淡黃夾克
2. 華德洛上校：拳擊手，粉紅帽，藍黑夾克
3. 貝克華德爵士：戴斯波諾，黃帽，黃袖夾克
4. 羅斯上校：銀斑駒，黑帽，紅夾克
5. 巴莫洛公爵：彩虹女神，黃黑條紋帽，黃黑條紋夾克
6. 辛格弗爵士：雷斯博，紫帽，黑袖夾克

「我們讓另一匹馬退出比賽，把希望都放在你的一句話上。」上校說：「唉，那是什麼？銀斑駒大熱門？」

「銀斑駒五賠四！」場中有人叫道，「銀斑駒五賠四！戴斯波諾五賠十五！五賠四開賭！」

「編號出來了，」我叫道，「六匹馬都出來了。」

「六匹都在？那我的馬要出場了。」上校焦躁不安地叫道，「但我沒看到牠，沒看到牠走過去。」

「只有五匹走過，這匹一定是牠。」

我正說著，一匹棗紅色的馬跑出過磅的圍欄，邁步小跑經過我們面前，騎師身上正是代表上校出賽的紅黑兩色。

「那不是我的馬，」上校叫道，「那畜牲身上一根白毛都沒有。你在玩什麼把戲，福爾摩斯先生？」

「嗯，我們看看牠跑得怎麼樣吧，」我的朋友冷靜地說。幾分鐘後，他用我的望遠鏡看著，「非常好！極佳的起跑！」他突然大叫，「來了，要過彎道了！」

馬車上的視野極佳，可以清楚看到馬匹進入直線道。六匹馬靠得極近，彷彿一張毯子就能將牠們全部蓋住，中途先是黃色的麥波頓馬場的馬超前，接近我們面前時，戴斯波諾的步子慢了下來，而上校的馬一舉衝過了終點，以六個馬身之差勝過對手，巴莫洛公爵的彩虹女神則差強人意只得到第三名。

「無論如何，我的馬贏了。」上校喘著氣用手遮住雙眼。「我承認，從頭到尾我都不明白是怎麼回事。你不認為這些祕密藏得夠久了嗎，福爾摩斯先生？」

「的確，上校，你理應知道這一切。我們這就一起過去，看看那匹馬吧。牠在這裡。」我們一起進入只有馬主及其朋友能進入的過磅圍欄時，他繼續說：「你只要用點白蘭地洗洗牠的臉和腿，就會發現這就是同一匹銀斑駒了。」

「我真被你嚇了一大跳！」

「我在一個騙子手中找到牠，自作主張讓牠出賽，就當牠被送了回來。」

「親愛的先生，你做得太棒了！牠看起來狀況好極了，也從來不曾跑得這麼好。我要為了質疑你的能力而致上無比歉意。找到這匹馬已是幫了我一個大忙，要是你能再找出殺害約翰·史崔克的凶手，那對我會是更大的恩惠！」

「我已經找到了。」福爾摩斯平靜地說。

上校和我驚訝地望著他，「你知道是誰！那他人在哪裡？」

「就在這裡。」

「這裡？哪裡？」

「這一刻就在我身邊。」

上校氣得漲紅了臉，「我承認我十分感激你，福爾摩斯先生，但我要把你剛才所說的當作是差勁透頂的笑話或是對我的侮辱。」

福爾摩斯笑了起來，「上校，我向你保證，絕對不曾認為你和這案子有任何關聯。」他說：「眞正的凶手此刻正站在你身後。」他走過去，將手放上這匹純種名駒發亮的頸部。

「是這匹馬！」我和上校同聲叫道。

「沒錯，是這匹馬。如果我說牠是出於自衛，也許可以減輕牠的罪名，而且我要說，約翰・史崔克是個完全不值得你信賴的人。不過鈴聲又響了，我要留下來在下一場比賽贏點錢。稍後我會找個適當的時間，為各位做完整的解釋。」

當天傍晚搭車回倫敦時，我們幾個人佔據了臥車車廂一角。對我和羅斯上校來說，這是一趟很短的旅程，因為我們一路上都在聽我的同伴敘述那個週一晚上在達特木的馬廄中發生的事，以及他是如何解開這一切。

「我承認，」他說：「我讀過報紙之後，對這案子的推論完全錯了，但要不是他們過度報導細節而忽略了眞正的重點的話，其實還是有些線索可循的。我前往德文郡時，心中確信費茲羅伊・辛普森就是眞凶，當然，我當時了解針對他的證據其實並不充分。當我們抵達訓練師的家，我還在馬車上時，突然想到那盤咖哩羊肉的重要性。你們也許還記得，當你們都下了車，我卻還失神坐在車上。當時我正驚訝著自己怎會錯過如此明顯的線索。」

「坦白說，」上校說：「到現在我還是看不出這有什麼幫助。」

「這是一連串推理的第一個環結。鴉片粉不可能沒有味道，雖然味道並不太差，但絕非無法察覺。

如果是和一般食物混在一起，吃的人無疑會發現，並可能不會繼續吃下去。咖哩正是適合用來隱藏這味道的食材。由於那位陌生人費茲羅伊・辛普森不可能知道訓練師家中當晚吃咖哩，當晚他身上帶著鴉片粉又剛好碰上能隱藏味道的咖哩，那是極不可能發生的巧合。因此辛普森被排除在本案之外，我們的注意力就放在史崔克和他太太身上，唯有他們能決定當天晚餐吃咖哩羊肉。因爲其他人吃了同樣的食物卻未發生不適，所以鴉片粉是另外盛給馬僮時加入的。那麼，問題就在是誰避開女僕加入鴉片粉？

「解決這問題之前，我也注意到狗沒有叫的現象，因爲正確的推論必然影響其他推論。辛普森事件讓我知道馬廄裡有隻狗，然而有人走進馬廄，牽出一匹馬，狗卻沒叫且沒吵醒閣樓上另兩個馬僮。很顯然這位午夜訪客是這隻狗十分熟悉的人。

「我已經相信，或幾乎就要相信是約翰・史崔克在深夜進入馬廄並牽出銀斑駒，但爲的是什麼呢？顯然爲的是個見不得人的理由，否則爲何要對自己的馬僮下藥？但我仍舊不知是爲了什麼。以前有些案子，訓練師會透過簽注人押上大筆金錢賭自己的馬跑輸，然後用某些詐騙手法不讓馬跑贏比賽。有時是讓騎師扭傷，有時則用更有把握或更隱晦的手法。這裡用的是什麼手法呢？我希望能藉由他口袋裡的東西幫我找出結論。

「這些東西確實幫了我的忙。你們不會忘了握在死者手中那把十分特別的小刀吧？那把正常人不會拿來當武器的刀子。就如華生醫生所說，那刀是用來做某些非常精細的外科手術，而當晚也確實要用它來做某種手術。羅斯上校，以你豐富的賽馬經驗，一定知道在馬膝蓋後方的腿臀皮下割一道小裂口是找不出痕跡的。這樣的馬會稍微有點跛，多半會被認爲是訓練時扭傷或得了風濕，但不會認爲被動了手腳。」

「惡棍！流氓！」上校叫道。

「如此一來，我們解釋了約翰・史崔克爲何要將馬帶到荒野中。如此強壯的動物被刀刺時必定會發出很大的叫聲，睡得再沉的人也必然會被吵醒。這就是爲何一定要在戶外進行的原因。」

「這眞是瞎了眼！」上校怒罵，「當然這也就是他爲何需要蠟燭和火柴了。」

「無庸置疑。幸運的是，在檢查他的物品時，我不但發現作案的手法，還連帶找到了動機。上校，身爲男人，你一定明白男人是不會把別人的帳單放在口袋裡到處跑的。我們大多數人都有不少帳單要付，當下我就推論出史崔克過著兩面人的生活，並且有第二個家要養。那帳單內容顯示，這案子裡有另一位女士，而這位女士的品味還頗爲高貴。即使像你對僕人這樣慷慨的人，也很難想像會買一件價值二十二基尼的外出服給你的女人吧。我委婉地問起史崔克太太這件衣服的事，也很滿意她回答從未見過這件衣服。我記下這家高級服裝店的地址，心想帶著史崔克的照片走訪一趟，應該就能輕易揭發這神祕的德比夏先生。

「從那之後，一切就再明白不過。史崔克將馬帶到一塊窪地，這樣他的燭光就不會被發現。辛普森逃跑時掉了領巾，被史崔克撿到，也許他心想可以用來綁住馬腳。在窪地中，他走到馬的身後點亮火柴，但牠被這突來的亮光驚嚇，以動物的奇異本能，直覺想到有人要傷害牠，於是跑了起來，而馬蹄鐵便直接踹中史崔克的額頭。當時他不顧大雨，已經脫下大衣準備進行他精細的任務，也就是在他倒下時，刀子割到了他的大腿。我說得夠清楚了嗎？」

「太精采了！」上校叫道，「太精采了！你簡直就像人在現場一樣！」

「我的最後一項假設，我得說，是個非常大膽的假設。我想以史崔克這麼精明的人，絕對不會不加練習就進行這樣的切割手術。他能用什麼來練習呢？這時我看到綿羊，於是我問了個問題，讓我驚訝的是，這樣的臆測竟是正確無誤的。

「我回到倫敦後，造訪了那家高級服飾店，他們認出史崔克的照片，說那是他們的老客人，名叫德比夏，有個很活潑的妻子，並偏愛昂貴的服飾。我毫不懷疑，就是這個女人使他債台高築，導致他不得不執行這悲慘的計謀。」

「你將一切都解釋清楚了，但還有一件事，」上校說：「馬到哪去了？」

「啊，牠跑了，並且由你的一位鄰居代爲照顧。在這方面我想我們得寬容一些。這裡是克萊芬調車場，如果我沒弄錯，再過不到十分鐘就到維多利亞車站了。如果你有興趣到我的公寓抽支雪茄，上校，我很樂意提供任何你有興趣的其他本案細節。」

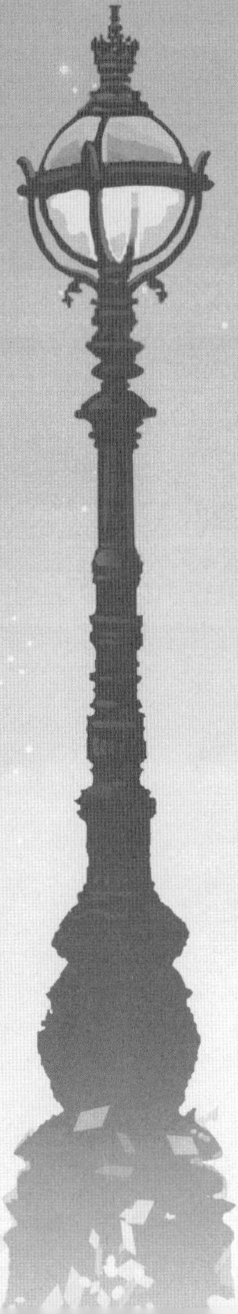

# *CASE 6*

# 蘇格蘭榮光號

「你激起了我的好奇心，」我說：「但你剛才爲什麼說爲了一些非常特殊的理由，我應該研究這個案子？」

「因爲這是我生平第一件眞正參與的案子。」福爾摩斯說。

「這裡有些文件，」某年冬夜，我們在爐火旁各據一邊，我的朋友夏洛克．福爾摩斯說：「我想非常值得你看看，華生。這些是關於『蘇格蘭榮光號』這個不尋常案件的記錄，這就是讓治安法官崔弗讀了而被嚇死的信件。」

他從抽屜裡拿出一個褪色的圓紙筒，解開帶子，遞給我一張寫在灰色半頁紙上的短箋。

The supply of game for London is going steadily up. Head-keeper Hudson, we believe, has been now told to receive all orders for fly-paper and for preservation of your hen-pheasant's life.

（供應倫敦之獵禽肉正持續穩定增加。我們相信總管哈德遜已被告知接受所有捕蠅紙訂單，並保護你的母雉雞的生命。）

當我讀著這謎一般的訊息，抬起頭看見福爾摩斯正爲我臉上的表情低聲笑了起來。

「你看起來有些困惑。」他說。

「我看不出這樣的訊息如何能引起恐怖感。在我看來這頂多只是怪誕而已。」

「你說得很對。事實上，當時閱讀這短箋的是個健康強壯的老人，但他卻像被槍托擊中一樣直接倒下。」

「你激起了我的好奇心，」我說：「但你剛才爲什麼說爲了一些非常特殊的理由，我應該研究這個案子？」

「因爲這是我生平第一件眞正參與的案子。」

我經常想從這位同伴口中套出他當初是如何轉向罪案調查一途，但總是被他打哈哈混了過去。如今他在扶手椅上傾身向前，將文件在膝頭攤開。接著他點燃菸斗，坐在那裡一面抽菸一面翻閱文件。

「你從沒聽我提過維克多．崔弗吧？」他問道，「他是我在大學兩年期間唯一的朋友。我從來不是喜歡交際的人，華生，我總是寧願自己悶在房間裡，研究我那小小的思考方法，所以從來不曾和年齡相仿的人相處。擊劍與拳擊是我少數的運動嗜好，而且我的研究方向和其他人完全不同，因此也就沒有什麼共同點可讓我和其他人接觸。崔弗是我唯一認識的人，某天早晨我在前往禮拜堂的路上，被他的牛頭㹴咬住腳踝，我們是因爲這場意外而認識的。[1]

「我們建立友誼的過程雖然平淡，但非常深刻。我因腳踝受傷臥床休養十天，崔弗常來探望我。剛開始我們只是簡短地交談，之後他探望的時間開始變長，到學期結束前，我們便成了十分親近的朋友。他是個坦率而熱誠的人，渾身充滿精力與能量，在許多方面和我剛好相反，但我們有些共同的話題，當我發現他和我一樣沒有朋友時，我們的關係就更緊密了。最後，他邀我去諾福克郡杜尼索普他父親那裡度長假，我就在那裡接受他長達一個月的招待。

「老崔弗顯然是個富有而思慮周到的人，他是該郡治安法官，也是個地主。杜尼索普是蘭米爾邨北邊的一個小村莊，就在博洛茲鎮外圍。他的房子是由磚牆與橡木梁柱所構成的老式建築，佔地寬闊，屋前有條兩側種了菩提樹的小路。那裡的沼澤是極佳的野鴨獵場與釣魚所在。有個雖小但藏書精到的圖書

1 福爾摩斯究竟是念哪一所大學？故事中雖然沒有明說，但從一些用語及描述的情境來看，極可能是劍橋或牛津。「劍橋派」的支持者指出，大學裡不許養狗，所以福爾摩斯一定是住在校外的學生公寓時被狗咬傷的，只有劍橋的一年級生允許住校外；「牛津派」的支持者則反駁，狗可以偷偷養，但學院裡設有禮拜堂的，肯定是牛津才對——這個爭論至今尚未塵埃落定。

室，據我所知，是從前任屋主手中接收過來的。他還有個手藝不差的廚子。如果有誰無法在這裡愉快地過上一個月，他必然是個難以取悅的人。

「年長的崔弗是個鰥夫，我的朋友則是他的獨生子。

「我聽說他以前有個女兒，去伯明罕旅行時死於白喉。我對這位父親極感興趣，他的文化程度不高，但不管在精神或體能上，都有著相當強大的力量。他沒讀過什麼書，不過遊歷範圍很廣，去過世上許多地方，而且只要學過的東西就不會忘。他的身材厚實魁梧、一頭蓬亂的灰色毛髮、飽經風霜的棕色面孔、銳利而近乎狂暴的藍色眼睛。不過他在鄉間有著仁慈好施的名聲，也以判決寬厚著名。

「我來到那裡不久，某天晚上我們正喝著餐後的波特酒，小崔弗談起我那逐漸系統化的觀察與推理習慣，當時我還未察覺到這部分未來將在我生命中扮演的角色。老人顯然覺得兒子說到我表演過的一、兩個小技巧時有些誇大其詞。

「『好吧，福爾摩斯先生，』他愉快地笑著說：『我是個很好的對象，看看你能從我身上推論出什麼。』

「『恐怕不會太多，』我答道，『我會說，過去一年間，你一直擔心遭到某些攻擊。』

「笑容立刻從他嘴角消失，他非常驚訝地看著我。

「『啊，這倒是眞的，』他說：『維克多，你知道，』他轉向兒子，『我們破獲那批盜獵的歹徒時，他們發過誓要宰了我們，而愛德華・霍比爵士也眞的遭到攻擊。從那時起我就時刻警戒著，但我不知你是怎麼曉得的。』

「『你有支很粗重的手杖，』我答道，『從上頭的刻字來看，我想這手杖使用還不到一年，而你不嫌麻煩從杖頭灌進熔鉛，把這變成一樣致命武器。我猜想，除非你正害怕某種危險，否則不會採取這種預防措施。』

「『還有別的嗎？』他微笑問道。

「『你年輕時打過好一陣子拳擊。』

「『又說對了。你怎麼知道？因爲我的鼻子有點歪？』

「『不，』我說：『是你的耳朵。拳擊手的耳朵通常會特別扁而且厚。』

「『還有什麼？』

「『從你硬化的皮膚看來，你以前做過開採挖掘的工作。』

「『我的錢都是從金礦裡賺來的。』

「『你待過紐西蘭。』

「『又說對了。』

「『你去過日本。』

「『沒錯。』

「『你和一個名字縮寫爲J. A.的人曾經十分親近，但後來極度想忘了他。』

「崔弗先生慢慢起身，那雙藍色大眼以奇異的狂亂眼神盯著我看，然後往前倒下，他的臉埋在散落整張桌布的堅果殼堆中，就這樣昏了過去。

「華生，你能想像當時他兒子和我有多震驚。他沒昏厥太久，我們解開他的領子，從餐桌上的洗手盅裡潑了些水到他臉上後，他喘了一、兩口氣，然後坐起來。

「『啊，孩子，』他勉強笑道：『希望沒嚇著你們。我看起來很強壯，其實心裡有個很大的弱點，不用花多少力氣就能把我擊倒。我不知你是怎麼辦到的，福爾摩斯先生，但在我看來，不管現實存在或想像出來的偵探，在你面前就跟小孩沒兩樣。這會是你一生的事業，先生，你大可相信一個見過大半世界之人所說的話。

「不管你信不信，華生，剛才他這番基於對我能力的過分高估而提出的建議，使我第一次想到，這個小小嗜好也許日後眞能當作職業。然而當下我太過專注在主人突然出現的身體不適上，因此沒有繼續往下想。

「『希望我剛才沒說什麼讓你痛苦的話。』我說。

「『唉，你確實碰到一個敏感的話題。我能不能問你是怎麼知道的？你又知道多少？』他故作打趣地說，但恐懼仍舊蟄伏在眼神深處。

「『這其實很簡單，』我說：『當你裸著手臂將魚拉上船時，我看到你的肘彎有個J. A.的刺青。字母仍然看得出來，但刺青的模糊痕跡以及周圍的汙損也很清楚，看得出你曾想將它除去。很明顯，你曾對這縮寫非常熟悉，後來卻希望能將它忘掉。』

「『多銳利的一雙眼睛！』他鬆了口氣叫道，『正如你所說，但我們不再談這個話題。過去的種種陰影中，舊愛最是讓人痛苦。我們去撞球室，靜靜地抽支雪茄吧。』

「從那天起，崔弗先生對我表現出的熱誠中，總是夾著一絲疑慮。連他兒子也注意到了。『你讓我父親大人嚇了一大跳，』他說：『他現在再也不能確定你知道或者不知道什麼事。』我知道他不想表現出來，但這念頭太過強烈，以致於會從他的舉止間流露出來。最後，我確認我是讓他不自在的主因，於是便結束這次造訪。但在我離開的前一天，發生了一件後來證實是非常重要的意外事件。

「我們坐在花園草坪的椅子上，一面沐浴在陽光中，一面欣賞博洛茲鎮的景色。這時有個女僕過來說，門口有個人想見崔弗先生。

「『他叫什麼名字？』我的東道主問道。

「『他什麼都沒說。』

「『那他想要什麼？』

「『他說您認識他，他只想跟您談一會兒。』

「『帶他過來。』過了一會兒，來了個身材乾癟、神態畏縮、走路一跛一跛的人。他穿著夾克，前襟沒扣，衣袖上有瀝青汙漬，裡面是紅黑格子襯衫，穿粗布工作褲以及磨損嚴重的沉重皮靴。他的棕色面孔乾瘦，狡猾的面貌永遠掛著一抹笑意，露出一排不整齊的黃板牙。他皺縮的手像水手般半握著。當他低頭垂肩穿過草地時，我聽到崔弗先生的喉間發出類似打嗝的聲音，接著就從椅子上跳起，衝回屋內。過了一會兒他走回來，經過我身邊時，我聞到強烈的白蘭地酒味。

「『啊，這位朋友，』他說：『我能爲你做些什麼？』

「這水手站在原地瞇眼望著他，臉上仍然咧嘴掛著笑容。

「『你不認得我了？』他問道。

「『嘿，天哪，這不是哈德遜嗎。』崔弗先生帶著驚訝的語調說。

「『在下正是哈德遜，先生。』這個水手說，『哇，自從最後一次見到你，已經過了三十多年。你現在有了房子，我還在船上賺那辛苦錢呢。』

「『嘖，我可沒忘了以前的事，』崔弗先生叫道，接著走向水手低聲說了幾句，然後又高聲說：『到廚房裡，弄點吃的喝的，我一定幫你找個好工作。』

「『感謝你，先生。』那水手說著，碰了碰額前的頭髮，『我剛在一艘人手不夠，航速八節的貨船上待了兩年，得好好休息一下，所以就來找你和貝德斯先生。』

「『啊！』崔弗先生叫道，『你知道貝德斯先生在哪裡嗎？』

「『上帝保佑你，先生。我知道我那些老朋友們都在哪裡落腳。』這傢伙露出一抹邪笑說道，然後就跟著女僕垂頭縮著身子走向廚房。崔弗先生倉促地對我們說了些這人是他以前採礦時在船上認識的同伴等等，接著就把我們留在草坪上獨自進屋。一個小時後我們進屋，發現他已喝得爛醉，癱在餐廳的沙發上。於是這整起意外事件在我腦中留下十分醜陋的印象。第二天我離開杜尼索普時一點也不覺遺憾，因爲我若是留在那裡，一定只會使我朋友覺得難堪。

「這些全都發生在那段長假的頭一個月。我回到我倫敦的住所，在那裡做了七個星期的有機化學實驗。就在日子進入深秋，假期就要結束前的某日，我接到朋友的一封電報，懇求我返回杜尼索普，說是極度需要我的建議與協助。當然，我即刻放下一切，再次啓程前往北方。

「他駕著兩輪馬車在車站與我碰面。我立刻看出過去這兩個月他一定過得十分痛苦。他變瘦了，而且滿臉憔悴，並失去以往招牌的快活神態。

「『我父親就要死了。』這是他對我說的第一句話。

「『怎麼可能！』我叫道，『這是怎麼回事？』

「『是中風。精神受到強烈衝擊。他這一整天都在生死邊緣。不知還能不能再見他一面。』

「正如你所想的，華生，我被這意料之外的消息嚇壞了。

「『是什麼讓他變成這樣？』我問道。

「『啊，這就是重點。上車吧，我們邊走邊說。你還記得你離開前一天來的那傢伙？』

「『全然記得。』

「『你知道那天我們讓一個什麼樣的人進了家門嗎？』

「『我不知道。』

「『那是個魔鬼，福爾摩斯。』他叫道。

「我訝異地望著他。

「『是的，他就是魔鬼本人。自此之後，家裡就再也不得平靜——一刻都不得平靜。那一整晚，父親再也不曾抬起頭，現在，他體內的生命力被擊潰，心也碎了。這一切都要怪那可恨的哈德遜。』

「『他有什麼能力可以造成這一切？』

「『啊，這正是我願付出一切想要得知的。我仁慈善良的老父，怎麼會落入如此惡棍的掌握！我很高興你能過來，福爾摩斯。我相信你的判斷與處置，我知道你能給我最好的建議。』

「我們奔馳在平坦潔淨的鄉村道路上，博洛茲鎮的景色在橘紅色的夕陽映照下，在我們面前延展開來。透過左邊一叢樹林望去，我已能看見這幢鄉紳宅邸的高聳煙囪與旗桿。

「『我父親一開始讓那傢伙當園丁，』我的同伴說：『接著他感到不滿意，要父親讓他當管家。整個家好像隨他處置，他四處遊蕩，只做自己想做的事。女僕抱怨他的酗酒惡習和粗鄙言語，爸爸爲她們加薪以作爲這些紛擾的補償。這傢伙還駕著小船，拿走父親最好的槍來趟狩獵之旅。這些行爲再加上那輕蔑、敵視、無恥的臉孔，要不是他和我年紀有段差距，我早就痛揍他不下二十次。我告訴你，福爾摩斯，之前這段時間我一直極力克制自己，但現在我自問，如果之前就讓自己放手去做，會不會才是聰明的決定。

「『唉，我們遇到的情況越來越糟，哈德遜這畜生也越來越過分，直到有一天，他在我面前無禮地頂撞我父親，於是我抓著他的肩膀，將他扔出房間。他鐵青著臉，用比舌頭更惡毒的眼神威脅地看著我，然後靜靜走開。我不知道在那之後我可憐的父親和他之間發生了什麼事，隔天父親就來問我，是否介意向哈德遜道歉。你能想像得到，我拒絕了，並問我父親爲何能讓這樣的卑鄙小人對他以及他的家人爲所欲爲。

「『啊，孩子，』他說：『要我開口說很容易，不過你不明白我的處境。你終究會知道的，維克多，無論情況如何變化，我都會讓你知道。你不會傷害可憐的老爸爸吧，小子？』他情緒十分激動，把自己鎖日鎖在書房裡。我只能從窗戶看到他正不停地寫東西。

「『那天晚上發生一件讓我感到大受解脫的事。哈德遜對我們說他要離開了。晚餐過後我們還坐在餐廳裡，他走了進來，用那半醉的粗啞嗓音宣布他的決定。

「『「我受夠了諾福克郡，」他說：「我要去罕普郡找貝德斯先生。我敢說他會像你一樣高興地看到我。」

「『「哈德遜，希望你不是心懷怨恨地離開。」我父親用柔和的語調對他說，我聽得熱血沸騰起來。

「『「我還沒得到我應得的道歉。」他瞥向我陰沉地說。

「『「維克多，你知道自己對這位可敬的先生太過粗魯吧。」我爸爸轉向我說。

「『「剛好相反，我認爲我們都對他付出過多的耐心了。」我答道。

「『「哦，你們是這麼想嗎？」他咆哮著，「非常好，朋友，我們走著瞧！」

「『他彎腰駝背走出房間，半小時後離開了這幢房子，留下我那焦慮不已的可憐父親。一夜又一夜，我聽到他在房裡不斷踱步。就在他逐漸恢復信心時，致命的打擊終於來了。』

「『是怎麼來的？』我焦急地問道。

「『以最意想不到的方式。昨天傍晚寄來一封給我父親的信，上面蓋著弗丁罕的郵戳。父親讀了以後，雙手往頭上一拍，開始在房間裡像個神志失常的人繞著圈子跑。等我終於拉他在沙發坐下，他的嘴和眼皮都已歪向一邊。我看得出他中風了。弗丹醫生立刻趕來，我們將他帶到床上，但他身體的麻痺部位逐漸擴延，意識也沒有恢復的跡象，我想他很難再活下去了。』

「『你嚇到我了，崔弗！』我叫道，『那封信上到底寫了什麼，能造成這麼可怕的結果？』

「『什麼都沒有。這是我最無法理解的部分，都是些既荒謬又瑣碎的訊息。哦，我的天！我害怕的事發生了！』

「就在我們說話時，馬車轉進小路，在暗淡的燈光中，看到每一扇窗的窗簾都放了下來。當我們急奔至門前，我朋友的臉因悲傷而抽搐，這時一位身穿黑衣的先生從門內走出。

「『什麼時候的事，醫生？』崔弗問道。

「『你離開後隨即就發生了。』

「『他有恢復意識嗎？』

「『最後一刻恢復了一下子。』

「『有留任何口信給我嗎？』

「『只說在那個日式櫃子的抽屜裡有些文件。』

「我的朋友和醫生上樓到死者的房間，我留在書房，把整件事想了又想，感到前所未有的鬱悶。老崔弗以前是什麼樣的人？他是個拳擊手、旅行家、淘金者。他怎麼會讓自己落入那面容猥瑣的水手手中？同樣地，他爲何聽人提起手臂上半磨損的縮寫刺青時會暈倒？又怎麼會被一封來自弗丁罕的信給嚇死？然後我想起弗丁罕就在罕普郡，而那個水手前去拜訪並應該會趁機勒索的貝德斯先生就住在罕普郡。那麼這封信很可能出自哈德遜之手，說他已揭發某個罪惡的祕密；或是貝德斯寫來警告昔日的共犯，祕密隨時可能被揭發。到這裡爲止，一切都很清楚。若眞是如此，他兒子又怎會說這信的內容瑣碎而古怪？他必定是誤讀了。如果是這樣，那一定是用了極巧妙的暗語，讀起來是一個意思，但實際上是另一個意思。我一定要看到這封信，如果其中有隱藏的訊息，我有信心一定能將它解開。我在昏暗中反覆思索了一個小時，直到一個流淚的女僕帶著油燈過來，緊跟在後的是我的朋友崔弗，他臉色蒼白但十分鎮定，手上抓著我放在膝上的這些文件。他坐在我對面，將油燈放在桌邊，遞給我一張如你所見，潦草寫在灰色信紙上的短箋。『供應倫敦之獵禽肉正持續穩定增加。我們相信總管哈德遜已被告知接受所有捕蠅紙訂單，並保護你的母雉雞的生命。』

「第一次讀這短箋時，我敢說我的臉就像你現在一樣困惑。我很仔細地再讀一次。顯然正如我所想，這些奇怪字句的組合背後必然藏著某些祕密訊息。或者其中如『捕繩紙』和『母雉雞』這類詞彙有預設的其他意思？這樣的話，詞意可以隨意設定，就不太可能推論出來。我不願相信會是這種狀況，而且出現了『哈德遜』這名字，那麼應該就如我所想，這訊息是來自貝德斯而非那水手。我試著倒過來讀，『命生的雞雉母』不像有什麼意義。我試著隔一個單字讀，『the of for』和『supply game London』仍舊沒有意義。

「突然間，我抓住了這謎題的關鍵，從第一個單字起每隔兩個單字往下讀，得出的訊息也許就是讓老崔弗絕望的原因。

「那警訊簡短明白，我立刻唸給我的朋友聽：

「『The game is up. Hudson has told all. Fly for your life.』（沒救了。哈德遜已說出一切。逃命吧。）

「維克多・崔弗將臉埋入顫抖的雙手中，『我想一定就是這樣了。』他說：『這比死亡更糟，因爲還意味著不名譽，但『總管』（head-keepers）和『母雉雞』（hen-pheasants）又是什麼意思？』

「『就訊息本身來說沒有意義，但對於要找出寄信者的身分就很有幫助。你看他開頭先寫「The...game...is」的訊息正文，然後他為了按照密語的規則寫完，就要在每個空白處填入任兩個單字。寫信者自然會用腦中最先想到的字，這當中有許多指涉運動的單字，你就能確定這個人要不是熱衷射擊，就是對畜牧感興趣。你知道關於貝德斯的任何事嗎？』

「『啊，你這麼一提，』他說：『我想起我那可憐的父親每年秋天都會受邀去他的保護林地狩獵。』

「『那麼信無疑就是他寄來的。』我說：『現在剩下的，就是要找出水手哈德遜手上掌握了什麼能控制兩個富有而令人敬重之人的祕密。』

「『唉，福爾摩斯，我怕這會是罪惡而可恥的祕密！』我朋友叫道，『但我對你不會保有任何祕密。這是我父親知道哈德遜帶來的危險隨時可能降臨時所寫的陳述。我在他交待醫生的日式櫃子裡找到的。你拿去唸給我聽吧，我怕我是沒有力量也沒有勇氣這麼做了。』

「這些就是他交給我的文件，華生，我會像那天晚上在那老書房裡一樣唸給你聽。你看，背面有附註：『關於三桅帆船蘇格蘭榮光號於一八五五年十月八日自法爾茅斯啓航，至十一月六日在北緯十五度二十分，西經二十五度十四分處毀滅之詳細記錄。』是書信形式，內容如下：

「『我摯愛的孩子，當這件不名譽之事即將來臨，遮蔽我的晚年人生時，我要誠實地記下所有事實。這不是因為我害怕法律，不是害怕失去郡中的地位，也不是怕認識的人瞧我不起而感到心如刀割。而是因為想到你——敬愛我並極少拂逆我意的你——將因我而感到羞恥。假若這始終籠罩著我的厄運終將來臨，那麼我希望你能閱讀這份陳述，直接由我這裡得知我應受多少責難。另一方面，如果一切平安（如蒙全能的慈悲上帝恩賜），但這份文件未被毀去而來到你手中，那麼我請求你，以上帝神聖之名，看在你親愛的母親份上，以及我們之間的親情份上，將它丟入火中，永遠別再想它。

「『如果你已讀到這裡，那麼若非我的罪行已遭揭露而在家中被逮捕，或者，你知道我的心臟衰弱，那麼更可能的是我已進入長眠而永不能再開口。無論如何，隱瞞的時日已經過去，我將告訴你的每一個字都是赤裸裸的事實，並希望能得到你的原諒。

「『親愛的孩子，我不姓崔弗。我年輕時名叫詹姆斯．艾米塔吉（James Armitage）。現在你就能明白，幾週前你的大學朋友所說的話爲何讓我如此震驚，因爲我以爲他暗示著知道我的祕密。我是以艾米塔吉這個姓進入一家倫敦的銀行，也是以這個姓違反國法而被定罪，判處流放之刑。別太苛責我，孩子。我欠下一筆道義上必須償付的債，卻用不屬於我的錢支付。我當時確信可在被發現前填回這筆數字，但最可怖的厄運緊隨著我，那筆我應收到的款項沒有到手，提早查帳則使我虧空公款之事曝光。這案子有從寬處置的可能，但三十年前的法律比今日嚴厲得多。於是在我二十三歲生日那天，像個重刑犯一樣，與其他三十七個被定罪的犯人鍊在一起，關在三桅帆船「蘇格蘭榮光號」的雙層甲板間，送往澳大利亞。

「『那是在一八五五年，正值克里米亞戰爭高峰，老舊的流放船多被徵召去黑海作運輸船用，於是政府被迫使用較小且不合格的船隻來運送囚犯。蘇格蘭榮光號原本是往來中國的運茶船，是船頭較重、龍骨寬闊的的老式船隻，較新的快船一來就要將她淘汰了。載重五百噸，除了三十八個犯人，還載有二十六個船員、十八個士兵、一個船長、三個船副、一個醫生、一個監獄牧師和四個獄警。當我們從法爾茅斯啓航時，船上有將近一百人。

「『犯人的隔間用的不是厚實的橡木板，而是一般流放船那種又薄又不堅固的夾板。在我隔壁靠船尾那頭的犯人，我們被帶到碼頭時我特別注意過他。他是個臉孔白淨的年輕人，有個長而窄的鼻子、鉗子般的下顎。他快活地高抬著頭，走起路來很瀟灑，此外最特出的，就是他不尋常的身高。我想船上沒有任何人有他肩膀高，我很確定他至少有六呎六吋。在這麼多憂傷疲憊的臉孔中，能看到這樣精力充沛且神情果決的臉實在很奇怪。對我來說，看到他就像在風雪中看到火光。之後我也很高興他是我的鄰居。更高興的是，在死寂的夜裡，我聽到他在我耳邊悄聲說話，才發現他在隔開我們的薄木板上切了個缺口。

「『「嘿，朋友！」他說：「你叫什麼名字？怎麼到這裡來的？」

「『我回答他，也反問他是誰。

「『「我是傑克．普林德凱，」他說：「我們說完話之前，你一定會因聽到我的名字而感謝上帝。」

「『我記得聽過他的案子，那是在我被捕不久前一件轟動全國的大案。他出身良好家庭，非常聰明，但由於無法矯治的惡習，他設計了一個精巧至極的系統，從倫敦許多商業鉅子手中騙得大筆現金。

「『「哈哈！你竟然記得我的案子！」他驕傲地說。

「『「我記得非常清楚。」

「『「那你應該記得其中有個地方很古怪。」

「『「是什麼？」

「『「我弄到二十五萬鎊，不是嗎？」

「『「聽說是這樣。」

「『「但沒找到任何一毛錢，對吧？」

「『「沒有。」

「『「哈，那你想錢在哪裡？」他問道。

「『「我不知道。」我說。

「『「我動動手指就有了。」他說：「老天！我擁有的英鎊比你頭上的頭髮還多。小子，如果你有錢，而且知道怎麼用，什麼事都辦得到。現在，你不會以爲一個可以做任何事的人，會穿著囚服坐在到處是鼠糞跟蟲子，臭氣衝天的中國貨船裡吧。不，先生，這種人會把自己還有他的朋友照料好。你儘管放心，你抓好他，他一定會把你解救出來。」

「『他就是這樣說話。一開始我以爲這只是空話，但不久後，當他試探我並十分鄭重地要我起誓之後，我開始相信他真的有個奪船的陰謀。有十幾個犯人早在上船前就開始策畫，普林德凱是他們的頭頭，而他的錢就是這個陰謀的動力。』

「『「我有個夥伴，」他說：「是個少見的好人，絕對可靠。錢全在他那裡。你猜他現在在哪裡？哈，他就在船上——就是監獄牧師，半點不假！他穿著牧師袍上船，他的身分證明沒問題，他箱子裡的錢足夠把整條船買下來。船員都是他的人，貨眞價實。他早在他們簽約上船前就付大筆現金買通他們了。他還買通兩個獄警和二副麥瑞爾，如果他認爲值得，連船長都能買。」

「『「那我們要做些什麼？」我問。

「『「你想呢？」他說：「我們會讓幾個士兵的軍裝染得比裁縫做得還要紅。」

「『「但他們有武器。」我說。

「『「我們也有，孩子。我們每個只要是親娘生的都會分到兩把槍。如果有船員當靠山還拿不下這艘船，那我們都送去小淑女的寄宿學校好了。今晚你跟左邊那人談談，看看他能不能信任。」

「『我照他說的話做了，結果發現我的鄰居是個狀況跟我差不多的年輕人，他犯的是詐欺罪。他姓伊文斯，後來和我一樣改了名，現在是英國南部一個富有的成功人士，他也願意加入這個可以解救我們的陰謀。在船駛過比斯開灣之前，只有兩個犯人沒有加入這個祕密，其中一個意志太軟弱，我們不敢信任；另一個是爲黃疸病所苦，對我們沒有用處。

「『剛開始，沒有任何事能阻止我們奪取這條船。船員是爲了這個計畫專門選來的一群惡棍。那個假牧師來囚室勸誡我們悔改時，會帶著一個原本應該裝著宗教小冊的黑色袋子。他來得如此之勤，以至於到了第三天，每個人的床腳都藏著一把銼刀、兩把手槍、一磅火藥和二十發子彈。那兩個獄警是普林德凱的代理人，二副是他的得力助手。船長、兩位船副、另兩個獄警、馬丁中尉以及他的十八個士兵、加上醫生，這些就是我們要對付的人。雖然看來很安全，但我們決定不能放鬆戒備，要在夜裡發動突襲。然而事情還是比我們預期來得早發生。

「『我們啓航大約三星期後的某個傍晚，醫生來到船艙看一個生病的犯人，當他的手碰到床架底下，感覺到一件像是手槍的東西。如果他能保持沉默，那也許整件事就要敗露，但他是個容易緊張的人，於是臉色蒼白地驚叫出聲。那犯人立刻知道他發現了祕密，便將他抓了起來。他在能出聲示警前嘴裡就被塞了東西，然後綁在床上。那犯人打開通往甲板的門鎖，我們便衝了出去。兩個哨兵被打死了，跑來看發生什麼的下士也被打死。艙房門口還有兩個士兵，他們的毛瑟槍似乎沒上膛。他們沒對我們射擊，但在上刺刀時也一樣被打死。接著我們衝進船長室，推開艙門時聽到裡面發出轟然巨響，船長倒在那裡，腦漿灑滿釘在桌上的大西洋海圖，牧師站在他手邊，手上還拿著冒煙的手槍。兩個船副已被船員抓住，計畫看來大功告成。

「『艙房就在船長室旁，我們一群人湧了進去，在鋪位上跳個不停，所有人都說個不停，爲了重獲自由的感覺而瘋狂。那裡四處都是儲物櫃，那個假牧師威爾森撬開其中一個，拿出一打雪莉酒。我們敲破瓶頸，將酒倒進酒杯，正要舉杯慶賀、一飲而盡時，突然毫無預兆地響起一陣毛瑟槍聲，艙房中頓時滿是硝煙，連桌子對面都看不見。煙霧散去後，只見一片血肉模糊。威爾森和其他八人彼此交疊倒在地上蠕動。直到現在，想起桌上的血跡與棕色的雪莉酒仍會讓我作嘔。我們全被這景象嚇呆了，如果不是普林德凱，也許我們就會放棄這個計畫。他像頭公牛大吼著衝向門口，其他還活著的人也緊跟著他。我們衝出去後，船尾站著中尉和他的十個下屬，艙房內桌子上方的活動天窗被打開一條縫，他們就是從這裡向我們開火。趁他們再次填彈前，我們上前捉住他們，他們站在原地英勇抵抗，但我們的人數佔了上風，於是五分鐘後，一切都結束了。我的天！沒有一座屠宰場的景象會比這艘船來得恐怖。普林德凱像狂怒的魔鬼，把士兵如同抓小孩一樣抓起來，不分死活全都丟進海裡。有個受了重傷的中士仍然撐著游了好長一段時間，直到最後有人基於慈悲一槍打在頭上將他了結。戰鬥結束後，除了兩個獄警、兩個船副和醫生外，我們的敵人無人生還。

「『然而就是爲了這幾個人，最後引發不可收拾的爭執。我們之中有許多人能重獲自由就夠高興了，不想再多殺人。打倒拿著毛瑟槍的士兵是一回事，袖手旁觀別人被冷血屠殺又是另一回事。我們有八個人，五個被定罪的犯人與三個水手，說不願看到這種事發生，但這仍無法改變普林德凱與他的跟隨者的心意。他說，我們要安全脫身，唯一的機會就是把他們殺個精光。他可不願留下一個將來可上證人席指證我們的活口。本來我們幾乎也要遭到相同的命運，最後他說，如果我們願意，可以划艘小船離開。我們受不了這樣的嗜血屠殺，立刻跳上小船，在事情變得更糟之前離開。我們各得到一套水手服，另外有一桶清水、兩個桶子——一個裝鹹牛肉，一個裝餅乾——以及一個羅盤。普林德凱還丟了張海圖給我們，要我們說是遇難船隻上的船員，船沉在北緯十五度，西經二十五度。接著就割斷纜繩讓我們離開。

「『親愛的孩子，現在我要說到這故事中最令人意外的部分。船員在暴動時將帆桁轉到背風面，我們離開後他們又轉回受風面。當時吹著輕微的東北風，三桅帆船緩緩駛離我們。我們的小船隨著平緩的長浪時起時落，伊文斯與我是這批人當中教育程度最高的，我們研究著海圖，找出目前的位置以及要前往哪一座海岸。這是個好問題。維德角群島在我們北方約五百哩處，非洲海岸則在東方約七百里處。整體來說，由於風向往北，西非的塞拉利昂可能是最好的選擇，於是將船頭轉向那個方向。三桅帆船在我們右舷方向逐漸隱沒，突然間，我們看到船身冒起大量黑煙，宛如一棵懸在天際線上的大樹。幾秒鐘後，一聲雷霆巨響響徹耳際，待煙霧逐漸消散後，就再也看不到蘇格蘭榮光號的形影了。我們立刻再次掉轉船頭，使盡全力划向水面上煙霧盤旋，標示著災難發生之處的位置。

「『我們花了漫長的一個小時才划到那裡。剛開始，我們還害怕來得太遲而救不了任何人。一塊船體碎片、幾個箱子和船桅的殘骸隨著海浪起伏，顯示了沉沒的位置，但沒有任何生命跡象。就在我們失望地打算回頭時，聽到了呼叫聲，看到遠處一塊船身殘骸上躺著一個人。我們將他拉上船，發現是個姓哈德遜的年輕船員，他嚴重燒傷，精疲力竭，因此到了第二天早上才告訴我們發生了什麼事。

「『似乎在我們離開後，普林德凱和他的同黨就繼續將那五人處死。兩個獄警被槍殺後丟入海中，三副也遭到相同命運。普林德凱接著下到雙層甲板間，將那不幸的醫生割喉處死。現在只剩大副，他是個勇敢而精力充沛的人。當他看到那個罪犯拿著血淋淋的刀子走過來，他便掙脫不知何時弄鬆的繩索，衝下甲板，鑽進船尾艙中。十幾個罪犯帶槍下去找他，發現他拿著一盒火柴坐在一桶打開的火藥旁，而這只是艙內上百桶火藥的其中一桶。他發誓只要有人敢動他，他就引爆整艘船，但就在下一刻，整艘船爆炸了。哈德遜認為不是大副的火柴，而是其中一個罪犯誤擊的子彈所致。無論原因為何，這就是蘇格蘭榮光號以及劫船的暴民的最後結局。

「『親愛的孩子，這簡單的幾段文字，就是我所參與這起可怕事件的經過。第二天，我們被一艘澳大利亞雙桅帆船哈茲普爾號救起，船長毫不起疑地相信我們是一艘沉沒客輪上的生還者。運輸船蘇格蘭榮光號被英國海軍部認定在海上失蹤，而她的眞正命運從來未曾被揭露。在一段平穩的航程後，哈茲普爾號在雪梨靠岸，伊文斯和我在那裡改了姓名，投入開礦工作。在那裡工作的人來自世界各地，我們毫不費力地擺脫了過去的身分。剩下的我就不必多說，我們發了財，四處旅行，以殖民地成功人士身分回到英國，購置了鄉間產業。二十多年間，我們過著平靜的生活，對社會也有貢獻，只希望我們的過去能被永遠埋葬。然後，想像一下，當發現找上我們的船員是當年那個從殘骸上救起的人時，我會有什麼感覺？不知他是如何找上我們的，然後利用我們的恐懼過著他要的生活。你現在應該了解爲何我要盡力與他和平共存，也應該對我的恐懼能有某個程度的同情吧。現在他又前往下一個受害者那裡，繼續進行他的勒索。』

「以下這段字跡抖得太厲害，很難辨識。『貝德斯用密語寫信告訴我，哈德遜已說出一切。親愛的上帝，請憐憫我的靈魂吧！』

「這就是那天晚上我唸給小崔弗聽的陳述。華生，我想這也算是頗富戲劇性的案子。這個好青年因此心碎，遠去印度的塔萊種茶，聽說他在那裡過得還不錯。至於那個水手和貝德斯，自從警告信寄來那天後就沒有人再聽過他們的消息，這兩人從此徹底消失。警方沒有接獲任何舉報，因此貝德斯應該是把他的威脅誤當事實。曾傳出哈德遜四處藏匿的線報，警方因此相信是他殺了貝德斯之後逃逸無蹤。我則認爲事實正好相反。我相信最有可能的情況是，貝德斯被逼至絕境，相信自己已被出賣，於是對哈德遜進行報復，然後帶著身邊所有的錢逃到國外。醫生，這就是這件案子的所有事實，如果對你的案件蒐集還算有用，我會非常高興交給你來處理。」

## *CASE 7*

# 最後一案

「華生，我想能做到這一步，我這一生也算沒白活了。」他說：「如果這份事業的記錄將在今晚結束，我會平靜地審視它。……當全歐洲能力最強也最危險的罪犯被逮捕或消滅那天，也是我的事業達到峰頂之時，屆時你的回憶錄也將抵達終點，華生。」

我在此懷著沉重的心情，寫下關於我那擁有傑出天賦的朋友，夏洛克．福爾摩斯的最後事蹟。雖然我深自覺得這些文字既無條理亦欠完整，但仍試著盡力記下與他共同經歷的奇特事件，從那件讓我們因此相識的「暗紅色研究」起，直到他參與的「海軍協約」一案爲止——而他對此案的介入，無疑阻止了一件重大國際紛爭的發生。原本我打算就此停筆，不欲提及那件讓我的生命就此變得空虛，甚至過了兩年後仍無法彌補的事件。但近來詹姆斯．莫里亞蒂上校所發表爲其兄長辯護的公開信，使我不得不再次提筆。我別無選擇，只能將事件經過如實公諸於世。我是唯一知道完整事實之人，也很欣慰如今再也沒有必須隱瞞此事的理由。就我所知，此事在公眾媒體上只出現過三次：一次是一八九一年五月六日刊登於《日內瓦日報》，接著是五月七日在英國某份報紙上刊登的路透社外電，最後就是我先前提到的那些公開信。前兩次都寫得十分簡略，但最後一次出現在媒體上時，卻完全扭曲了事實。因此，接下來我將首次公開在莫里亞蒂教授與福爾摩斯之間所發生的眞正事實。

也許有人還記得，自從我結了婚，接著又自行開業行醫後，我和福爾摩斯之間的親近關係便因此有所調整。當他調查案件需要幫手時還是會來找我，不過這樣的次數卻越來越少，最後，我發現在一八九〇年一整年，我竟然只留下三件案子的記錄。在這年冬天到一八九一年春天之間，我從報上看到他受法國政府委託，正在調查一件極爲重要的案子。這段期間，我收到兩封他分別從拿邦和尼姆寄來的信，並得知他會在法國待上很長一段時間。因此在四月二十四日傍晚，看到他走進我的診療室時，我微感驚訝。但眞正讓我驚訝的，是他比以往更加蒼白瘦削的模樣。

「是的，我又放任自己工作過度了。」他對著我的眼神而非言語回答。「我最近承受了一些壓力。你介意我把窗板關上嗎？」

此時房內唯一的光源，是我桌上剛才爲了閱讀而開的檯燈。福爾摩斯貼著牆走，關上窗板，並門上以確保安全。

「你在害怕什麼嗎？」我問道。

「嗯，是的。」

「是什麼呢？」

「空氣槍。」

「福爾摩斯，你在說什麼？」

「華生，我想你應該很了解我，我絕不是那種神經質的人。可是當危險來臨時卻拒絕承認，那就只能說是愚蠢而非勇敢。你有火柴嗎？」他深吸一口菸，彷彿這麼做很能發揮安撫身心的效果。

「我要爲這麼晚突然來訪向你道歉，」他說：「同時還要請你破例允許，讓我從你這裡的後院翻牆離開。」

「這一切到底是怎麼回事？」

他伸出手，我在檯燈的光線下看到，他有兩個指節已經皮破血流。

「你看，這可不是我無中生有，」他邊說邊露出微笑，「相反地，這是實實在在的證據，連我的手都打傷了。華生太太在家嗎？」

「她外出作客去了。」

「眞的！所以家裡只有你一個人？」

「沒錯。」

「這麼一來，我要開口就容易多了。我要請你和我一起去歐洲大陸一個星期。」

「我們要去哪裡？」

「哦，去哪都行。對我來說都一樣。」

這件事實在不太尋常，因爲漫無目的的旅行不合福爾摩斯的本性，而他蒼白疲憊的臉龐也透露出他的神經正處於高度緊繃狀態。他看見我探詢的眼神，便將手肘靠在膝上，雙手指尖對齊，開始向我解釋目前的狀況。

「你可能從來沒聽過莫里亞蒂教授這個人吧？」他說。

「從來沒有。」

「啊，這就是事情奇特巧妙之處。」他低聲叫道，「這個人行遍倫敦各處，卻從來無人聽過他的名字，也因此讓他在犯罪記錄中得以高高在上。華生，讓我鄭重地告訴你，如果我能打敗這個人，將社會從他手中解放出來，那我的事業將達到巔峰，我也就能開始過另一種比較平靜的生活。這話我只對你說，最近我協助斯堪地那維亞及法國王室處理的幾件案子，讓我能有餘裕過著平靜舒適的下半生，並專心從事我的化學研究。可是我還不能休息，華生，只要想到像莫里亞蒂教授這種人還肆無忌憚地走在倫敦街頭，我就一刻無法安坐在椅子上。」

「他都做了些什麼？」

「他的一生很不尋常。他出身良好，受過極高的教育，擁有不同凡響的數學天分，年僅二十一歲就發表了關於二項式定理的論文，並立刻風行歐洲。靠著這份天賦，他在國內一所小型大學得到一份數學教職，前途可說一片光明。不過他遺傳了極度凶殘的天性，流著罪犯的血脈，而他非凡的力量不但沒有削弱其天性，反而因此變得更加危險。於是大學城中關於他的謠言開始暗中流傳，最後逼得他不得不辭去教職，轉而來到倫敦。他在這裡轉身一變成了軍事教練，世人對他所知也僅止於此。剛才我對你說的，則是我自己的調查發現。

「如你所知，華生，沒有人像我如此了解倫敦的高級犯罪圈。過去多年來，我一直感覺有股力量隱身在這些罪犯身後，某種有組織的力量總是擋在法律之前，庇護這些爲惡之人。一次又一次，在各式各樣的案件中——詐欺、搶劫、謀殺——我一再感覺到這股力量的現身，我是從那些我未曾參與因此未被發現的犯罪行爲中推論出來的。這些年來，我不斷致力揭開籠罩在這股力量之外的黑幕。最後，時機終於到來，我抓住線索，不斷往下追蹤，經過百轉千迴，終於讓我找出這位數學天才，昔日的莫里亞蒂教授。

「他是犯罪世界中的拿破崙，華生。在這偉大城市中，一半的邪惡行爲和幾乎所有未破獲的案件都是他在背後策畫。他是天才，是哲學家，是抽象思想家。他有第一流的頭腦。他靜坐不動，像隻坐在蛛網中心的蜘蛛，這羅網結向四面八方，但任何動靜都在他掌握之中。他只負責策畫，極少親自行動，他有衆多手下，組織十分嚴密。若要犯下任何罪行，就說是竊取文件、搶劫民宅或要除去某人好了——只要把話傳到教授那裡，事情就會籌備妥當並加以執行。他的手下也許會被逮到，當這種狀況發生時，他會拿錢去保釋或爲其在法庭上辯護，但在背後操控這些手下的主腦從來不會被抓到，甚至不會沾上一點嫌疑。這就是我推論出來，並用盡所有心力揭發與破壞的犯罪組織，華生。

「這教授十分狡詐，設下的防備非常森嚴，無論我怎麼做，似乎都無法找出足夠的證據將他送上法庭。親愛的華生，你很清楚我的能力，不過在花了三個月時間後，我不得不承認自己終於遇上一位在智力上旗鼓相當的對手，但我對他犯罪技術的欽佩已被對他的罪行之憎恨蓋過。最後，他露出了破綻，雖然只是非常非常小的破綻，但因爲我緊盯著他，使他無法出手挽救。我抓住這機會，從那之後開始在他身邊布下天羅地網，現在終於可以開始把網收緊了。在三天內，也就是到下週一，時機就要成熟，教授和他組織中的要角都將落入警方手中。然後一場世紀大審即將展開，清理四十件以上的懸案，並將他們全部繩之以法。但你也了解，如果在時機未成熟前就採取行動，他們仍有可能在最後一刻逃出我們的掌握。

「現在，如果我能瞞過莫里亞蒂教授進行這一切，那就沒問題了。但他實在太狡猾，看出我在他身邊布下的所有陷阱。他一次又一次努力脫逃，但我總是先他一步。朋友，讓我告訴你，如果這次的暗中對抗能被詳細記錄下來，那一定會是探案史上最精采的矛盾之爭。他下手作惡，我則暗中予以破壞。我從未達到如此巔峰狀態，也從未有敵手讓我感到如此強大的壓力。今天早上，我踏出最後一步，只要再過三天，這一切就能完成。當我坐在房間裡思考這一切時，房門開了，莫里亞蒂教授就出現在我面前。

「華生，我的神經說起來算是強韌，但還是得承認，當看到這個佔據我全副心思之人出現在門口時，我確實嚇了一大跳。我對他的外形十分熟悉，他極高極瘦，鼓起的前額形成一道白色弧線，雙眼深陷。他鬍子刮得非常乾淨，臉色蒼白，樣貌猶如苦行修士，但仍保有些許教授的神態。他的肩膀因用功過度而微駝，臉孔向前伸出，不斷用爬蟲類般的古怪姿態緩慢左右晃動，接下來，他極度好奇地微瞇著眼凝視我。

「『你的前額沒有我以爲的那麼凸，』最後他終於開口，『用手指扣住晨袍裡上了膛的手槍可是種很危險的習慣。』

「事實上，他一進來我立刻便察覺自己處於極度危險中，因爲如今他能想到的唯一出路，就是讓我永遠緘默。於是那一瞬間，我從抽屜中將左輪手槍塞進晨袍口袋，並隔著衣服對準他。被他說破後，我將保險已打開的手槍拿出來放在桌上。他仍一面微笑一面眨眼，但眼中的某種神色讓我非常慶幸有把槍在身邊。

「『顯然，你並不了解我。』他說。

「『剛好相反，』我答道，『我認爲很明顯的是，我非常了解你。請坐，我可以撥五分鐘聽聽你有什麼話要說。』

「『我要說的想必你都心裡有數了。』他說。

「『這麼說，你對我的回答也心裡有數了。』我回道。

「『那麼你是不會讓步了？』

「『絕不可能。』

「他把手伸進口袋，我立刻從桌上舉起手槍，但他只是拿出一本記事本，上面潦草地記著些日期。

「『一月四日，你出手阻止我，』他說：『二十三日，你又妨礙我的工作；二月中，你嚴重干擾了我；三月底，我的計畫完全受到阻礙；現在，四月底即將到來，我發現在你的不斷追逼下，我已置身於失去自由的危險之中。這種情況不能再繼續下去了。』

「『對此你有任何建議嗎？』我問道。

「『你得停手了，福爾摩斯先生。』他說著仍一面搖晃臉孔，『你很清楚，你一定得停手。』

「『等過了星期一之後。』我說。

「『嘖、嘖！』他說，『我很確定像你這等聰明之人，一定看出這件事只有一個解決方法，那就是你必須放手。是你把事情弄到只剩這條路可走。對我來說，看著你對這件事緊咬不放，眞是種智性上的享受。然而我要眞誠地說，如果最後被逼得不得不採取極端手段，我也眞的會感到傷心。你笑吧，先生，但我向你保證，事情一定會如此發展。』

「『危險本來就是我這行業的一部分。』我說。

「『這不是危險，』他說，『而是無可避免的毀滅。你所阻止的不是單獨的個人，而是個無所不能的組織。即使竭盡你的所有才智，也不可能得知這個組織的全貌。你一定要讓開，福爾摩斯先生，否則就會被毀滅。』

「『但我擔心，』我說著一面站起來，『在我們愉快交談的同時，某些尚待處理的重要事情會因此被耽誤了。』

「他也站了起來，在沉默中凝視著我，悲傷地搖搖頭。

「『很好、很好。』最後他說：『眞是可惜，但我已經盡我所能了。我知道你的所有招數，直到星期一前，你什麼都做不了。這是我倆之間的決鬥，福爾摩斯先生。你想送我上法庭被告席，但我告訴你，我永遠不會站上那裡。你想要打敗我，讓我告訴你，你永遠不可能做到。如果你聰明到能夠毀滅我，那麼我也保證會對你做出同等的回應。』

「『莫里亞蒂先生，你對我如此恭維，』我說：『那就讓我在此回敬，如果爲了社會大衆的利益，那我會去做你剛才所說的事，也會欣然承受一切後果。』

「『我向你保證我一定會報仇，但不保證你能毀了我，』他咆哮道，轉過駝背的身子，一面四處窺視一面走出房間。

「這就是我和莫里亞蒂教授奇特的見面過程，我承認，事後心裡有種不愉快的感覺。他斯文而精準的話語帶著高度的說服力，這可不是一般的惡棍能說得出口的。當然了，你會說：『爲何不找警方要他們嚴加防範？』原因就在於我相信到時一定是由他的手下發動攻擊。我能保證事情必定會如此進行。」

「你已經遭受攻擊了嗎？」

「親愛的華生，莫里亞蒂教授不是那種靜待事態發生變化的人。今天中午，我到牛津街處理一些事情，當我從班廷克街正要穿過威貝克街路口時，一輛駕著兩匹馬的篷馬車閃電般向我直衝過來，我在千鈞一髮之際竄上人行道，這才逃過一劫，那輛馬車則鑽進麥勒朋巷，轉眼間便消失得無影無蹤。在那之後，我就只敢走在人行道上了，華生。當我走在維爾街上，附近某棟建築的屋頂突然有塊磚頭掉了下來，在我腳邊砸得粉碎。我找來警察並加以搜索，卻只在一處屋頂發現一些準備用來修繕的石板和磚塊，他們並要我相信剛才只是一陣強風颳下一塊磚頭。我當然知道是怎麼回事，卻無法提出證明。我隨後叫了輛街車來到我哥哥在帕爾默大道的住所在那待了一天。然後在前來找你的路上，我又被一個流氓用棍棒攻擊，雖然我將他打倒，警察也逮捕了他，但我可以非常肯定地告訴你，警方絕對無法找到這個把我指節咬破的人和那位退休數學教授之間有任何關係。而且我敢說，事發當時他一定身在十哩外，正在黑板上解題呢。所以華生，現在你可以理解爲何我一進這房間就要求關上窗板，並請你允許我不從前門而是從較不引人注意的出口離開了吧。」

我常對這位朋友的勇氣佩服不已，在他坐著平靜地敘述這可怕的一天所發生的一連串意外後，我對他的欽佩在此刻來到了最高點。

「你要在這裡過夜嗎？」我說。

「不，好友，你會發現我是個危險的客人。我已做好計畫，不會有問題的。現在已經不需要我的幫助，警方就可以逕自進行逮捕行動，除了等到要在法庭上定罪時，我才需要再次出面。因此很明顯地，我最好能離開幾天，好讓警方展開行動，你若能和我一同前往歐洲大陸待上幾天的話，那就更好了。」

「我目前並不算忙。」我說：「而且我的鄰居也可以幫忙，我很樂意和你同行。」

「明天早上就出發？」

「如果有這必要的話。」

「哦，絕對有這必要。接下來我要給你一些指示，親愛的華生，我請求你一定要一字不漏地照做，因為你現在加入了我這邊，和全歐洲最聰明的歹徒以及力量最雄厚的犯罪組織展開一場競賽。現在聽著！你把要帶的行李交給一個可以信任的僕役，上面不要署名，今晚就先送到維多利亞車站。明天早上叫馬車時，交代叫車的人不要找第一或第二輛出現的馬車。馬車來了之後你直接跳上去，把要去的地方寫在紙上交給車伕，並交代不要把紙條丟掉。你要到勞瑟街拱廊商場靠河濱街那頭。把車資準備好，當馬車一停，你算好時間，衝進拱廊，在九點一刻時到拱廊的另一邊。你會發現有輛小馬車等在街邊，駕車的人穿著領邊鑲紅的黑色斗篷。上了馬車後，到達維多利亞車站，剛好就能趕上前往歐洲大陸的直達車。」

「我要在哪裡和你碰面？」

「在車站裡。從前面數起的第二節頭等車廂是保留給我們的。」

「所以我們就是在車廂裡碰面了？」

「是的。」

我再次要福爾摩斯留下過夜，但還是沒用，顯然他認為只要他所在的地方就會帶來麻煩，他也因此非走不可。簡單交代了我們明天的計畫後，他起身和我一起走向後院，翻牆進入莫提默街，立刻叫了輛馬車，然後便聽見他的馬車駛離。

第二天早上，我一字不差地照福爾摩斯的指示去做。用過早餐後，我就出發前往勞瑟街拱廊，依照之前說好的預防措施叫了輛馬車，以免搭上教授安排的車子。一路上我要馬車以最高速前進，那裡已經有輛小馬車和一個穿黑色斗篷的高大車伕在等著。我一踏上馬車，車伕就立刻揮鞭疾速駛往維多利亞車站。我一下車，他連看都沒看一眼，就掉轉車頭又疾馳而去。

到目前為止一切都很順利，我的行李已經到了，我也毫無困難地找到福爾摩斯指定的車廂，因為那是唯一註明「預訂」的車廂。唯一讓我焦慮的就是福爾摩斯還未出現的事實。車站時鐘顯示，現在離我們預定的出發時間只剩七分鐘。我徒勞地在一群群旅客與送客者之間尋找我朋友那高瘦的身影，但完全沒有他的蹤影。我又花了幾分鐘幫忙一位上了年紀的義大利神父，他用零碎的英語想讓一位行李員弄懂他的行李要直接送到巴黎。再掃視一遍之後，我回到我的車廂，發現行李員不管車票號碼，就把那位衰老的義大利朋友送到這節車廂當我的旅伴。不管我如何向他解釋，說他走錯車廂，由於我懂的義大利語比他的英語更有限，最後只好聳聳肩放棄溝通，並繼續焦急地向外張望尋找我的朋友。當我想到也許是因昨晚遭到襲擊而導致他未能出現時，全身打了一陣寒顫。當車門全部關上，汽笛聲也響起，這時——

「親愛的華生，」有個聲音說：「你還沒屈尊向我道早安呢。」

我帶著無法克制的驚訝轉過身，這位年長的神職人員調頭面向我，轉瞬間，他臉上的皺紋撫平了，鼻子也不再垂到下顎，翻出的下唇收回，口中不再嘟噥，無神的雙眼再次發出光彩，傴僂的身子也伸直了。但下一刻，他整個身子又縮了回去，福爾摩斯的容貌消失得就像剛才出現時一樣迅速。

「天哪！」我叫出聲來，「你可嚇了我好大一跳！」

「做好所有防備還是有必要的。」他悄聲說：「我有理由相信，他們正在密切追蹤我們。啊，那就是莫里亞蒂本人。」

福爾摩斯邊說，火車一面開動。我往後看，有個高大的男人正怒氣沖沖地撥開人群並用力揮手，彷彿希望能因此讓火車停下來。來不及了，火車已開始明顯加速，一轉眼我們便駛出車站。

「你看，雖然做了這麼多防備，仍只是驚險避開他們。」福爾摩斯笑著說，然後站起來，脫掉用來偽裝的黑色長袍與兜帽，裝進手提袋裡。

「你看了今天的早報嗎，華生？」

「還沒。」

「所以你還沒看到貝克街發生的事了？」

「貝克街？」

「他們昨晚放火燒了我們的公寓，不過沒造成太大的損害。」

「我的天哪！福爾摩斯，這實在讓人無法忍受。」

「他們一定是在那個持棍攻擊我的人被捕後就跟丟了，否則他們也不會以爲我會回到公寓。顯然他們也有所準備，派了人來監視你，所以莫里亞蒂才會來到維多利亞車站。你在前來的路上沒出什麼差錯吧？」

「我完全照你的指示行動。」

「你有找到那輛小馬車嗎？」

「有的，它就等在那裡。」

「那你有認出那位車伕嗎？」

「沒有。」

「那是我哥哥麥克羅夫[1]。在不能信任花錢雇來的人的狀況下，本來這會是我們的一個優勢，現在我們得開始計畫如何對付莫里亞蒂了。」

「既然這是直達車，加上用船接駁，我想我們應該已經成功甩掉他了。」

「親愛的華生，當我說這個人在智力上與我旗鼓相當時，顯然你沒聽懂我的意思。你不會以爲，如果追在後頭的人是我，我會因爲這一點小小阻礙就被絆住吧。既然如此，你又爲何如此小看他呢？」

「那他會怎麼做？」

「他會做我該做的事。」

「那你又會怎麼做？」

「訂一輛專車。」

「還是一樣趕不上。」

「絕對不會。這輛火車會停在坎特伯里，但接駁船至少會遲上十五分鐘，他就會在那裡趕上我們。」

「這樣說不定有人會以爲我們是罪犯。我們可以等他一趕到就逮捕他。」

「但這樣會毀了三個月來的努力成果。我們是會抓到大魚，可是小魚就會從左右跳出網外了。等到星期一我們就能將他們一網打盡。不，現在還不行逮捕他。」

「那要怎麼辦？」

「我們在坎特伯里下車。」

「然後呢？」

「嗯，然後我們橫跨英國到紐海文，再過海到法國迪耶普。莫里亞蒂將再次模擬我會做的事。他會來到巴黎，盯上我們的行李，然後在行李處等上兩天。這時我們會去買兩個毛氈旅行袋，稍微刺激一下途經各國的製造業，然後悠閒地經由盧森堡和巴塞爾來到瑞士。」

---

1 關於福爾摩斯的身家背景，他本人曾在哥哥麥克羅夫首次登場的〈希臘語翻譯員〉一案中向華生陳述：「我的祖先是鄉紳，祖母是法國藝術家凡爾內的妹妹。我的哥哥麥克羅夫大我七歲，比我更才華洋溢——如果偵探的工作只是坐著推論，那麥克羅夫一定是全世界有史以來最偉大的偵探。不過，他對數學有特殊的天賦，因此在政府機關做審計工作。」此外，分析華生發表過的案件故事，大概還可以再拼湊出下列資訊：福爾摩斯生於一八五四年，喜愛音樂並學會演奏小提琴，念了兩年大學就進到醫院的化學實驗室做實驗了。

就旅行者來說，我的年紀已經老到禁不起失去行李所帶來的不便，必須為一個極度惡名昭彰之人躲躲藏藏，也讓我感到不悅。很顯然，福爾摩斯對於整個狀況比我清楚多了。來到坎特伯里後，我們下了車，卻發現得等上一個小時才有火車前往紐海文。

當我悲傷地望向載著我衣物的行李車廂快速消失，福爾摩斯拉拉我的衣袖，指向列車軌道。

「你看，已經來了。」他說。

遠遠地，從肯提希方向的樹林中升起一股稀薄的煙。一分鐘後，一輛火車頭載著一節車廂沿著彎曲的鐵軌向車站急速駛來。我們剛在一堆行李後方躲好，喀噠喀噠的火車就從旁邊鳴著汽笛駛過，並噴了我們一臉熱氣。

「他過去了。」我們望著火車搖搖晃晃消失在遠方時，福爾摩斯說：「你看，我們這位朋友的智力究竟還是有限。如果他能推出我所推論到的並據以採取行動的話，他就能漂亮地反轉情勢了。」

「如果眞的追上我們，他會怎麼做？」

「毫無疑問，他一定會試著殺了我，這畢竟是個雙邊遊戲。現在的問題是，我們要在這裡提前吃午餐，還是要冒著餓肚子的風險到紐海文再吃大餐？」

當晚我們到了布魯塞爾，在那裡待了兩天，第三天繼續前進到史特拉斯堡。星期一早上，福爾摩斯打電報給倫敦警方，傍晚時，警方的回電已在下榻旅館等著我們。福爾摩斯拆開電報後，一面咒罵一面將電報丟進火爐。

「我早該想到的！」他嘟噥著，「被他逃掉了！」

「莫里亞蒂？」

「他們逮捕了整個組織，獨獨漏了他，被他給溜了。當然了，我一離開英國就沒人制得住他，我還以爲自己已經讓警方控制住整個局面。華生，我看你最好先回英國去。」

「爲什麼？」

「因爲現在和我作伴非常危險。這個人的事業已經完全垮台，要是再回到倫敦就更是完全的失敗。如果我沒有誤判他的性格，那麼接下來他必定會傾盡所有能量來對我復仇。在我們短暫的會面時他曾這麼說過，我也認爲他眞會這麼做。所以我是眞的建議你回去工作。」

這樣的請求對於我這樣既是退伍軍人又是他老朋友的人來說，自然不可能成功。我們坐在史特拉斯堡的旅館餐廳裡爲此爭論了半個小時，也在同一天晚上，我們繼續推進行程，往日內瓦前進。

我們在隆河谷地四處漫遊，度過愉快的一週。接著從呂克轉向，穿過積雪未消的蓋米隘口，再經茵特拉肯來到邁林根。這是趟迷人的旅程，腳下是春天的新綠，頭上則是殘冬留下的純白。不過我很清楚，從頭到尾福爾摩斯未曾有過一刻放下心頭的陰影。不管是在舒適如家的阿爾卑斯山村中或寂靜的山路上，我都能從他迅速掃視的雙眼，以及對擦身而過的每一張臉孔的銳利審視中得知，他深信不管我們走到哪裡，都不可能擺脫尾隨我們腳步而來的種種危險。

記得有一次，當我們穿越蓋米隘口，走在引人感傷的道本西湖邊的步道上，有塊大石頭從我們右方的山脊滾落，一路轟隆隆直落入我們身後的湖中。轉眼間，福爾摩斯衝上山脊，站在一塊高聳的岩石上伸長脖子四處張望，當嚮導向他保證，在本地春季偶有落石是很平常的事情時，他聽了沒說什麼，只是露出預期中的事情實現時的表情對我笑了笑。

雖然他總是全神戒備，但從未表現出沮喪的樣子。相反的，我從未看過他如此充滿活力。他一次又一次提到，如果他能將這個社會從莫里亞蒂教授手中解放出來，那麼他將十分樂意結束他的偵探事業[2]。

「華生，我想能做到這一步，我這一生也算沒白活了。」他說：「如果這份事業的記錄將在今晚結束，我會平靜地審視它。倫敦因為我而變得更美好，而在一千多個案件中，我也從未誤用我的能力。最近我試著開始研究自然界中的問題，不再涉足我們這個人工社會中的膚淺問題。當全歐洲能力最強也最危險的罪犯被逮捕或消滅那天，也是我的事業達到峰頂之時，屆時你的回憶錄也將抵達終點，華生。」

接下來已沒有太多事可說，但我會簡潔而精確地將它說完。這不是個我願意深入的話題，我知道不能遺漏任何細節是我的責任所在。

五月三日，我們來到邁林根這個小山村，投宿在由老彼得．史泰勒經營的「英國小棧」。旅館主人在倫敦的格羅夫凡諾飯店當過三年侍者，能說一口流利的英語，是個頗有見識之人。在他的建議下，我們於四日下午出發，預備穿過附近的山陵，然後在羅森勞伊當地的小村過夜。他還要我們在途中千萬別錯過半山間的雷清貝瀑布，只要繞一小段路就能看到。

那裡的景緻確實令人驚心動魄。雪融之後，原本的流水更為湍急，往下落入無底深淵，濺起的水花像燃燒的房屋不斷湧出的濃煙。河水墜入的深坑是個巨大無匹的裂隙，變窄的裂口周圍是煤黑色的發亮岩石，流水由此注入奇深無比的坑洞，翻騰著乳白色水花，然後從前方的鋸齒狀出口奔流而下。綠色水流彷彿沒有盡頭般轟隆而下，一層厚重搖曳的水幕則從最底處無止盡地往上濺起，那不曾間斷的迴盪喧囂聲令人暈眩不已。我們站在邊緣，注視下方深處從黑色岩石上濺起的水花，聽著深淵中與濺起的水花一同湧上，猶如人聲的怒吼。

小徑通往瀑布中段高處，此處可看到瀑布全景，不過小徑也就此戛然而止，旅客必須從原路回去。我們正要回頭時，看到一個瑞士年輕人拿著一封信跑上前，信上有我們剛離開那間旅館的標誌。信是旅館主人寫給我的，原來在我們剛離開後幾分鐘，有位肺癆末期的英國女士來到旅館，她原本在達弗斯—普萊茲過冬，現在要前往琉森找朋友，卻因突然咯血而病倒。看來她只剩幾小時可活，但如果能讓她看到一位英國醫生，對她來說會是莫大的安慰，不知我現在能否回去等等。善良的史泰勒並在信末附筆，說由於這位女士不肯看瑞士醫生，讓他覺得身負重大責任，若我能答應這要求，那就是幫了他一個很大的忙。

這樣的請求讓人不能不予理會，也不可能拒絕一位在異鄉垂死的女性同胞的要求，只是要離開福爾摩斯仍讓我有些不安。我們最後還是同意，在我回邁林根的旅館時，讓那位瑞士年輕人留下來當福爾摩斯的嚮導兼旅伴。他說要在瀑布這裡多待一會兒，然後慢慢走過山丘到羅森勞伊，我傍晚時再與他在那裡會合。當我往回走時，回頭看向福爾摩斯，他背靠著石壁，雙臂交抱身前，往下注視著湍急的水流。這就是我在這世上最後一次見到他的樣子。

快走到山腳時，我回頭張望。這裡已不可能看到瀑布，但仍可看到繞著山肩通往瀑布的蜿蜒小徑。我記得看到有個人正沿著小徑快步行走。

我能清楚看到他被後方綠色背景襯出的黑色身形，我注意到他，以及他步伐中充沛的精力，但我隨即將之拋在腦後，匆忙趕去處理我的事情。

大約一小時多一點，我回到邁林根，看到老史泰勒正站在他的旅館門廊上。

「如何，」我趕緊上前對他說：「她的狀況沒有惡化吧？」

他臉上閃過一陣驚訝的神色，這一瞬間，我的心差點跳出胸口。

---

2 福爾摩斯究竟從事怎樣的「偵探事業」呢？他曾這麼對華生說：「我想我是全世界唯一做這一行的。我是『顧問偵探』。倫敦有不少官方警探與私家偵探，當這些人遇上難題束手無策時，他們會來找我，由我負責解開。當然，也有一些委託人是經人介紹後，直接來登門拜訪的。來找我的案子沒一個是正常的。我是偵探界最後、也是最高的上訴法庭。」

「這不是你寫的？」我從口袋拿出那封信問道，「旅館裡沒有一位生病的英國女士嗎？」

「絕對沒有！」他叫道，「但這上面有旅館的信頭！唉，這一定是你們剛離開時來的那個高個子英國人寫的。他說——」

我沒等旅館主人解釋，便在心中極度恐懼下跑上村中小路，再轉上才剛走下來的山路。剛才我花了一個小時走下來，現在就算我用盡全力，仍是用了兩個小時才再度回到雷清貝瀑布。福爾摩斯的登山手杖仍靠在我離開時看他倚靠的山壁，但已完全沒有他的形跡。我四處呼叫也是徒勞，所得到的唯一回應就是自己的聲音在周圍山崖間反射後傳回的隆隆回音。

看到那登山手杖，頓時讓我渾身發冷暈眩。這麼說，他沒去羅森勞伊，他就留在這一邊是陡峭山壁、另一邊則是無底深淵的三呎小徑上，最後被他的敵人打倒。那個瑞士年輕人也不見了，他可能是莫里亞蒂雇來的人，把他們兩人留在此地就走了。然後發生了什麼事？誰能告訴我們到底發生了什麼事？

我被這件事嚇壞了，於是站在原地一、兩分鐘讓自己鎮定下來。我回想福爾摩斯的思考方式，試著以此解讀這齣悲劇。唉！這不難啊！我們談話時並未走到小徑盡頭，登山手杖也標示出我們最後站立的地點。地面的黑色土壤由於經年飄來的水霧而常保濕潤，就算只是隻小鳥站在上頭也會留下痕跡。兩行足跡清楚地往小徑遠端走去，而且都只有走去，沒有回來的足跡。小徑盡頭前幾碼處的泥土已被踩成一片泥濘，瀑布裂口邊的刺藤和蕨類也被扯斷壓爛。我臉朝下俯身眺望，全身都被水花濺濕。我剛才離開時天色正要變暗，現在只能看到黑色石壁上反射的水光，以及瀑布坑底濺起水花的微光。我大聲呼叫，仍然只能聽到瀑布那猶如人聲的轟隆怒吼。

命中註定，我終究要看到我的朋友兼同志的遺言。我前面提過，福爾摩斯的登山手杖被留在小徑上，靠著一塊突出的岩石。就在這塊岩石頂部，一道亮光抓住我的視線，我伸出手，發現那是他外出時隨身攜帶的銀色菸盒。我拿起菸盒時，一小張紙就這麼飄落地面。打開後，我發現那是三張從他筆記本上撕下，署名寫給我的信。這封信在在顯示出他的性格，信中指示精確，字跡堅定而清晰，就和他坐在書房中寫的一模一樣。

親愛的華生：

我在莫里亞蒂先生的同意下書寫如下數言，他正等在一旁，等著我和他就我們兩人之間的一些問題討論出最後解決方式。他大致說明了他是如何避開英國警方並持續得知我們的行蹤。這確實證明了我對於他的能力的高度評價。我很高興得知自己能讓社會不再因他的存在而受到更多危害，但恐怕也要付出讓朋友[3]承受痛苦的代價，尤其是你，親愛的華生。我已對你解釋過，我的事業已來到關鍵時刻，沒有任何結局會比目前這個更為適合。事實上，如果能對你坦白，我當時就十分確定那封來自邁林根的信是假的。我會同意讓你離去處理，是因為相信事情必然會發展至此。請告訴派特森探長，他所需要用來將這幫歹徒定罪的文件都在文件架的M字部，放在一個標示著「莫里亞蒂」的藍色信封中。我在離開英國前已將所有財產分配完畢，並交由我哥哥麥克羅夫處理。請代我向華生太太致意，並請相信，親愛的老友，我永遠是你最誠摯的——

夏洛克．福爾摩斯

3 福爾摩斯在此指的「朋友」到底是誰？他在〈五粒橘籽〉案件中有這麼一段感性告白：「除了你之外，華生，我沒其他朋友了。」

接下來的發展只需寥寥數語就可交代清楚。經過數位專家檢視後，無疑認爲在目前的情況下，這兩人最後必定是展開搏鬥，在一番糾纏翻滾後跌落懸崖。任何想要找到屍體的嘗試都會是無望之舉，而世上最危險的罪犯與當代最頂尖的法律守護者，就此葬身於這漩渦沖激、水沫翻滾的無底深淵中。那個瑞士年輕人再也不見蹤影，毫無疑問，他必是莫里亞蒂手下雇用的衆多無名之輩之一。在社會大衆的記憶中，將會記得福爾摩斯爲揭露這幫犯罪組織所蒐集的證據是如此周全，以及這位故去的偵探對他們的打擊有多沉重。在訴訟過程中，關於他們萬惡首腦的細節被揭發出來的並不多，我之所以不得不公開他的罪惡事蹟，是因爲他有許多是非不分的擁護者，爲了洗清他的名聲，竟不惜攻擊詆毀福爾摩斯，這位我這生中所僅見最優秀，也最聰明之人。

## *CASE 8*

# 空屋探案

我轉頭看向身後的書櫃，當我回過身，夏洛克·福爾摩斯就站在書桌對面，望著我露出微笑。我站起來，極度震驚地對他凝視了好一會兒，接著，想必是我生平第一次，也是最後一次暈了過去。

一八九四年春天，讓整個倫敦爲之關切，同時也讓上流社會驚恐不已的事件，就是朗諾·艾德爾所遭遇極不尋常而又不可解的謀殺案。社會大衆已由警方調查中得知本案的特別之處，不過有許多內容在當時被限制不得公之於衆，也由於起訴理由十分充分，因此沒有必要將所有事實公開。直到現在，過了近十年後，我才得以將這非比尋常事件的某些環節說出口。這件案子雖然十分引人注目，但對我來說，與後續發生的不可思議之事相比，根本不值一提。這些後續事件帶給我的震懾與驚喜，遠超過我冒險生涯中所經歷的任何事件。甚至到了現在，已經過了這麼長的時間後，每當再次想起時，仍會讓我震顫不已，並頓時湧起歡愉、驚訝與不敢置信等蓋過理智的感受。對於那些藉由我偶爾提及而對某位非凡之人的思想與行動產生興趣的人，我要在此說明，請別怪我不能分享所知的一切，若不是這人親口禁止，公布這些事情必定是我的第一要務。這項禁令直到上個月三日才正式解除。

可以想見，由於與夏洛克·福爾摩斯的密切往來，使我對犯罪事件深感興趣。在他消失之後，我也未曾停止閱讀並關切公之於衆的各種案件。我甚至不只一次出於私人興趣，借用他的方法論來思考如何解決這些案件，雖然結果並不太成功，然而這些案子沒有一件能比朗諾·艾德爾的悲劇更能引起我的注意。當我檢視本案的證據審理時，推斷出這是對某個或某些無名之人的蓄意謀殺。這時我才比以往更深刻意識到，福爾摩斯之死對於整個社會是多麼重大的損失。這個奇特事件中有些疑點，我確信必然會特別引發他的注意，靠著這位歐洲第一的罪案專家訓練有素的觀察力與敏銳的心智，必然可以彌補警力不足之處，或甚至讓偵辦進度超前。一整天下來，我連在出診的路上也不斷想著這案子，卻始終找不出合理的解釋。在此，我就冒著重複敘述的風險，將審理過程中已對外公布的事實概括整理一遍。

朗諾·艾德爾是梅努斯伯爵的次子，伯爵是澳洲某殖民地的總督。艾德爾的母親當時回國做白內障手術，她和兒子朗諾及女兒希爾妲共同住在公園巷四二七號。這位年輕人加入了上流社會社交圈——據悉並無仇人或特別的惡習。他之前與卡斯岱爾的伊莰絲・伍德利小姐訂過婚，不過幾個月前婚約已在雙方同意下解除，也無跡象顯示這起事件留下任何太大的影響。由於低調的習性加上天生並不好動，因此這位男子之後的生活便局限在狹小而保守的社交圈內。就在一八九四年三月三十日晚間十點至十一點二十分之間，死亡竟以最奇異且無法預測的方式，找上這樣一位隨和的貴族青年。

朗諾・艾德爾喜歡打牌——他經常玩，但賭注從未大到會造成傷害的程度。他是博德溫、卡文迪許和巴格戴爾這三個撲克牌俱樂部的會員。據悉在他死亡那天，吃完晚餐後，他在巴格戴爾俱樂部玩了一回三盤兩勝的惠斯特牌。當天下午他也在那裡打牌，和他一塊打牌的人——莫瑞先生、約翰・哈帝爵士和莫倫上校——證實他們打的是惠斯特牌，而且每人的牌運都差不多。艾德爾可能輸了五鎊，但不會再多。他的財富頗爲可觀，輸這麼一點錢不可能對他造成影響。他幾乎每天都在不同的俱樂部打牌，但他打得很謹愼，最後通常反倒是贏家。證據顯示，幾星期前他和莫倫上校搭檔，在與戈德斐・米爾納及巴莫洛爵士對打的牌局中贏了四百二十鎊。這些近況都是在審理證據期間得知的。

案件發生當晚，他於十點整從俱樂部回到家。他母親與妹妹當晚外出到一位親戚家。僕人宣誓作證，說聽到他進入三樓前面的房間，那裡通常當作他的起居室。她爲他生了火，之後又把窗戶打開排煙。直到十一點二十分梅努斯夫人與女兒回到家前，那房間不曾傳出聲音。由於想和兒子道晚安，梅努斯夫人欲進入兒子的房間。門從房內鎖上，不管衆人如何叫喊敲門，房內都沒有回應。後來找人幫忙撬開房門，才發現這位不幸的年輕人躺在書桌旁。他的頭部被左輪手槍射出的擴張彈嚴重擊傷，可是房間裡找不到任何種類的武器。桌上有兩張十鎊紙鈔以及十七鎊十先令的金銀幣。這些錢疊成數額不等的幾小堆，有張紙上記著一些數字，每個數字旁各記著不同的俱樂部牌友姓名，由此推測他死前正在計算賭牌的輸贏金額。

仔細檢驗案發環境後，反而讓本案更形複雜。首先便找不出這位年輕人將門由內鎖上的理由，這有可能是凶手所爲，事後再從窗口逃逸。不過窗口離地至少二十呎高，而且正下方是塊正盛開著番紅花的花圃。不管是花叢或土壤都沒被踐踏，隔開房屋與馬路的那條草地上也沒有任何痕跡，很顯然是這位年輕人自己將門鎖上。但他是怎麼死的呢？沒有人能從窗口爬進來而不留下痕跡。假設有人透過窗口射擊，那必定是個了不起的神射手，才能用左輪手槍造成如此致命的傷害。再說，公園巷經常有人往來通行，離屋子一百碼遠處就有個街車車站。沒人聽到槍聲，然而這裡卻有一名死者，和一枚與軟頭子彈相同，會在鑽出時造成擴張性傷口的左輪手槍子彈，形成的傷口必定立刻導致他的死亡。以上就是公園巷疑案的現場狀況，缺乏犯案動機更讓本案益發複雜，正如我所說，年輕的艾德爾沒有任何已知的仇家，而且房間裡的金錢與其他值錢物品並沒有被移動的跡象。

一整天下來，我反覆思索這些事實，努力想找出一個能符合所有線索的推論，以及根據我那不幸的朋友所說，一條阻力最小的思考路徑，他曾宣稱那是每一件偵察行動的起點。我得承認，我的進展十分有限。傍晚，我漫步穿過公園，大約六點鐘時，發現自己來到公園巷底接牛津街處。許多閒人站在人行道上，抬頭望向某扇窗口，我因此知道那就是我來看過的房子。一群人圍著一個又高又瘦戴著墨鏡的人，聽他高談對此案的推論，我懷疑這人應該是便衣警探。我盡可能靠近他，但他的論點在我看來甚爲荒謬，於是我厭惡地走開。我退開時，撞到身後一個身形佝僂的老人，並撞掉他手上抱著的幾本書。我記得當我將書撿起來時，看到其中一本書名是《樹木崇拜的起源》。我因此認爲，這傢伙必定是個貧窮的愛書人，不知是爲了買賣或單純出於嗜好而蒐集這類冷門書籍。我盡力爲這起意外向他道歉，但很顯然這些被我粗魯撞掉的書籍，在它們主人眼中是極其珍貴的寶貝。在輕蔑的怒罵聲中，他轉身走開，我便看著他駝起的背脊和灰白的鬢鬚消失在人群中。

對於公園巷四二七號的觀察，並未釐清我對此案的疑點。這棟房子被一道不超過五呎的矮牆和圍欄與街道隔開，對任何人來說都可輕易進入花園，可是在沒有水管或其他支撐物的情況下，就算身手最靈活之人也完全不可能爬上窗口。我帶著更多疑問回到位於肯辛頓的家中。我走進書房還不到五分鐘，女僕便進來告訴我，說外頭有人想見我。讓我大爲驚訝的是，來者不是別人，而是那位古怪的藏書老人。他尖削乾癟的臉孔從滿頭白色鬚髮中露出，右臂下夾著至少一打他的寶貝書籍。

「看到我一定讓你嚇了一跳吧，先生。」他用奇特的嘶啞嗓音說道。

我承認的確如此。

「嗯，先生，我有些良心不安，剛才我一跛一跛跟在後面，看到你進了這棟屋子，我就想，應該進去見見這位仁慈的紳士，對他說，如果剛才我的舉止有點粗魯，其實並無惡意，我還應該感激他幫我把書撿起來。」

「這只是小事，你太客氣了。」我說：「我能問問你怎麼知道我是誰的嗎？」

「哦，先生，如果不算冒昧，我可以算是你的鄰居，我的小書店就在教堂街轉角，很高興能見到你。你也收藏書籍吧，先生。這裡有《英國鳥類》、《卡塔盧斯詩集》和《宗教戰爭》，都是特價書。你的第二層書架現在看起來不太整齊，再加五本書就能塡滿了，不是嗎，先生？」

我轉頭看向身後的書櫃，當我回過身，夏洛克．福爾摩斯就站在書桌對面，望著我露出微笑。我站起來，極度震驚地對他凝視了好一會兒，接著，想必是我生平第一次，也是最後一次暈了過去。我的眼前揚起一陣灰霧，當視線再度清晰，我發現領口已被解開，嘴唇留有白蘭地的辛辣餘味。福爾摩斯朝我的椅子上方傾身，手中握著長頸酒瓶。

「親愛的華生，」記憶中熟悉的聲音說：「我要致上萬分歉意。我沒想到你會這麼激動。」

我緊抓住他的手臂。

「福爾摩斯！」我叫了出來，「眞的是你？你眞的還活著？你眞的成功爬出那道恐怖的深淵？」

「等等。」他說：「在我不必要地以如此戲劇化的方式出現讓你大受震驚之後，你確定你現在的狀況適合談論這些事嗎？」

「我很好，福爾摩斯，但我確實不敢相信自己的眼睛。老天慈悲！想到你——這世上最不可能出現的人——竟會站在我的書房裡。」我再一次抓住他的袖子，感覺到下方瘦削但有力的手臂。「不管怎樣，至少你不是鬼魂。」我說：「親愛的老友，看到你我眞是太高興了。坐，快跟我說你是怎麼從那可怕的峽谷中生還的。」

他在我對面坐下，以慣有的漫不經心姿態點起一支菸。他身上穿著書商那件襤褸的長大衣，其他部分則被包在一頭白髮和桌上的一疊舊書中。現在的福爾摩斯看起來更清瘦而敏銳，卻不見老，但他鷹鉤形的臉上一片慘白，看得出他最近的生活並不太健康。

「能伸展一下身子眞好，華生，」他說：「要一個高個子連續幾小時把身形縮短一呎可不是好玩的事。現在，親愛的老弟，在解釋這一切之前，我能否請你與我合作？眼前我們將面對一晚艱苦而危險的工作。或許等工作結束後，我再向你把整件事說明清楚。」

「我太好奇了，眞想現在就知道。」

「所以今晚你會跟我一起來？」

「隨時隨地，聽憑尊便。」

「眞像我們從前一樣，出發前我們還有時間好好吃頓晚餐。關於那道深淵，要爬出來一點都不困難，理由非常簡單，因爲我根本沒掉下去。」

「你根本沒掉下去？」

「沒有，華生，完全沒掉下去，但我留的字條是真的。當我看到已故的莫里亞蒂教授邪惡的身形擋住通往安全之地的小徑時，的確有過我的偵探事業即將結束的想法。當時我在他的灰色眼中讀出絕不退讓的意圖，和他交談幾句之後，他大方地同意讓我寫下後來你看到的短箋。我把它和菸盒與手杖一起留下，然後沿著小徑往下走，莫里亞蒂仍舊緊跟在後。走到盡頭後，我站在小徑邊緣，他未持武器，而是直接衝向我，然後伸出長臂抱住我。他知道這場競賽他已無勝算，只想一味拚死向我報復。我們在瀑布邊緣踉蹌扭打，我對巴頓術[1]——或所謂的日式摔角——略有涉獵，這曾不只一次助我脫困。我掙脫他的擒抱，他發出可怕的尖叫，雙腳狂亂地踢了幾秒，雙手朝空氣猛抓，最後仍無法保持平衡摔了下去。我將頭探出小徑邊緣，看到他往下墜落好長一段距離，接著撞上一塊岩石後彈開，最後落入水中。」

福爾摩斯在抽菸的斷續間隙中一面敘述，我則驚奇地聆聽著。

「但那些足跡！」我叫道，「我親眼看到的，兩道走向盡頭的足跡，並沒有往回走的。」

「是這樣的，教授消失在我眼前的一瞬間，我突然意識到，命運給了我一個如此幸運的機會。我知道莫里亞蒂不是唯一誓言置我於死地的人，另外至少還有三人，而他們的首領之死將更增他們復仇的欲望。他們全是極端危險的人物，其中一人早晚會找上我。另一方面，如果全世界都以爲我已經死了，那他們就會各自行動，或遲或早他們都將曝露行蹤，到時我就可以摧毀他們，日後我就能對外宣布我還活

1 此處所提的招式，原文為baritsu，應為巴頓術（bartitsu）這個字誤寫的結果。這項徒手防身術由E. W.巴頓—萊特（Barton-Wright）所創，從他個人旅居日本三年學習柔術（jujitsu）的經驗中發展而來。二〇〇九年上映的福爾摩斯電影中，小勞勃道尼飾演的福爾摩斯便屢次使出這套武術制伏敵人。

著。這些念頭在我腦中飛快運轉，我想甚至在莫里亞蒂教授墜落雷清貝瀑布底部前，我就把整件事都想周全了。

「我站起來，檢視身後的岩壁。幾個月後我滿懷興趣地讀了你對這個事件的生動描述，你在文中提到這片岩壁十分筆直陡峭，那並不完全正確，上面仍有幾個小小的踏腳點，另外也有幾處岩架。這堵岩壁很高，顯然不太可能爬上去，要離開這條潮濕的小徑而不留下足跡也同樣不可能。我可以像過去曾在某些狀況下做過的，倒退著走出來，但若留下三組朝同一方向行進的足跡又太明顯是個詭計。全盤考量下，最好的方式還是冒險爬上岩壁。這做起來可不愉快，華生。瀑布在我下方咆哮，我不是個愛幻想的人，我跟你說，我似乎真的聽到深淵中傳來莫里亞蒂對我嘶吼的叫聲。只要出一點差錯就會送命，我抓住的野草不只一次滑出手中，腳也屢屢從潮濕的石壁凹處滑開，我以為我會就這樣死去。我拚命往上爬，最後來到一塊有數呎深，上面覆著柔軟綠苔的岩架上，我在那裡可以舒服地躺下而不被人看見。親愛的華生，正當你和其他一同前來的人們帶著無比同情但效率不彰的方式查驗我的死亡現場時，我就躺在那上面。

「最後，等你們做出無法避免但完全錯誤的結論，並離開回到飯店後，現場就只剩我一個人了。我正以為這次歷險就要結束，一件完全超乎預料之事顯示前方仍有意外等待著我。一塊巨石從上方落下，轟然掠過我身旁，砸上那條小徑，然後直落入深谷中。一開始我以為只是個意外，片刻過後，當我往上看，在逐漸變暗的天色中，有個人將頭伸了出來，接著又一塊石頭砸向我躺著的岩架，只差一呎就砸中我的頭。當然，這事態十分明顯，莫里亞蒂不是孤身前來，他還有個共犯——即使只看到這麼一眼，我仍能看出這是個非常危險的人物——在教授前來攻擊我時為他把風。在我看不見的距離外，他目睹了同夥的死亡以及我的逃脫。他等著，然後爬到這堵岩壁上方，極力想要完成他的同志未竟的工作。

「華生，我沒用太多時間思考這些。當我再次看到那猙獰的面孔探出岩壁上方，我知道這是下一塊石頭砸下的前兆。我倉促地往下爬落小徑，我想平常冷靜時我是做不到的，這可要比往上爬難上百倍。我無暇顧及危險，正當我攀在岩架邊緣時，又一塊石頭與我擦身而過。途中我腳下一滑，幸有上帝保佑，我摔落小徑上，可是身上已有割傷並流著血。我在黑暗的山路上走了十哩遠，一星期後，我到了佛羅倫斯，十分確定世上沒有任何人知道我的行蹤。

「我只有一個人足以信任——我哥哥麥克羅夫。親愛的華生，我虧欠你千萬個道歉，但讓所有人都認為我已經死亡這點非常重要，而且若你並非真的認為我已經死亡，也就無法將我的悲慘結局寫得如此逼真。過去三年，我數度忍不住想提筆寫信給你，但惟恐你對我的深厚情感會使你採取某些輕率的行動，從而洩漏我的祕密。正因如此，今晚當你撞掉我手上的書時，我才會轉身離開。由於此刻我仍身處險境之中，只要你表現出任何驚喜或情緒化的反應，就有可能曝露我的身分並導致最悲慘而無法挽回的結果。至於麥克羅夫，我必須對他說出這個祕密，以取得我所需的金錢。事情在倫敦的進展未如我所預期，對莫里亞蒂手下組織的掃蕩結果，仍有兩個最危險，也是對我最為復仇心切的匪徒逃離了法網。我因此去西藏旅行了兩年，愉快地至拉薩一遊，並在某位法王處待了一段時間。也許你已讀過一位名叫西格森的挪威人在西藏的非凡探險經歷，我確信你必然從未想過是你這位老友的消息。接著我又經過波斯，造訪了麥加，並在喀土木的伊斯蘭哈里發處有一趟短暫但有趣的探訪。這次的探訪結果我已轉交外交部。回到法國後，我在南法的蒙彼利耶一處實驗室待了幾個月研究煤焦油衍生物。這次研究有了令人滿意的結果，而當我知道只剩一個仇人留在倫敦時，便準備啓程回來。公園巷這件不尋常的命案加快了我的行動，讓我感興趣的不只是這案子本身，也因為由此帶來的一個特殊機會。我一到倫敦，就先回貝克街，哈德遜太太因此被我嚇得歇斯底里。我發現麥克羅夫不但保留了我的房間，連所有文件檔案都保持在我離開時的樣子。所以，親愛的華生，今天下午兩點我又回到我的老房間，坐在我的扶手椅上，唯一的心願就是看到我的老友華生一如往常坐在另一張椅子上。」

這就是在那個四月晚間我所聽到極不尋常的故事，若非確實看到那我以為不會再見的高瘦身形和銳利而熱切的臉龐，我是絕對不會相信的。他不知從何得知我的喪親之痛，他沒有明說，而是溫和地安慰我。「親愛的華生，工作是憂傷最好的解藥。」他說：「今晚我手上有件我們倆可以一起做的工作，如果最後結果順利，那麼這世上有個人的性命就能得到公道。」不管我如何懇求，他就是不肯多說。「直到明天早上之前，夠你看夠你聽的了。」他如此回答，「我們有三年的事情好聊，這些夠我們聊到九點半，然後就動身開始這趟空屋探險。」

當時間到了，我們就像從前一樣，坐上雙座馬車，我的左輪手槍在口袋裡，內心則因即將到來的探險而悸動。福爾摩斯冷靜、嚴肅而沉默。街燈的光芒照在他冷峻的五官上，我看到他的眉頭因沉思而緊鎖，雙唇緊抿。我不知在罪惡充斥的倫敦城中，我們要在這黑暗叢林裡追獵什麼樣的野獸，但從這位王牌獵手的神態中，我知道這次行動必定十分凶險，從他苦行僧般的陰沉臉上不時露出譏諷微笑，也預示了追捕對象的不幸結局。

我以為我們要前往貝克街，但福爾摩斯讓馬車停在卡文迪許廣場角落，我發現當他踏出馬車時，先向左右兩邊小心逡巡一遍，之後在每個街角也極度謹慎地確認無人跟蹤。我們走的無疑是條特殊路線，福爾摩斯對倫敦的偏僻巷弄熟稔至極，他篤定地快步穿過一連串我從不知道它們存在過的老舊房舍與馬廄。最後我們來到一條都是老屋與陰暗房舍的小路上，從這裡通往曼徹斯特街，再到布蘭福街。他快速鑽進一條窄巷，穿過一道木門來到一個荒廢的院落，接著拿出鑰匙打開某棟屋子的後門。我們進屋後，他在後面把門關上。

這地方一片黑暗，我十分確定這是棟空屋。我們走過吱嘎作響的光禿木地板，我伸手碰觸牆壁，發現壁紙已一條條脫落。福爾摩斯冰冷瘦長的手指抓住我的手腕，帶我穿過一條長廊，最後才隱約看到門上一扇骯髒的氣窗。走到這裡，福爾摩斯突然右轉，然後我們便置身寬闊空曠的方正房間。房間角落是厚重的陰影，房間中央有外頭街燈透進來的微光。這裡沒有油燈，窗戶又厚又髒，只能勉強辨認彼此的身影。我的同伴把手搭上我的肩膀，嘴唇靠近我耳邊。

「你知道我們在哪裡嗎？」他悄聲說。

「當然是貝克街。」我從暗淡的窗戶看向外頭答道。

「沒錯。我們在坎登大宅，就在我們的老公寓對面。」

「我們來這裡做什麼？」

「因爲這裡的視野絕佳。華生，麻煩你稍微移近窗口，但要非常小心別讓人看見，然後可以請你看向我們的老公寓——你許多小故事的起點嗎？看看消失的這三年是否將我讓你驚嘆的能力給帶走。」

我放低身子前進，看向對街那熟悉的窗口，當目光投向其上，我倒抽一口氣，發出一聲驚呼。窗簾已被放下，屋內燈光非常明亮，有個人坐在椅子上，厚重黑暗的身形投射在透著光的窗簾上。那頭部姿勢、方正的肩膀和臉部的清晰輪廓我絕不會認錯。那張臉半轉過來，投射的側身剪影正像我的祖父輩最喜愛的畫像款式。那完全就是福爾摩斯的複製像，驚訝的我甚至伸出手來確認身旁這人的眞假，他則是無聲地笑到全身發顫。

「如何？」

「我的老天！」我叫道，「眞是太神奇了！」

「我相信年紀和習慣都沒能削弱我層出不窮的變化，」他說道。我從他的聲音中聽出一個藝術家對自己的創作所表現的喜悅與驕傲。「眞的很像，對吧？」

「我差點要發誓說那眞的就是你了。」

「實際執行上要歸功於格列諾勃的奧斯卡．穆尼葉先生，這模子是他花了好幾天做出來的。這是個蠟製胸像，其他部分是我今天下午回貝克街時布置的。」

「這是爲了什麼？」

「因爲，親愛的華生，我有個最充分的理由，希望當我人在別處時，某人卻以爲我還在那房間。」

「你覺得有人在監視這地方？」

「我知道有人在監視著。」

「是誰？」

「我的老仇家，華生。就是那個首領如今已葬身雷清貝瀑布下的迷人組織的成員。你一定還記得，他們不但知道，而且世上只有他們知道我還活著。他們相信我遲早會回到我的公寓。他們一直持續監視著這地方，而今天早上他們看到我到這裡來了。」

「你怎麼知道？」

「當我望向窗外時，認出了那個盯梢的人。他叫派克，一個無足輕重的角色，平時以攔路搶劫爲生，還是個出色的單簧口琴手，我一點都不在乎他。我眞正在乎的是他背後那個難以對付的傢伙，莫里亞蒂的心腹，在岩壁上用石頭砸我的人，如今倫敦最狡猾也最危險的罪犯。今晚要追獵我的就是他，華生，但他不知道我們也正在獵捕他。」

我朋友的計畫正一步步揭露。在這方便的隱蔽處，監視者反被監視，追蹤者反被追蹤。對面那瘦削的影子是誘餌，而我們是獵人。黑暗中，我們並肩站著，靜靜看著忙碌的身影在眼前來回穿梭。福爾摩斯陷入沉默，不再動作，但我看得出他仍高度警覺，目光專注地盯著來往的人流。這是個寒冷但喧鬧的夜晚，冷風在長街上尖聲呼嘯而過。許多人來來往往，大多緊緊裹在大衣和圍巾裡。有一、兩次，我好像看到同一個人，並特別注意到有兩個人在前方不遠一棟屋子的門廊處避風。我要同伴注意這兩人，但他只是不耐地咕噥一聲，便繼續盯著街上。接下來他不只一次雙腳煩躁地碎動，或用手指快速輕敲牆壁。在我看來，他開始覺得不安，目前計畫並未如他希望的樣子進行。最後，當午夜將近，街上逐漸冷清，他開始在這房間裡焦躁地來回踱步，我正想對他說些什麼，但當我抬眼望向對街明亮的窗口時，再一次感受到幾乎和從前一樣的極度驚奇。我抓住福爾摩斯的臂膀，向上一指。

「那影子動了！」我叫道。

那影子確實不再是側影，而是背對著我們。

三年時間顯然沒軟化他粗暴的脾氣，面對不如他聰明之人時也依舊沒有絲毫耐心。

「它當然會動，」他說：「華生，我像個滑稽的傻瓜嗎？我會隨便弄個再明顯不過的假人，然後希望全歐洲最機伶的人被騙過嗎？我們在這房間裡已經兩個小時，哈德遜太太也把那假人換了八次位置，大概每刻鐘一次。她在假人前面操作，這樣才不會被人看到。啊！」他猛抽一口氣，興奮地發出吸氣聲。暗淡的燈光中，我看到他的頭伸向前方，整個身子因專注而緊繃。窗外的街道空無一人，那兩個人也許還蹲在門廊，但我已看不到他們。周遭一切事物皆靜止而黑暗，只有我們面前明亮的黃色窗簾和窗口中央的黑色影子。全然寂靜中，我再次聽到那因強壓興奮而發出的輕微嘶嘶聲。片刻過後，他拉著我退到房間最暗的角落，我感覺到他的手指按上我的嘴唇，警告我別出聲，抓著我的手指微微顫抖，我從沒看過這位朋友如此激動。昏暗的街道在我們面前伸展開來，仍舊沒有絲毫動靜。

突然間，我發現了他更敏銳的感官早已察覺的東西。一種低沉、鬼祟的聲音鑽進耳中，但不是來自貝克街方向，而是這棟我們正藏身其中的屋子後方。一扇門打開然後關上，接著是穿過走廊的腳步聲——那腳步聲本來很輕，卻在空屋中形成粗啞的回響。福爾摩斯往後靠牆蹲著，我也照做，一手還貼在左輪手槍握柄上。望向昏暗中，我隱約看到某人的輪廓，他的身影比打開的門還黑。他在原地停了一會兒，然後帶著危險的姿態，彎身慢步走入房中。他邪惡的身形距我們只有三呎遠，我先是鼓起勇氣準備面對他撲上前來，才發現他根本不知道我們在此。他從我們前方走過，躡著腳步來到窗前，輕巧無聲地將窗子抬起半呎高。當他將身子放低至窗戶開口，不再被蒙塵窗戶擋住的街燈照在他臉上。這個人似乎興奮到無法自抑，兩顆眼睛如星星般放出光芒，臉部不住抽搐。他是個頗有年紀之人，有個瘦削突出的鼻子和高聳光禿的額頭，以及一大叢灰白色鬍子。他頭上的高禮帽往後推，未扣上的大衣露出晚禮服襯衫的前襟。他的臉龐枯瘦黝黑，布滿野性的深刻皺紋，手上帶著像是棍子的東西，放到地上時卻發出金屬聲響。接著他從大衣口袋拿出某樣巨大的物體，然後手上便忙碌起來，最後清楚發出彷彿彈簧或螺栓卡至定位的「喀」一聲。這時他仍跪在地上，整個身子傾向前面的長桿狀物體上方，發出又一長串旋轉磨擦聲，最後再一記重重的「喀」聲。他站直身子，這下我才看到他手上拿的是某種槍，但槍托形狀十分怪異。他打開後膛，放進某種東西，再關上扣鎖。然後他蹲下來，將槍管末端架在打開的窗框上，他那把長鬚垂到槍托，眼睛瞄準時發出精光。他將槍托抵住肩窩時，我聽到他發出一聲滿意的嘆息，同時看到那令人驚嘆的目標——一片黃光中的黑色人影——正在他的視線盡頭。有那麼一刻，他全身緊繃，文風不動，接著手指扣上扳機。這時傳出清晰但怪異的「嗖」一聲，然後是玻璃破碎的清脆聲響。就在這一刻，福爾摩斯像隻猛虎撲向那神槍手背部，將他臉朝下壓在地上。但對方立刻翻身而起，還掐住福爾摩斯的脖子，我便用左輪手槍的槍托打他的頭，於是他再次倒在地上，我也壓在他身上。當我壓住他，我的同伴立刻尖聲吹起一記口哨，人行道上立刻響起連串奔跑的腳步聲，兩個制服警員和一個便衣警探隨即從屋子前門衝進這房間。

「是你嗎，雷斯崔[2]？」福爾摩斯說。

「是的，福爾摩斯先生，這案子是我負責。眞高興看到你回到倫敦，先生。」

「一年有三件謀殺案未破可不行，雷斯崔，我想你大概需要一些非官方協助。不過你偵破莫里西案的速度倒比平常快得多，我的意思是，你幹得不錯。」

這時我們都已站了起來。我們的犯人喘著粗氣，左右兩邊各站一位壯碩的警官。有些閒人開始往街上聚攏，福爾摩斯走向窗邊，關上窗戶並放下窗簾。雷斯崔點起兩支蠟燭，兩個警官也打開油燈遮罩。我終於能夠好好觀察我們的犯人。

面對我們的是張極度陽剛但邪惡的臉孔，有對哲學家的眉毛，卻也有個享樂主義者的下顎。他有爲善或作惡的極大潛力，只要看到他冷酷的藍眼、下垂猜忌的眼瞼、凶殘好鬥的鼻子，以及充滿威迫感的深色濃眉，沒有人會看不出這是天生的危險之兆。他完全不注意其他人，只是用痛恨與詫異交雜的表情盯著福爾摩斯的臉。「你這惡魔！」他不斷喃喃唸著，「你這聰明到極點的惡魔！」

「啊，上校！」福爾摩斯一面整理凌亂的衣領一面說：「就像那齣老戲說的：『有情人再相遇，旅程才算告終。』自從在雷清貝瀑布岩架上讓你對我如此關照之後，我似乎就沒這榮幸再與你見面了。」

上校仍舊失神地瞪著我的朋友，口中只不斷唸著：「你這狡猾到骨子裡的魔鬼！」

---

2 雷斯崔是福爾摩斯探案故事中登場次數最多的官方警探，兩人共合作過十三件案子，且在福爾摩斯口中有著還算不錯的評價。

「還沒為你們引見呢，」福爾摩斯說：「這位先生，塞巴斯汀·莫倫上校，曾服役於女王陛下的皇家印度軍團，也是我們的東方帝國造就出的最佳神槍獵手。我相信你的獵虎紀錄至今仍無人可比，我應該沒記錯吧，上校？」

這狂野的老人沒有說話，只是繼續盯著我的同伴。那野蠻的眼睛和豎起的鬍子，讓他看起來完全就像隻老虎。

「我還為這簡單的計畫竟能騙到你這樣的老獵人感到奇怪。」福爾摩斯說：「你一定覺得很熟悉吧。難道你不曾把小孩拴在樹下，然後帶著步槍躲到樹上，等待老虎被你的誘餌騙來嗎？這棟空屋就是那棵樹，你就是那隻老虎。以前你也許會有備用的槍，以防不只一隻老虎出現，或者準頭失靈吧。這些，」他比了比四周的人，「就是我的備用槍枝。道理完全一樣。」

莫倫上校發出怒吼，往前一撲，兩位警官把他按了回去。他臉上的憤怒神色令人望而生畏。

「我承認你讓我小小意外了一下，」福爾摩斯說：「我沒料到你會利用這棟空屋和這扇方便的前窗。我原以為你會從街上動手，我的朋友雷斯崔和他的夥伴就在那兒等著你。除此之外，一切都如我所料。」

莫倫上校轉向警探。

「不論你逮捕我的理由是否充分，」他說：「但我沒有必要在此受這人嘲弄。如果要將我法辦，那就一切依法處理吧。」

「嗯，這樣說十分合理，」雷斯崔說：「那麼我們離開前，你還有別的話要說嗎，福爾摩斯先生？」

福爾摩斯從地板上撿起那把威力強大的空氣槍，檢視著它的機械構造。

「一件令人讚嘆的獨特武器，」他說：「無聲無息，而且極具威力。我知道那位盲眼德國機械工程師馮・赫德先生，就是他為已故的莫里亞蒂教授打造了這把槍。這些年來我雖知道它的存在，但從來沒有機會親手接觸。我要請你特別注意這把槍，以及它所使用的子彈。」

「你可以放心交給我們，福爾摩斯先生。」雷斯崔說著，一行人一面走向門口，「還有其他事嗎？」

「我想知道你打算以什麼罪名控告他？」

「什麼罪名？先生，為何問起這個？那當然是企圖謀殺夏洛克・福爾摩斯先生。」

「不，雷斯崔，我完全不想出現在這案子裡。這次出色的緝捕行動是你的功勞，完全歸功於你。是的，雷斯崔，恭喜你！以你一貫的機智和勇敢做到了，你逮到他了。」

「逮到他！逮到誰了，福爾摩斯先生？」

「那讓警方全力追捕卻徒勞無功的人——塞巴斯汀・莫倫上校，上個月三十日用空氣槍和擴張彈從公園巷四二七號三樓前廳的窗戶，殺害可敬的朗諾・艾德爾。雷斯崔，這就是他的罪名。現在，華生，如果你能忍受從破窗鑽進的冷風，那麼也許來我書房花半個鐘頭抽支雪茄，能為你帶來一些有益的消遣。」

在麥克羅夫的安排以及哈德遜太太的就近整理下，我們的舊公寓仍然維持著老樣子。當我進門時，的確整齊到讓我有些不習慣，但仍大致維持著舊日痕跡。那個化學實驗區以及被酸液浸蝕的松木桌還在，書架上有數量驚人的札記簿與參考書籍，這些資料則是許多本國同胞必欲燒之而後快的。圖表、小提琴盒和菸斗架，我環顧房間時，甚至還看到那裝著菸草的波斯拖鞋。房間裡已經有兩個人，一個是哈德遜太太，我們倆一走進去，她便立刻笑逐顏開。另一個則是在今晚的冒險中扮演極重要角色的奇怪假人。那是我朋友的蠟製模型，做得極其相似。它被放在一個臺座上，外罩一件福爾摩斯的舊晨袍後，從街上看進來便是再逼真不過的影子。

「你完全按照我們說好的預防措施去做了吧，哈德遜太太？」福爾摩斯說。

「照你所說，膝蓋貼地爬過去。」

「太好了，你操作得很棒。有看到子彈打到哪裡嗎？」

「有的，先生。你漂亮的蠟像恐怕已經被打壞了。子彈穿過頭，打到牆壁後扁掉了。我把它從地毯上撿了起來，在這兒！」

福爾摩斯拿給我看，「正如你所見，華生，是顆左輪手槍用的軟頭子彈，真是天才，誰會想到空氣槍能射出這樣的子彈？好了，哈德遜太太，我非常感激你的協助。現在，華生，讓我再一次看你坐在你的老位子上吧，還有幾件事要跟你討論一下。」

他脫掉那件破舊的大衣，從自己的蠟像上拿下鼠灰色晨袍披上，這下又變回舊日的福爾摩斯了。

「這個老獵人的神經仍舊不失穩定，眼力更是一如以往銳利。」他一面檢查被打碎的蠟像額頭一面笑著說。

「從後腦正中央鑽入，把大腦打個稀爛。他在印度時是第一神槍手，我想在倫敦也沒幾個人能勝過他。你聽過他的名字嗎？」

「不，我沒聽過。」

「好啊、好啊，這麼個名人！我沒記錯的話，你之前也沒聽過詹姆斯·莫里亞蒂教授，他可是本世紀最聰明的人之一。把書架上的人名索引拿給我吧。」

他靠在自己的扶手椅上，慵懶地翻著內頁，一面吐著雪茄煙霧。

「我蒐集的M字部可有趣了，」他說：「光是莫里亞蒂（Moriarty）就能讓任何字母立刻生色，這裡還有毒物奇人摩根（Morgan）、令人憎惡的麥瑞杜（Merridew），還有在查令十字車站候車室打斷我左犬齒的馬修斯（Mathews），最後這位就是我們今晚的朋友。」

他把索引遞給我，我讀了起來：

姓氏：莫倫，名字：塞巴斯汀，上校。無業。曾屬班加羅前鋒軍團。一八四〇年生於倫敦，前英國駐波斯公使奧古斯都．莫倫爵士之子。曾就讀伊頓公學與牛津大學。曾參與喬瓦基戰役、阿富汗戰役，曾派遣至查拉夏普、雪普爾和卡布爾。《喜瑪拉雅山西麓狩獵》（一八八一年）與《叢林三月記》（一八八四年）二書作者。地址：坎達特街。俱樂部：盎格魯—印度俱樂部、丹克維爾俱樂部、巴格戴爾撲克牌俱樂部。

頁邊另有註記，是福爾摩斯的筆跡：

倫敦第二危險人物

「眞是太驚人了。」我遞還索引時說：「以職業生涯來說，他是個令人尊敬的軍人。」

「這是眞的，」福爾摩斯答道，「到某個時間點前他都做得很不錯。他一直是個有鋼鐵般意志的人。直到現在，印度仍流傳著他在溝渠中爬行追蹤一隻受傷食人虎的故事。華生，有些樹長到某個高度後，會突然長成古怪的樣子。人也常有這種情形。我有個理論，一個人的成長會體現出其祖輩的演變過程，突然向善或向惡，必然是家族血脈中某些力量影響所致。因此一個人的成長，基本上就是其家族史的縮影。」

「聽起來太神奇了點。」

「嗯，我倒不絕對堅持這論點。不管原因為何，總之莫倫上校步入了歧途，雖然沒有公開的醜聞，印度卻也不再是他能容身之處。於是他退役回到倫敦，但再次弄得惡名上身。就在這時，莫里亞蒂教授找上他，有段時間他成了教授的頭號助手。莫里亞蒂提供他大筆金錢，只偶爾要他出手執行一、兩件一般罪犯接不下的高階案件。也許你還記得一八八七年勞德的史都華太太命案？記不得了？沒關係，我很確定這是莫倫主導的案子，只是沒有任何證據可以證明。他是如此精明，湮滅了所有證據，以致於即使莫里亞蒂的組織被破獲時，我們也找不出罪名控告他。你還記得那天我最後一次去找你，在你的診療室裡，我是如何小心翼翼將窗板關上以防範他的空氣槍？當時你無疑認為是我幻想過度。可是我很清楚自己在做什麼，我知道那把非比尋常的空氣槍的存在，也知道用它來瞄準目標的是世上數一數二的神射手。當我們來到瑞士，他和莫里亞蒂一路追蹤而來，毫無疑問地，在雷清貝瀑布的岩架上讓我度過最恐怖的五分鐘的人就是他。

「你或許以為我旅居法國期間會留意報刊，尋找任何能夠打倒他的機會。但只要他還自由地活在倫敦，我的性命便隨時岌岌可危。不分日夜，我都籠罩在他的陰影中，或遲或早他終究會找到機會。我能怎麼辦？我不能一看到他就開槍，這樣被送上被告席的就是我了。向地方法官提起告訴也沒用，在他們看來這只是我的胡思亂想，他們不能因此干預，所以我什麼都做不了。我仍持續注意犯罪新聞，知道遲早有機會逮到他，接著就發生了朗諾·艾德爾命案。我的機會終於來了，根據過去的研究，我會認不出這是莫倫上校幹的嗎？他和那小伙子打牌，之後從俱樂部跟蹤他回家，從打開的窗戶射殺了他。完全沒有疑點，光是那顆子彈就足以送他上絞刑台了。於是我立刻回到這裡，盯梢的人看到了我，我知道這必然會將上校的注意力轉移到我身上。他必定會將我的突然回國與他犯下的罪行連結起來，因此高度警戒。我也知道他一定會立刻想辦法將我除掉，並爲此目的而隨身帶著那把謀殺利器。我在窗口給了他一個絕佳目標，同時通知警方這裡可能需要他們——對了，華生，你在那個門廊上看到的就是警方的人沒錯——我選了這看來十分聰明的地點進行觀察，卻絕未料到他也選了相同地點進行攻擊。現在，親愛的華生，還有任何需要我解釋的地方嗎？」

「是的。」我說：「你還沒說明莫倫上校謀殺朗諾．艾德爾的動機何在？」

「啊！親愛的華生，這就來到那需要揣測的地方了，在這方面，即使條理最清晰的頭腦也有可能出錯。每個人都可根據現有證據做出自己的假設，而你的假設和我的假設都有可能是對的。」

「所以你也有個假設，是嗎？」

「我想這事實不難解釋。證據顯示，莫倫上校與年輕的艾德爾聯手贏了一大筆錢，根據我的長期觀察，莫倫無疑是靠作弊贏牌。我相信命案發生當天，艾德爾發現莫倫作弊的事實。他很有可能私下與上校談過，要他自動退出俱樂部，並永遠不再打牌，否則就威脅要揭發他。以艾德爾這樣的年輕人，不太可能揭發一位比他年長的知名人士而弄出一件大型醜聞，因此他很可能採取了如我所說的行動。不過從撲克牌俱樂部除名就等於毀了莫倫，因爲他就是靠著骯髒的手段打牌賺錢維生。於是莫倫上校便殺了艾德爾，當時他正努力計算要還多少錢給牌友，因爲他不能利用搭檔的作弊手段謀利。他鎖上房門是爲防止母親和妹妹意外闖入，並追問他這些名字和金錢的事。這樣說得通嗎？」

「我毫不懷疑你說中了事實。」

「等到審判時，這些仍有可能被證實或推翻。但是此刻，莫倫上校無法再以任何方式騷擾我們了。至於那把馮．赫德製作的著名空氣槍，將會用來裝飾蘇格蘭場博物館，而夏洛克．福爾摩斯又將能自由投身於考察倫敦的複雜生活中層出不窮的有趣小問題了。」

*CASE 9*

# 跳舞的人探案

「要做出一連串推論並不困難，每個推論都和下一個環環相扣，而且每一個都很簡單。做完推論後，如果抽出其中一段，只向某人說開頭和結尾，那必能得出一個雖然浮面但驚人的結論。」

福爾摩斯已沉默地坐了好幾個小時，駝著瘦長的背脊對著一個化學容器製作某種發出惡臭的液體[1]。他的頭垂到胸前，從我的角度看來，他就像隻有著暗灰色羽毛，頭上長黑色肉冠的瘦長怪鳥。

「所以，華生，」他突然說：「你不打算投資南非的債券了？」

我一聽之下大爲驚詫。即使對福爾摩斯的奇特能力已習慣如我，如此突然入侵這種私密想法的行爲仍讓我大感意外。

「你怎麼會知道？」我問。

他把凳子轉過來，手上拿著冒出蒸氣的試管，深邃的眼中閃過一絲調皮的神色。

「喏，華生，承認大吃一驚了吧。」

「的確是。」

「我應該要你簽名爲證。」

「爲什麼？」

「因爲五分鐘後，你就會說這一切根本是簡單到可笑的程度。」

「我絕對不會這麼說。」

「你看，親愛的華生，」他把試管放回架上，用教授在課堂講課的架勢開始說：「要做出一連串推論並不困難，每個推論都和下一個環環相扣，而且每一個都很簡單。做完推論後，如果抽出其中一段，只向某人說開頭和結尾，那必能得出一個雖然浮面但驚人的結論。因此，要知道你在想什麼並不困難，只要看看你左手食指和拇指間的空隙，就能確認你不打算把手上的小小資金投注在那金礦上了。」

「我看不出其中有何關聯。」

「你很可能沒辦法看出來，可是我很快就能讓你看出其中的密切關聯。以下是這個非常簡單的環結中失落的部分：一，你昨晚從俱樂部回來時，左手食指和拇指上有白色粉末。二，你的手指沾上白色粉末是因爲打撞球擊球時要穩定桿頭。三，你向來只和瑟斯頓打撞球[2]。四，四週前你跟我說過，瑟斯頓有個在南非的投資機會，希望能與你合夥，但只有一個月的考慮期限。五，你的支票簿鎖在我的抽屜裡，但你沒跟我拿鑰匙。六，這麼說來，你是不打算進行這筆投資了。」

「眞是簡單到荒謬的程度！」我叫道。

「可不是！」他的語調微帶怒氣，「當我對你解釋之後，這一切看起來就變得無比幼稚。不過這裡有個還沒解決的問題，你看看有什麼想法，老友華生。」他丟了張紙在桌上，轉身繼續做他的化學分析。

我詫異地看著紙上荒謬不可解的象形符號。

「嘿，福爾摩斯，這是小孩的塗鴉嘛。」我叫道。

「哦，那是你這麼認爲。」

「那還可能是什麼？」

「這也是諾福克郡萊丁郈莊園的希爾頓．裘畢先生急於得知的。這個小謎題是跟著今天第一班郵件

1 福爾摩斯十分熱衷化學實驗，他與華生醫生第一次在一間醫院的實驗室碰面時，就是在進行與刑案偵察相關的血跡測試。福爾摩斯進行的實驗往往在他人眼中顯得古怪，例如為了想知道死者身上的瘀青情況與死亡時間長短的關係，便會一個人在解剖室中揮棍搥打動物的屍體——難怪在遇到華生之前，福爾摩斯遲遲找不到願意與他一塊分擔房租的室友。

2 在福爾摩斯探案故事中，由於華生醫生是事件的記錄者，除了在《暗紅色研究》一開始提及自己擔任軍醫的過去外，讀者對華生的認識實在少得可憐——感覺上這人似乎比福爾摩斯還要孤僻？終於，我們在此透過福爾摩斯的敘述，得知華生有個老朋友瑟斯頓，以及喜愛打撞球這項興趣。

送來的，他會搭下一班火車前來。門鈴響了，華生，沒意外的話，我想來的人就是他了。」

一陣沉重的腳步聲沿著階梯往上傳，過了一會兒，一位身材高大、氣色紅潤、臉上刮得乾淨清爽的紳士走進門來，他清澈的雙眼和紅潤的雙頰顯示他生活在遠離貝克街的濃霧之處。他進門時，彷彿也將東海岸強勁、清新、令人振奮的空氣帶了進來。和我們握過手後，他正預備坐下時，看到剛才被我檢視過後，放在桌上那張畫滿奇怪記號的紙。

「福爾摩斯先生，你怎麼看待這東西？」他大叫出聲，「有人說你喜歡這類怪異的神祕事件，我想你找不到比這更奇怪的事了。所以我先把這紙張送來，讓你在我來之前有時間先行研究。」

「這確實是件奇怪的作品。」福爾摩斯說：「由一群橫跨紙面的可笑跳舞小人構成的記號，乍看之下很像是幼稚的惡作劇。你爲何認爲這古怪的東西有任何重要性呢？」

「我是不覺得，福爾摩斯先生，但我太太卻這麼想，她快被這東西嚇死了。她什麼都沒說，但我從她眼中能看出那份恐懼。這也是爲何我要把這事查個清楚的原因。」

福爾摩斯把那張紙拿起來對著陽光，這是張從筆記本上撕下的紙，那些符號是用鉛筆畫的，看起來就像這樣：

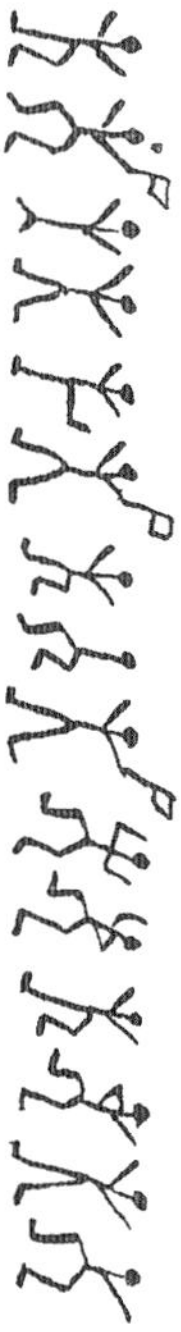

福爾摩斯研究了一會兒，接著小心把紙折好，夾進隨身筆記本中。

「這將是個極爲有趣且不尋常的案子。」他說：「希爾頓・裘畢先生，你在信中說了這案子的一些特別之處，如果你能爲我的朋友華生醫生再說一次，我會十分感激。」

「我不太會說故事，」我們的訪客說著，一面緊張地握緊又鬆開他巨大有力的雙手，「有不清楚的地方你們可以隨時發問。我就從我去年結婚的事說起。我得先說明，我算不上有錢人，但我的家族在萊丁郅已有五個世紀的歷史，諾福克郡沒有比我們更出名的家族。去年，我來倫敦參加女王加冕五十週年慶典，順道去羅素廣場的寄宿公寓探望我們教區的帕克牧師。那裡有位年輕的美國女士，她叫艾珥西・派崔克，我們不知不覺成了朋友，到我預計停留的一個月將屆之時，我已完全沉浸在愛情之中。我們低調地註冊結婚，以夫妻身分回到諾福克郡。你可以想見這有多瘋狂，福爾摩斯先生，一個出身有名望的古老家族男人，在不知對方過去及家族的狀況下，就這樣與一個女人結婚，但只要見過並認識她，你就會了解這一切。

「她，艾珥西，在這點上對我非常坦白。只要我願意，她不會阻止我查明一切。『我的生命中有過一些不愉快的經歷，』她說：『我希望能忘了這一切。我希望能夠不再提起過去，那對我來說非常痛苦。希爾頓，如果你要娶我，你不會娶到一個對她的過去感到羞恥的女人，可是你必須相信我，在我成為你的人之後，允許我對過去之事保持沉默。如果這個條件對你來說太難，那你就回諾福克去，讓我回到遇見你之前的寂寞生活吧。』這些話是我們結婚前一天她對我說的。我告訴她，我願意照她的條件接受她，而我也一直遵守這個諾言。

「我們結婚至今已經一年，一直過得非常快樂。大約一個月前，也就是六月底時，我看見問題出現的第一個徵兆。有一天，我太太收到一封美國寄來的信，我看見上面貼了美國郵票，她的臉色突然變得慘白，讀完信後立刻丟入火中。事後她對這事一字不提，而我因為承諾過，所以也完全沒問。從那之後她就一刻再也不得寧靜，臉上總是帶著一抹恐懼，彷彿在等著什麼事情發生。如果她能信任我，那麼她將會發現我是她最好的朋友，但在她開口之前，我什麼也不能說。福爾摩斯先生，我要說的是，她是個忠實的女人，不管她過去有過什麼樣的麻煩，那絕不會是她的錯。我只是個單純的諾福克鄉紳，可是全英國沒有人比我更重視家族名譽，這點她也知道，而且在嫁給我之前就非常清楚。她絕對不會讓我的家族聲譽受到玷汙，這點我非常確定。

「好，現在要來到故事中古怪的部分了。大約一星期後，也就是上星期二，我在窗台上發現一些像這張紙上的可笑跳舞小人，那是用粉筆畫的。我以爲是馬僮畫的，不過那小伙子發誓完全不知道這是怎麼回事。總之，有人在晚上把那畫了上去，我叫人將它洗掉，事後才對我太太提起這件事。出乎意料地，她的反應非常嚴肅，對我說如果這些圖案再出現時，一定要讓她看到。一星期平靜地過去了，然後昨天早上我在花園的日晷上發現了這張紙。我拿給艾珥西看，她卻立刻昏死過去。從那之後，她整個人就像在夢中半帶恍惚，眼底藏著恐懼。我就是在那時候寫信並將那張紙條寄給你，福爾摩斯先生。我沒辦法拿這件事去報警，他們只會把這當成笑話，但你一定能告訴我該怎麼辦。我不是個有錢人，可是只要有任何危險威脅到我的小女人，我一定會用盡最後一分錢來保護她。」

他是個好人，出身自英國古老的土地，單純、率直而溫和，有對誠摯的藍眼睛和寬闊的俊臉。他對妻子的愛以及對她的信任全寫在臉上。福爾摩斯全神貫注聽完他的故事後，不發一語坐在那裡陷入沉思。

「裘畢先生，難道你不認爲，」最後他終於開口，「最好的辦法就是直接向你太太提出請求，要她把她的祕密告訴你？」

希爾頓．裘畢搖搖碩大的腦袋。

「承諾就是承諾，福爾摩斯先生。如果艾珥西想告訴我，她就會說。如果她不想說，我也不會逼她說出來。但我會找到自己的辦法，我會的。」

「那麼，我會盡力幫助你。首先，最近你家附近有沒有陌生人出沒？」

「沒有。」

「我想那裡應該是很安靜的地方，有生面孔出現的話就會引發議論吧？」

「是的，我家附近是這樣沒錯，不過不遠處有些小型療養溫泉，那裡的農家可以讓人寄宿。」

「這些象形符號顯然是有意義的，如果只是隨手亂畫，那就不可能解開這謎題。換個角度來說，如果這是有系統的符號，那我們就必然能夠解開。可是這段符號太短，我無計可施，而你所說的事實又不夠確定，我們無法據此展開調查。我建議你先回諾福克，密切注意，只要有新的小舞人出現你就依樣畫下來。我們沒有窗台上那些用粉筆畫的符號複本眞是太可惜了。另外，也請你私下打聽最近在你家附近出沒的陌生人，等你手上握有新證據時再回來找我。這是我能給你最好的建議，希爾頓．裘畢先生。如果事情有任何急迫的新發展，我會隨時到你諾福克郡的家去。」

結束這趟來訪之後，福爾摩斯便陷入沉思，接下來幾天中，我看到他幾度從筆記本中拿出那張紙，認眞地久久盯著上面畫的奇怪人形符號。他也沒再提到這件案子，直到約兩週後某天下午，我正要出門，他卻把我叫了回來。

「你最好先留下，華生。」

「爲什麼？」

「今天早上我收到希爾頓．裘畢的電報。你還記得希爾頓．裘畢吧？小舞人符號？他一點二十分會到利物浦街車站，隨時會到這裡。從他的電報中，我得知事情有了些重要進展。」

我們沒等多久，這位諾福克鄉紳一到車站，就以最快速度搭馬車過來。他看起來既憂心又沮喪，雙眼疲憊不堪，緊蹙的眉頭在額上堆起深刻的皺紋。

「福爾摩斯先生，這件事實在把我弄得神經緊張，」他疲憊地倒進扶手椅時說：「光是感覺到周圍有個看不見而又不認識的人對你別有意圖就夠糟了，再加上知道這事正一吋吋啃噬著你的妻子，到最後那已不是血肉之軀所能承受。這件事不但折磨著她，還讓我眼睜睜看著她被折磨殆盡。」

「她透露了任何事嗎？」

「沒有，福爾摩斯先生，她還是沒說。這可憐的女孩好幾次想要說，終究沒辦法開口。我曾試著幫她，想來是做得太笨拙，把她嚇得又退縮回去。她談到我的古老家族、我們在郡內的名聲，以及引以爲傲的清白家聲，每次我都以爲就要談到主題了，卻不知怎地總會離題。」

「不過你找到一些線索了？」

「找到好一些，福爾摩斯先生。我這裡有幾幅新的小舞人圖案讓你研究，更重要的是，我看到了那個人。」

「什麼？作畫的那個人？」

「是的，他正在畫的時候被我看到了，不過我還是依序告訴你吧。就在我上次拜訪過你之後，隔天早上我看到的第一件東西就是另一組新的小舞人。它們被人用粉筆畫在工具棚的黑色木門上，那棚屋在草地旁，從主屋的前窗就能看到。我依樣畫了下來，就在這裡。」他把一張折起的紙打開，放在桌上。

這就是那組符號的樣子：

「太好了！」福爾摩斯說：「棒極了！請繼續。」

「我畫完這組圖形後，就把它們擦掉，兩天後的早上，又有一組新的圖形出現。我畫在這裡。」

福爾摩斯搓著雙手，高興得咯咯笑了起來。

「資料突然就這樣累積起來了。」他說。

「三天後，又有一張紙畫著潦草的訊息，用石頭壓在日晷上。就是這個。你看，那小舞人和前一張完全一樣。在這之後，我決定等他出現。我拿出左輪手槍，坐在書房裡，那裡可以看到草坪和整個花園。到了淩晨兩點，我坐在窗邊，除了外面的月光，屋內一片漆黑。我聽到身後有腳步聲，結果是我太太穿著睡袍走來。她求我回到床上，我坦白對她說，我要看看到底是誰在對我們玩這種幼稚的把戲。她卻說這只是無聊的惡作劇，我根本不用理會。

「『希爾頓，如果這事眞的讓你心煩，我們可以出去旅行，就你跟我，避開這些騷擾。』

「『什麼！要我因爲一場惡作劇離開自己的家？』我說：『哼，這麼一來，我們可會成了全郡的笑柄。』

「『好了，回床上來吧，』她說：『我們明天早上再討論這件事。』

「突然間，就在她說話時，我看到她白皙的臉在月光下變得更加蒼白，搭在我肩上的手變得緊繃。工具棚的陰影中，有個東西正在移動。我看到一個黑暗鬼祟的形影正爬過棚屋轉角，蹲踞在門前。我抓起左輪手槍衝了出去，我太太卻伸出雙臂，用突如其來的力量抱住我。我想把她甩開，她卻死命纏著，等我掙脫她，開門衝到棚屋邊，那東西已不見了。他留下來過的痕跡，因爲門上有和我前兩次畫下排列方式相同的小舞人。我四下查看，他沒再留下任何蹤跡。讓人驚訝的是，他一定一直待在附近，因爲隔天早上我再檢查那扇門時，他在我昨天看到的那行圖形下方又加上一些訊息。」

「你手上有最新的那幅圖嗎？」

「有的，非常短，我畫了下來。就是這個。」

他再拿出一張紙，新的小舞人是這樣的：

「告訴我，」福爾摩斯說——我從他眼中看得出他現在非常興奮——「這是連在原來的圖形後面，還是完全分開？」

「這是畫在另一扇門上。」

「太好了！這是我們手上所有圖案中最重要的一組。我現在充滿了希望。好了，裘畢先生，請繼續你精采萬分的敘述。」

「我沒別的可說了，福爾摩斯先生。除了那晚後來我很氣我太太拉住我，以致於抓不到那鬼鬼祟祟的無賴。她說那是因爲怕我受到傷害，但我腦中突然有個念頭掠過，也許她害怕的是我傷了他。她無疑知道這人是誰，也知道那些古怪符號的意思。福爾摩斯先生，是她的語調以及眼中的神色止住了我的疑慮，讓我確認她是眞正擔心我的安危。整件事的經過便是如此，現在我需要你的建議，告訴我該怎麼做。我的想法是，去找幾個在我農場上工作的小伙子躲在灌木叢裡，等那傢伙出現時給他一頓好打，這樣以後他就不敢再來騷擾我們了。」

「我怕這麼簡單的方式，解決不了這件深奧的案子。」福爾摩斯說：「你在倫敦待多久？」

「我今天就得回去，我不可能放我太太整夜一個人在家。她非常緊張，並求我馬上回去。」

「我敢說你是對的，但如果你能留下，也許一、兩天後我可以和你一起回去。現在你先把這些紙留給我，短時間內我應該就能過去，爲這案子找出一些方向。」

直到我們的訪客離開爲止，福爾摩斯一直保持冷靜的職業風範，不過我對他是如此熟悉，輕易便能看出他其實十分激動。一等希爾頓・裘畢寬闊的背脊消失在門框外，我的同伴立刻衝向桌邊，將所有畫了小舞人的紙張擺在面前，投入精細複雜的計算。兩個小時中，就看他在一張又一張紙上畫著人形或寫著字母，完全專注在工作中，顯然忘了我的存在。有時若是取得進展，他便邊工作邊吹起口哨或唱歌。有時若被謎題困住，就會緊皺眉頭，眼神空洞，久久坐著不動。最後，他從椅子上一躍而起，滿意地發出歡呼，在屋裡不停踱步，一面摩搓雙手。接著他寫了封很長的電報。「華生，如果答案正如我所預期，你就又多了個有趣的案子可寫了。」他說：「我期待明天能去諾福克郡一趟，爲我們這位朋友令人煩惱的祕密帶一些確實的消息過去。」

我承認自己現在充滿好奇，但我知道福爾摩斯喜歡在他中意的時刻，以他喜歡的方式說明一切，所以我等著他到了認爲適當的時機，再告訴我他的祕密。

可是這封電報遲遲沒有得到回覆，福爾摩斯豎著耳朵留意每一次門鈴聲，焦急不耐的兩天就這樣過去了。第二天傍晚，希爾頓・裘畢寄了封信來：家中一切平靜，只除了今天早上出現在日晷底座的一長串符號。他畫了一份附在信中，圖形如下：

福爾摩斯彎身盯著這組古怪的帶狀圖形看了幾分鐘，然後一躍而起，發出混雜著驚訝與不悅的叫聲，臉上滿是焦慮。

「我們拖太久了，」他說：「今晚有火車到北威爾善嗎？」

我翻開列車時刻表，最後一班車剛開走。

「那我們明天早點吃早餐，搭早上第一班車過去。」福爾摩斯說：「我們必須盡快趕去。啊！我們期待的電報來了。等等，哈德遜太太，我可能要順便回覆。不，和我想的一樣。這訊息讓我們更不能浪費時間，必須立刻讓希爾頓・裘畢知道現況如何。我們這單純的諾福克鄉紳，纏上的是張奇特且危險的羅網。」

最後證明事實確是如此。當這個最初看來只是幼稚古怪的故事來到最後的黑暗結局時，我再次經歷了當時感受到的驚惶與恐懼。我也許該給讀者一個較為光明的結局，但這是事實的記錄，因此我必須對這一連串奇異事件所導致的黑暗危機依序陳述。這結局最後讓萊丁郵莊園在很長一段期間內成了全英國上下皆熟知的一個名詞。

我們剛到北威爾善，問了我們的目的地，站長便匆匆走向我們，「我想你是倫敦來的探長吧？」他說。

福爾摩斯臉上掠過一抹惱怒的神色。

「你怎麼會這麼認爲？」

「因爲諾威治的馬丁探長剛經過。還是你是外科醫生？她還沒死，或者該說最後的消息是這樣。你可能趕得及救她一命，不過救了也只是送她上絞刑台而已。」

福爾摩斯的臉色因焦慮而變得陰沉。

「我們要去萊丁邨莊園，」他說：「但還不知道那裡發生了什麼事。」

「整件事太可怕了，」站長說：「他們都被槍殺了，希爾頓．裘畢先生和他太太，她先殺了他然後再自殺——這是僕人說的。他已經死了，她也性命垂危。唉，老天，這諾福克郡最古老、名譽最好的家族啊。」

福爾摩斯一語不發趕向馬車旁，在七哩長的路程中也仍舊沒有開口。我極少看他如此沮喪。從城裡出發後，一路上他一直很不安，我看到他在焦慮中把早報拿出來看，最擔心的事突然成眞讓他憂鬱地陷入沉思。他靠向椅背，迷失在陰鬱的思索中。我們身邊有許多值得注意的事物，我們正經過一片與其他英國鄉間截然不同的景色，零星的房舍顯示本地的人口稀少，在一片平坦的翠綠大地上，聳立著巨大的教堂高塔，訴說著古代東英格蘭繁榮昌盛的過往。最後，在諾福克海岸的綠色原野邊緣外，是淡紫色的日爾曼海。車伕用馬鞭指向樹叢後方露出的兩堵由磚頭和木材築成的山形牆，「那就是萊丁邨莊園。」他說。

我們的馬車來到莊園的拱型大門前，我看向前方，除了網球場草地外，就是與我們有著特別關聯的黑色工具棚屋與日晷台。有個短小精悍的男子從高座馬車上下來，動作矯捷靈活，鬍鬚還上了蠟。他自我介紹是諾福克警局的馬丁探長，當聽到我同伴的名字時，他的表情十分驚訝。

「啊，福爾摩斯先生，案件是凌晨三點左右發生的，你在倫敦是如何得知並如此迅速來到此地？」

「這件案子在我預期之中，我來就是想阻止它發生。」

「那你必定有某些非常重要但被我們忽略的證據，因爲人人都說他們是對十分相愛的夫妻。」

「我只有關於跳舞小人的證據，」福爾摩斯說：「稍後我會對你解釋。如今，既然已來不及阻止這悲劇，那我就務必要用掌握的線索讓正義得以伸張。你願意讓我一同協助調查，還是寧願讓我單獨行動？」

「很高興能與你一起工作，福爾摩斯先生。」探長誠懇地說。

「既然如此，我想聽取所有資料，並盡快檢驗命案現場。」

馬丁探長客氣地讓我的朋友依自己的方式行事，並滿意地仔細記下結果。而本地醫生，一個滿頭白髮的老人剛從希爾頓．裘畢夫人的房間走出，報告說她傷得很重，但不一定會死。子彈從她的前腦穿過，目前她可能要花很長一段時間才能恢復意識。問到她是被人槍殺或舉槍自殺，他則不願太快下定論。不過子彈確實是近距離發射，房間裡只找到一把槍，其中兩個彈膛已經空了。希爾頓．裘畢先生被子彈擊中心臟，至於是他先對她開槍後再自殺，或者她才是凶手，那把左輪手槍落在兩人之間，因此兩者的可能性幾乎相等。

「他被移動過嗎？」福爾摩斯問道。

「除了那位女士，我們沒有移動任何東西。我們不可能讓她這樣負傷躺在地上。」

「你到這裡已經多久了，醫生？」

「我是四點鐘到的。」

「房裡還有其他人嗎？」

「有的，就是這位警官。」

「你碰過任何東西嗎？」

「沒有。」

「你處理得相當謹慎。是誰找你來的？」

「是女僕桑德絲。」

「現場是她發現的嗎？」

「是她和廚師金恩太太。」

「她們現在在哪裡？」

「我想應該是在廚房。」

「那我們應該立刻聽聽她們的說法。」

有著橡木壁板和高窗的老舊大廳現在成了臨時調查庭。福爾摩斯坐在一張老式大椅子上，無情的眼睛在他憔悴的臉上炯炯發光。我能從那對眼中讀出，他已決定投入一生之力，直到能爲那來不及拯救的客戶復仇爲止。外表整潔俐落的馬丁探長、頭髮灰白的鄉村老醫生、我自己，以及一位冷漠的鄉下警察，便是這一夥奇特團體的其他成員。

兩位女子清楚敘述了她們的故事。她們在睡夢中被一記爆裂聲驚醒，大約一分鐘後又聽到第二聲。她們睡在兩間相連的房間，於是金恩太太跑到桑德絲房中，然後兩人一起下樓。書房的門開著，桌上燃著一支蠟燭。她們的主人面朝下趴在書房中央，已經死了。他的妻子蹲在靠近窗口處，她的頭靠著牆，受了重傷，半邊臉被血染紅，呼吸粗重已無法說話。走廊和書房裡充滿硝煙與火藥味。書房窗戶是關上的，而且已從內部鎖上，兩位女子對於這點都很確定。她們立刻找了醫生與警察過來，然後在馬伕與馬僮的協助下，將受傷的女主人送到她房間。床鋪已被她和丈夫睡過，她穿著睡衣，他則在睡衣外加了件晨袍。書房裡沒有東西被動過，就她們所知，這對夫婦之間從未有過不和。她們一直認爲這兩人是極爲相愛的一對。

這些就是女僕的證詞要點。回答馬丁探長的偵訊時，她們十分確定所有的門都是從內部鎖上，無人能夠逃出屋外。回答福爾摩斯的問題時，她們也都記得從她們走出頂樓房間時就聞到火藥味。「我要你特別留意這個事實。」福爾摩斯對他的同行說：「現在，我想我們應該要把那房間徹底檢查一遍。」

書房是個很小的房間，有三面牆都是書，有張書桌對著一扇可以望向花園的普通窗戶。首先我們把注意力集中在這位不幸鄉紳的屍體上。他高大的軀體橫過整個房間，凌亂的衣著顯示他是匆忙間從睡夢中醒來，子彈從正面擊中他，打進心臟後仍留在體內。他想必是當場死亡，沒受太多痛苦。他的晨袍和手上都沒有火藥的痕跡，根據鄉村醫生說，這位女士臉上有火藥痕，但手上沒有。

「手上沒有火藥痕不代表什麼，有火藥痕的話就有很多種可能。」福爾摩斯說：「除非碰上裝塡不當的子彈，造成火藥向後噴出，否則一個人有可能開了很多槍，手上一樣沒有火藥痕。我建議可以移動裘畢先生的遺體了。醫生，我想你還沒取出女士身上的子彈？」

「在那之前必須先做一連串重大手術。左輪手槍裡還有四顆子彈，擊發兩顆，也有兩人被擊中，所以射出的子彈都找齊了。」

「看來的確如此。」福爾摩斯說：「也許你可以再把明顯擊中窗戶邊緣的那顆子彈算進來？」

他迅速轉身，瘦長的手指指向下方窗框離底部約一吋高被鑽出的一個小洞。

「我的天哪！」探長叫了出來，「你是怎麼看到的？」

「因爲我一直在找它。」

「太神奇了！」鄉村醫生說：「你是對的，先生。有人開了第三槍，所以有第三個人出現過。那會是誰？又是怎麼逃走的？」

「這是我們現在要解決的問題。」福爾摩斯說：「馬丁探長，你記得當兩位女僕說，她們一走出房間就立刻聞到火藥味時，我說這點非常重要嗎？」

「是的，先生，但我承認當時不太懂你的意思。」

「這表示開槍時書房的窗戶和門都開著，否則火藥味不會這麼快就傳遍整間屋子。書房裡必定有個通風口，然而門和窗都只開了很短的時間。」

「你要如何證明？」

「因為蠟燭沒被吹熄。」

「太妙了！」探長叫道，「太妙了！」

「由於很肯定悲劇發生時窗戶開著，所以我想這案子裡應該有第三個人，就站在打開的窗外向內射擊，朝這第三個人射擊的子彈便很可能擊中窗框。我看了一下，沒錯，那是個彈孔！」

「可是窗戶又是如何關上並鎖住？」

「女人的本能反應一定是關上窗子並鎖上。但是——啊，這是什麼？」

有個女用手提袋靠在書桌旁，是個鑲銀邊的小型鱷魚皮包。福爾摩斯打開皮包，倒出其中物品，裡面是二十張用橡皮筋綑起的五十鎊英國銀行紙鈔，此外沒有其他東西。

「這要收起來，審判時會用到。」福爾摩斯將皮包與內容物交給探長時一面說：「現在我們得試著找一下第三顆子彈所帶出的線索。從木頭碎裂的情形看來，子彈明顯是從屋內發射。我得再跟廚師金恩太太談談。金恩太太，你說你是被很大的爆裂聲吵醒。你這麼說，是不是指第一聲爆裂聲比第二聲響？」

「嗯，先生，我當時剛從睡夢中被吵醒，所以很難判斷，但感覺的確很大聲。」

「你不認為那是幾乎同時發射的兩聲槍響嗎？」

「我不敢確定，先生。」

「我相信是這樣。馬丁探長，我想這房間已經找不出什麼新線索了。如果你願意跟我一起走走，也許我們能在花園裡找到什麼新證據。」

書房窗外是一片向外延伸的花圃，我們走近時，不由得一同發出驚呼。花叢已被踩得一片狼藉，泥土上到處都是腳印，那是雙巨大強壯的腳，並有長而尖的鞋頭。福爾摩斯在草皮與落葉間搜尋，就像隻追蹤受傷鳥兒的獵犬，接著他發出滿足的叫聲，彎身撿起一個黃銅色小圓管。

「我就知道，」他說：「那把左輪槍有退彈器，這就是第三個彈殼。馬丁探長，我眞的認爲我們的案子就快破了。」

這位鄉村探長的臉因爲福爾摩斯巧妙而快速的調查，露出了極爲詫異的神情。剛開始時他還想表示自己的立場，現在他已完全臣服於福爾摩斯之下，隨時準備毫無疑問地跟從他。

「你認爲是誰幹的？」他問。

「我稍後再談這個。關於這個問題，有幾個疑點我還未能解釋。現在已經查到這裡，我最好照自己的方式繼續下去，最後再把整個案子一次釐清。」

「只要能抓到我們要找的人，就如你所願吧，福爾摩斯先生。」

「我不是故作神祕，但現在不適合做冗長複雜的解釋，而應該先採取行動。我已經掌握這案子的所有線索，就算那位女士永遠無法恢復意識，我們仍能重建昨晚發生的事件，並確保正義得到伸張。首先，我想知道這附近有沒有一間叫『艾瑞吉』的旅館？」

僕人之間互相詢問，但沒人聽過這地方。這時馬僮說他記得往東魯斯頓方向走個幾哩，有個農家就姓艾瑞吉。

「那是個偏僻的農場嗎？」

「非常偏僻，先生。」

「也許他們還不知道昨晚這裡發生的事吧？」

「也許還不知道，先生。」

福爾摩斯思索了一會兒，臉上露出古怪的笑容。

「小子，去備匹馬，」他說：「我想要你送封信到艾瑞吉農場。」

他從口袋中拿出幾張畫著小舞人的紙。他把這幾張紙攤在面前，在書桌上寫了好一會兒，最後把紙拿給那男孩，交待一定要把信交給指定的收信人，特別記住不要回答對方的任何問題。我看到紙條外面的地址，字跡非常潦草凌亂，完全不像福爾摩斯平時一板一眼的字跡。這封信指定送到諾福克郡東魯斯頓的艾瑞吉農場，給亞柏・史蘭尼先生。

「探長，我想，」福爾摩斯說：「你最好打電報找個警衛過來，如果我的盤算正確，你有可能要送個非常危險的犯人到郡立監獄。送信的男孩一定可以順便幫你發電報。華生，如果下午有開往城裡的火車，我想我們最好搭這班車回去。這趟調查很快就要結束，我還有些很有意思的化學分析得做。」

當那年輕人去送信後，福爾摩斯向僕人交待：如果有訪客要見希爾頓・裘畢夫人，不要讓人知道她目前的狀況，並立刻將訪客帶進客廳。最後他萬分鄭重地再三叮嚀，然後率先走進客廳，說事情現在不在我們掌握之中，只有先打發時間，看看會如何發展。於是醫生出去看診，現在就只剩探長和我。

「我想，我能用一種有趣又有益的方法來幫你們打發一個小時的時間，」福爾摩斯說著，拉了張椅子到桌前，把畫著滑稽小舞人圖形的紙在桌上排開來，「對於你，老友華生，我要爲了讓你的好奇本性拖延這麼久才得到滿足致上萬分歉意。至於你，探長，這整件事可以作爲一次十分特殊的專業研究。但我得先告訴你，這個有趣的狀況與之前希爾頓・裘畢先生數次來貝克街與我商談有關。」然後他簡短敘述之前記下與本案相關的事實，「在我面前這些古怪奇特的作品，如果不是一齣悲劇的預兆的話，也許會讓人發笑。我熟悉所有祕密書寫系統，自己也忝爲一篇相關主題無聊小論文的作者。論文中我分析了一百六十種不同的密碼，但我得坦言自己完全沒見過這種。發明這個系統的人顯然想利用這種表面上看來像小孩動作的符號，代替字母來傳達訊息。

「一旦知道這些符號代表的是字母，並以所有祕密書寫的一般原則加以應用，就很容易解答了。第一個訊息太短，因此除了確定這符號代表的是E之外，其他就不可能多知道什麼。正如你們所知，E是英文中最常用的字母，即使在很短的句子中，它也是最常出現的。第一個訊息的十五個符號中就有四個相同，所以把它設定爲E是很合理的。雖然這些符號中有的有面旗子有的沒有，但以旗子分布的情況來看，很可能是用來分隔句子中的單字。於是我接受這種假設，認定E是用來表示。

「接著眞正的困難來了，在E之後，英文字母的出現比例順序就不那麼明顯。在一頁普通的印刷文字中，字母的出現比例與一個短句大不相同。大致上，字母出現的比例高低依序爲T、A、O、I、N、S、H、R、D和L。但T、A、O和I的出現比例不相上下，如果要用它們測試不同的排列組合，並找出一個有意義的字，那幾乎是不可能的任務，所以我需要等待新的資料。我第二次與希爾頓·裘華先生見面時，他給了我兩個短句和一個訊息。由於這訊息中沒有旗子，看來是一個單字，就是這張符號。現在，在這五個字母的單字中，我已知道第二和第四個字母是E。所以這個字可能是SEVER（分裂）、LEVER（槓桿）或NEVER（絕不）。無疑地，最後一個單字最有可能。就情況來看，這應該是那位女士的回覆訊息。如果這假設正確，那我們就知道這三個符號對應的是N、V和R。

「即使到了現在，對我來說仍然相當困難，不過一個愉快的念頭使我找到另外幾個字母。我想到，如果這些請求的訊息如我所想，是來自這位女士早年生命中的一位親近人士，那麼頭尾是E而中間夾著三個字母的單字就非常可能是ELSIE（艾珥西）。檢查所有訊息後，發現那個重複出現三次的訊息結尾用的就是這個字。因此這訊息就是向艾珥西請求某件事。這樣我就找到了L、S和I。但這是什麼樣的請求呢？在艾珥西之前的單字是四個字母，而且字尾是E，那這個字當然就是COME（來）了。我試了其他字尾是E的四字母單字，但都無法產生意義。現在我又有了C、O和M。於是我再次試解第一個訊息，把單字分開，還未解開的符號先以黑點代替。所以第一個訊息就成了：

●M ●ERE ●●E SL●NE●

「現在，第一個字母只能是A，這是最有用的發現，因爲光在這短句中，這符號就出現了三次。第二個單字中的未知字母顯然就是H。這句子現在成了：

AM HERE A●E SLANE●

再將空白的字母補上，那顯然是個人名：

AM HERE ABE SLANEY（我在這裡，亞柏・史蘭尼）

我已經知道這麼多字母，現在就有信心去解第二個訊息，它是：

A● ELRI●ES

這裡我只能補進T和G才有意義，這應該是訊息發送者所在的房屋或旅館名。」（AT ELRIGES 在艾瑞吉）

馬丁探長和我全神貫注聽著我朋友清楚明白地敘述他是如何克服困難，找到完全正確的答案。

「之後你又做了什麼，先生？」探長問道。

「我有十足充分的理由相信這位亞柏・史蘭尼是美國人，因爲亞柏（Abe）是個美國名字的縮寫，整件麻煩就起於一封來自美國的信件。我也認爲這整件事中藏著某種罪惡的祕密。這位女士曾提到她的過去，而她又拒絕將祕密告訴丈夫，這一切都指向一個方向。我因此發電報給我的朋友，紐約警察局的威爾森．哈葛瑞夫，我曾不只一次用我對倫敦犯罪圈的知識協助他辦案。我問他知不知道亞柏．史蘭尼這名字，這是他的回覆：『芝加哥最危險的惡徒。』就在我收到這封覆電的傍晚，希爾頓．袞畢也送來史蘭尼發出的最新訊息。用目前已知的字母，解出來的是：

ELSIE ●RE●ARE TO MEET THY GO●

塡進P和D，讓訊息變得完整後（ELSIE PREPARE TO MEET THY GOD　艾珥西，準備去見你的上帝吧），我看出這惡棍已由說服轉爲威脅，而我得到關於芝加哥惡徒的訊息後，知道他會很快採取行動，於是立刻與朋友兼同事華生醫生來到諾福克。不幸的是，最糟的狀況已經發生。」

「很榮幸能與你共同處理這案子，」探長熱切地說：「很抱歉，我必須坦白說，你只需面對自己，但我得對上司負責。如果這位住在艾瑞吉家的亞柏．史蘭尼確實是兇手，他卻在我坐在這裡時逃走，那我的麻煩就大了。」

「你無須爲此不安，他不會逃走的。」

「你怎麼知道？」

「逃走就等於承認有罪。」

「那我們就去逮捕他吧。」

「他隨時都會過來。」

「他爲何要過來？」

「因爲我寫信要求他來。」

「這是不可能的，福爾摩斯先生！他怎會只因你要求就過來？這樣的要求不會引起他懷疑並逃跑嗎？」

「我想我知道要怎麼寫這封信。」福爾摩斯說：「事實上，如果我沒弄錯，這位先生正從車道上走過來呢。」

有個男人正從通往前門的小徑大步走來。他是個高大、英俊而黝黑的男子。他身穿一襲灰色法蘭絨西裝，頭戴巴拿馬草帽，下顎蓄著一叢黑色鬍鬚，有個凶惡的鷹鉤鼻，邊走邊揮著手杖。他昂首闊步走來，彷彿這是他的地方，接著我們聽到他按下響亮自信的門鈴聲。

「各位先生，」福爾摩斯低聲說：「我想我們最好先在門後就位，對付這種人，必須小心爲上。探長，準備好你的手銬，我來對付他。」

我們在沉默中等了一分鐘——那是你永遠忘不了的一分鐘。接著門開了，那男人走了進來。下一瞬間，福爾摩斯抽出手槍抵住他的頭，馬丁探長將手銬銬上他的手腕。這一連串行動敏捷俐落，等這傢伙轉過腦筋發現自己被攻擊時，已經無力反抗。他用燃著怒火的黑色雙眼一一掃視我們幾個，然後爆出一串苦笑。

「好啊，各位先生，這下我落入你們手裡，看來是踢到鐵板了。但我是應希爾頓・裘畢夫人邀請前來的，別跟我說這件事她也有份？別告訴我是她設了陷阱要對付我？」

「希爾頓・裘畢夫人現在身受重傷，性命垂危。」

這人悲痛地大聲嘶吼，整間屋子都能聽到他的聲音。

「你們瘋了！」他發狂怒吼著，「受傷的是他，不是她！誰會傷害小艾琪西？我是威脅了她，上帝寬恕我，但我連她美麗頭頂上的一根頭髮都不會去碰。把話收回去，你！說她沒有受傷！」

「她被發現身受重傷倒在死去的丈夫身邊。」

他痛苦呻吟著倒向沙發，把臉埋進銬上的雙手中。他沉默了足足五分鐘，然後再次抬起頭，冷靜而絕望地開口說話。

「各位先生，我對你們沒什麼好隱瞞的，」他說：「如果我射殺了那個對我開槍的男人，那麼這並不能算是謀殺。但如果你們以爲我會傷害那女人，那你們就是既不了解我也不了解她。告訴你們，這世上不會有任何男人愛一個女人超過我愛她的程度。我有權利擁有她。幾年前，她和我有過婚約，這個英國佬憑什麼介入我們之間？我告訴你們，我有對她的優先權，我只是要爭取我的權利！」

「當她發現你是什麼樣的人之後，就離開了你，」福爾摩斯嚴厲地說：「她離開美國就是爲了躲避你，然後在英國嫁給一位名譽高尙的紳士。但你跟蹤她、追著她，讓她的生活痛苦不堪，只爲了讓她拋棄深愛且尊敬的丈夫，跟你這個讓她又恨又怕的人遠走高飛。最後你造成一位高尙之人的死亡，並導致他的妻子自殺。這就是你在這件事中造成的結果，亞柏・史蘭尼先生，你將在法律面前解釋這一切。」

「如果艾珥西死了，那我也不在乎自己會怎麼樣了。」這個美國人說著，攤開一隻手，看著掌中綯成一團的紙條。「但看看這個，先生，」他眼中帶著一抹懷疑叫道，「你們是想用這些話來嚇唬我，對吧？如果這位女士像你說的傷得這麼重，那這張紙條是誰寫的？」他把那紙條丟到桌上。

「是我寫的，那是爲了把你引來。」

「是你寫的？除了我們幫裡的人，世上沒人知道小舞人的祕密。你是怎麼學會的？」

「只要有人能發明，就有人能破解。」福爾摩斯說：「有輛馬車會將你送往諾威治，史蘭尼先生。不過此刻，你還有時間小小彌補你所造成的傷害。你知不知道，希爾頓・袠畢夫人已蒙上謀殺親夫的嫌疑，是因爲我的出現和我擁有的資料，才讓她免於受此控訴？現在你至少可以爲她做的，就是清楚告訴所有人，不管直接間接，她都無須對她丈夫的悲慘結局負責。」

「我也不能再多要求些什麼，」這個美國人說：「我想我現在能夠做的，就是說出完整的事實。」

「我有責任警告你，你所說的任何話都有可能在法庭上作爲對你不利的證詞。」探長根據英國刑法特有的公正原則大聲說道。

史蘭尼聳聳肩。

「我願意冒這個險。」他說：「首先，希望各位先生了解，我從這位女士還是個孩子時就認識她了。我們在芝加哥的幫派共有七個人，艾珥西的父親是我們的首領。老派崔克是個聰明人，這套暗號就是他發明的，除非你知道訣竅，否則看起來就只是小孩的亂塗亂畫。艾珥西知道一點我們的勾當，但她無法忍受這些事。她存了些自己誠實工作賺的錢，避開我們來到倫敦。她曾和我訂婚，本來是會嫁給我的。如果我做的是另一行，我相信她一定會嫁給我。她嫁給這英國佬後不久，我找到了她的下落。我寫信給她，但沒有回音。於是我來到這裡，既然寫信沒用，我就在她看得到的地方留下訊息。

「哎，我來到這裡也有一個月了，住在一座農場，在樓下有自己的房間，每晚都能自由進出，沒有人會知道。我用盡一切方法哄勸艾珥西離開，我知道她讀到了訊息，因爲有一次她在我的訊息下方做了回覆。於是我的脾氣冒了上來，蓋過性格裡好的那一面，並開始威脅她。她送了封信給我，求我離開，並說如果讓她丈夫因此沾上醜聞，她一定會心碎的。她說如果我願意離開，讓她過平靜的日子，她會在凌晨三點丈夫熟睡後，下樓來在後窗前和我談談。後來她確實下樓來，身上還帶著錢，想要我拿了錢然後離開。這讓我開始發怒，抓住她的臂膀想將她拉出窗外。這時她丈夫拿著左輪手槍衝下樓來，艾珥西嚇得縮到地上，剩下我們面對面。我也帶了武器，便舉起槍嚇唬他，想趁機脫身。他對我開了槍，但沒打中，而我幾乎同時扣下扳機，他則應聲倒下。我穿過花園逃走，一面跑一面聽到身後窗子關上的聲音。各位先生，我對天起誓，我說的每一個字都是事實。之後我就沒再聽到任何消息，直到那小子送來這張紙條，讓我像個傻瓜走進這裡自投羅網爲止。」

這個美國人說話時，一輛馬車駛來，兩個制服警員坐在裡面。馬丁探長起身，碰了碰犯人的肩膀。

「我們該走了。」

「能讓我看看她嗎？」

「不行，她還在昏迷中。福爾摩斯先生，眞希望下次碰上重大案件時，還能有幸有你在場。」

我們站在窗前看著馬車駛離。當我轉過身看到犯人丟在桌上的紙團，那正是福爾摩斯所寫，將他引誘前來的紙條。

「華生，來看看你能不能讀懂。」他微笑說道。

紙條上沒寫字，只有一排跳舞的小人：

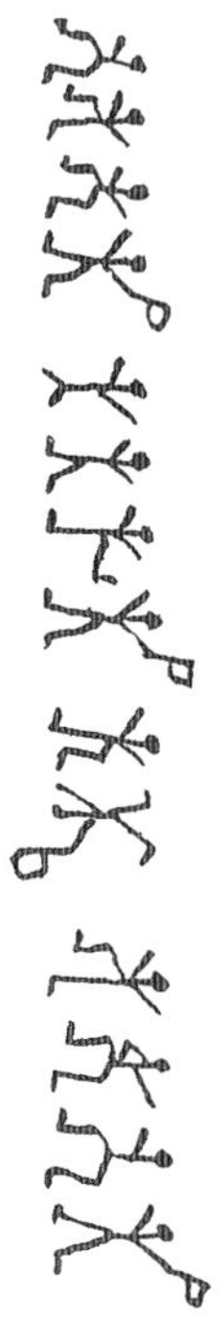

「如果你會運用我剛才解釋的符號，」福爾摩斯說：「你會發現這句就是：立刻前來（Come here at once）。我確信這是個他不會拒絕的邀約，因爲他想不到除了那位女士之外，還有人能寫出這張字條。所以，親愛的華生，我們把這些經常被用來爲惡的跳舞小人改用在正途上了，而我也兌現了讓你有個不尋常的故事以供記錄的諾言。我們的火車是三點四十分，應該能回到貝克街趕上晚餐。」

在結束時還有件要說明的事情就是，那位美國人亞柏・史蘭尼，在諾威治冬季巡迴法庭中被判死刑，但在考慮所有減刑可能以及確認是希爾頓・裘畢先開槍的狀況下，被改爲苦役監禁。至於希爾頓・裘畢夫人，我聽說後來她終於完全康復，但始終寡居，將此生所有精力都投入照顧窮人與經營丈夫的事業中。

## CASE 10

# 六個拿破崙探案

福爾摩斯的蒼白臉頰湧上一陣紅潮，向我們一鞠躬，就像主角對著觀眾的歡呼致意。在這一刻，他有那麼一會兒不再是部推理機器，需要他人崇拜與喝采的人類本性背叛了他。一位朋友發自內心的驚嘆與讚美，竟使他暫時丟開原本蔑視虛名的高傲與內斂。

蘇格蘭場的雷斯崔先生有時會在晚間來訪，他的到訪不算太不尋常，福爾摩斯也頗歡迎他的到來，因爲他可藉此知道警方大本營內的最新狀況。對於雷斯崔帶來的新聞，他總是專注聆聽這位警探經手各式案件的細節，偶爾也會在不直接介入的情況下，從他廣博的知識與經驗中提供一些提示與建議。

這天晚上，雷斯崔談了點天氣與報上的新聞，接著便陷入沉默，若有所思地抽著雪茄。福爾摩斯用犀利的眼神看著他。

「手上有什麼不尋常的案子嗎？」他問道。

「哦，沒有，福爾摩斯先生——沒什麼特別的。」

「那就說來聽聽吧。」

雷斯崔笑了起來。

「啊，福爾摩斯先生，看來否認也沒用，我心裡確實有些事。這事挺荒謬的，我還在猶豫該不該拿出來煩你。不過話說回來，事情雖小，但的確夠奇怪。我知道你對任何異乎尋常的事都很有興趣，可是就我看來，這件事更像華生醫生會有興趣的事。」

「跟疾病有關？」

「是瘋狂，好歹算吧，而且是十分古怪的瘋狂。你大概想不到，時至今日還有人如此痛恨拿破崙一世，以致於看到任何相關形象就要加以破壞。」

福爾摩斯靠向椅背。

「這不是我的管轄範圍。」他說。

「正是，我就是這麼說的。但當這個人闖進別人的屋子，破壞不屬於自己的拿破崙像時，這就從醫生的業務轉爲警方的業務了。」

福爾摩斯再次坐起來。

「竊盜！這有意思多了，讓我聽聽細節吧。」

雷斯崔拿出辦案用的筆記本，藉由上面的資料整理思緒。

「第一個案子是四天前報的案。」他說：「發生在一家叫摩斯．哈德遜的店裡，這是坎寧頓路上一家專賣照片與塑像的店。店裡的助手只是離開店鋪前面一下，當他聽到破裂聲，便立刻跑到前面，發現原本和其他幾座塑像一起放在角落的一座拿破崙石膏頭像被打得粉碎。他立刻跑到馬路上，幾個路過的行人都說看到一個男子從店裡跑出來，但他沒看到任何蹤影，也無法指認這個無賴。這看起來很像是不良少年常做的無聊行爲，他向巡警報案時也這麼認爲。那座石膏像值不了幾先令，整件事似乎幼稚到不值得特別調查。

「第二件案子就嚴重得多，也比較特別，發生在昨天晚上。

「坎寧頓路上，離摩斯．哈德遜這家店幾百碼遠處，住著一位名叫巴尼科特的著名醫生，他的診所是泰晤士河南岸最大的診所之一。他的住處和主要診療室在坎寧頓路，另外還有間手術室和藥房分部在兩哩外的下布里斯頓路。這位巴尼科特醫生是個狂熱的拿破崙擁護者，他的屋裡全是與這個法國皇帝相關的書籍、畫作和紀念品。不久前，他才從摩斯．哈德遜店裡買了兩座法國雕刻家狄凡的著名拿破崙頭像複製品。他把其中一座放在坎寧頓路家中的大廳，另一座則放在下布里斯頓路手術室的壁爐架上。今天早上巴尼科特醫生下樓時，詫異地發現他的屋子昨夜有竊賊入侵，不過除了大廳那座石膏頭像外什麼都沒動。那座頭像被拿出屋外，粗魯地對著花園圍牆砸得稀爛。石膏像碎片就是在牆腳被發現的。」

福爾摩斯搓著雙手。

「這實在很像小說情節。」他說。

「我就想你會對這有興趣，不過我還沒說完。巴尼科特醫生預定十二點鐘要動手術，你能想像他抵達手術室時有多驚訝。他發現窗戶在夜裡被人打開，第二座頭像在擺放處被打得粉碎，房間裡到處都是碎片。但不論是哪個案子，裡面都沒有任何跡象透露一點線索，讓我們得知做出這種惡作劇的究竟是罪犯還是瘋子。福爾摩斯先生，這就是全部的事實經過。」

「這幾個案子很特別，更不用說有多古怪。」福爾摩斯說：「我能否請問，巴尼科特醫生被砸碎的兩座石膏像，是摩斯．哈德遜店裡被砸碎那座的複製品嗎？」

「它們是同一個模子做出來的。」

「這個事實立刻就讓有人出於對拿破崙的痛恨而砸毀塑像的理論站不住腳。想想光在倫敦就有幾百座這位皇帝的雕像，要說是某個反偶像崇拜者一開始就隨機連續選中三座同樣的石膏像下手，的確是太過巧合。」

「嗯，我之前也這麼想，」雷斯崔說：「但換個角度來看，這家摩斯．哈德遜是倫敦這區的石膏像批發商，這三座石膏像又是店裡唯一經年放置的款式。雖然如你所說，倫敦有幾百座他的雕像，但那三座也許是這區裡獨有的拿破崙像，因此當地的狂熱分子就從那開始下手。你怎麼想，華生醫生？」

「偏執狂患者的行爲有無限多種可能，」我答道，「有一種當代法國心理學家稱之爲idée fixe的症狀，患者會執著於某些微不足道的小事，在其他方面卻又表現得完全正常。一個讀過很多拿破崙相關書籍的人，或是家族因當年的戰爭導致遺傳性精神創傷的人，都很可能表現出idée fixe的症狀，且在症狀影響下做出任何瘋狂暴力行爲。」

「這說不通，親愛的華生，」福爾摩斯搖著頭說：「沒有一種idée fixe會偏執到去一一找出這些石膏像的下落。」

「那麼，你要怎麼解釋呢？」

「我不準備解釋，我只是觀察到這位先生的反常行爲中存在某種條理。舉例來說，在巴尼科特醫生家的大廳發出聲音會吵醒其家人，因此他在破壞前將石膏像拿到外面。至於在手術室，比較沒有驚動他人的危險，所以就在原地砸碎。這些事小到可說荒謬，但我想到自己的許多案子一開始也只是微不足道的小事，後來卻發展成經典案例，因此我不敢把任何事理所當然認爲是小事。你還記得吧，華生，亞伯納提家族那件可怕的案子，一開始吸引我注意力的，正是大熱天裡一株荷蘭芹在奶油中下沉的深度。所以，雷斯崔，我不會只把這三座石膏像被砸碎的事當作笑談，如果你能讓我知道這一連串古怪事件的最新發展，我會非常感激。」

我朋友所要求的事件最新發展比預期中來得快，而且比他想像中更具悲劇性質。第二天早上，我正在臥室穿衣，有人輕敲一下房門，接著福爾摩斯走進來，手上拿著一封電報，他大聲唸了出來：

立刻前來，肯辛頓區彼特街一三一號。——雷斯崔

「是什麼事？」我問道。

「不知道——任何事都有可能。我懷疑是那些雕像故事的後續發展，如果是的話，就表示我們這位喜歡破壞偶像的朋友已開始在倫敦另一區展開行動。桌上有咖啡，華生，我已經叫了輛馬車等在門口。」

半個小時後，我們來到彼特街，這裡是繁忙倫敦生活中的一個小小僻靜角落。一三一號就在一排平實低調的高級住宅中。我們抵達時，屋前的圍欄外已湧來一群好奇的民衆。福爾摩斯吹了聲口哨。

「唉呀！至少是件謀殺未遂案。在倫敦，要是沒到這個程度，連報僮都不想搭理。從那傢伙聳起的

肩膀和伸長的脖子，就知道一定是暴力事件。這是什麼，華生？階梯頂部洗刷過了，其他部分卻是乾的。不管怎樣，足跡是夠多的了！啊，雷斯崔在前面窗口，我們很快就會知道是怎麼回事。」

警探臉色凝重地讓我們進屋，領我們進入起居室，裡面有位穿著法蘭絨晨袍的老人，他蓬頭垢面，神情十分激動，正不停來回踱步。雷斯崔向我們介紹，這位就是屋主——中央通訊集團的霍瑞斯・哈克先生。

「福爾摩斯先生，拿破崙像那檔事又來了，」雷斯崔說：「昨晚你似乎對這事很有興趣，現在事情變得非常嚴重，我想你或許會有興趣過來看看。」

「這樣啊，發生什麼變化了？」

「是謀殺。哈克先生，你願意對兩位先生再說一次發生了什麼事嗎？」

那穿著晨袍的老人轉向我們，臉上的表情極度沮喪。

「這事太不尋常，」他說：「我這輩子都在蒐集別人的新聞，現在換成我自己這裡鬧出了大新聞，我卻一頭霧水，煩得連話都沒法好好說。如果我是以記者身分來這裡，我會採訪自己，然後寫個兩欄的報導讓所有晚報刊登。結果我把這條很有價值的新聞一遍又一遍告訴一大堆不同的人，自己卻用不上。我聽過你的名字，福爾摩斯先生，如果你能爲我解釋這古怪的事件，那我也就不嫌麻煩把這故事說給你聽。」

福爾摩斯坐下聆聽。

「這一切似乎都和四個月前我爲了布置這房間而買的拿破崙石膏像有關。那是我在主街車站旁過去兩戶那家哈定兄弟的店裡便宜買來的。我的大部分新聞工作都在晚間進行，經常寫稿寫到清晨。今天凌晨大約三點左右，我坐在頂樓後側的書房裡工作，覺得好像聽到樓下有聲音。我仔細聽，聲音沒再出現，於是我以爲那是外面傳來的聲音。大概五分鐘後，突然傳來一陣恐怖至極的叫聲——那是我聽過最可怕的聲音，福爾摩斯先生，我這輩子都忘不掉了。我滿懷恐懼坐在椅子上過了一、兩分鐘，動都不敢動，然後抓起撥火鉗下樓。當我走進這房間，發現窗子大開，同時也注意到壁爐架上的石膏像不見了。到底是什麼樣的小偷會拿這種東西，我實在不解。那不過是個石膏模子做出的東西，而且根本不值錢。

「你自己也看到了，任何人出了這個窗口，只要跨上一大步就是屋前的台階，顯然小偷就是從這裡跑了。我走過去打開大門，直接踏進外頭的黑暗中，結果差點被躺在那裡的死人絆倒。我跑回屋裡拿了盞燈，看到這可憐的傢伙，脖子上好大一道切口，滿地都是鮮血。他仰躺著，膝蓋彎起，嘴巴恐怖地開著。我作夢都忘不了那樣子。我用力吹響警用哨子，接著我一定是暈了過去，再來就什麼都不知道了，直到發現自己躺在門廊上，有個警察正彎身看著我。」

「哦，那位死者是什麼人？」福爾摩斯問道。

「他身上沒有能證實身分的東西，」雷斯崔說：「你要看屍體的話在停屍間，但目前我們還沒查出什麼線索。他很高，膚色曬得很黑，體格很壯，看來不到三十歲。他的衣著寒酸，可是不像是工人。他身邊的血泊中有把角製握柄的折刀，我看不出那刀是殺他的凶器還是他的武器。他的衣服上沒有名字，口袋裡只有一個蘋果、一些細繩、一張廉價倫敦地圖和一張照片。就是這個。」

這顯然是小型相機拍的快照，所拍的人神情機伶，臉部輪廓像猴子般尖削，還有兩道濃眉，臉部下半怪異地像狒狒一樣往外凸出。

「那座石膏像怎麼了？」福爾摩斯仔細研究照片之後開口問道。

「你來之前我們剛接到消息，石膏像在坎普登莊園路一幢空屋的前院找到了，已經被砸碎。我正要過去看看，你們一起來嗎？」

「當然，但我要先看看這裡。」他檢視了地毯和窗戶，「這傢伙要不是有雙很長的腿，不然就是活動力驚人。」他說：「加上窗戶下方的高度，要爬上窗台並把窗子打開可不容易，爬出來就相對簡單得多。哈克先生，你要跟我們一起去看你殘存的石膏像嗎？」

這位憂鬱的記者坐在書桌前。

「我得爲這件事寫點東西。」他說：「雖然第一刷的晚報就會登出這件事的完整細節了。我還眞走運！你們記得唐卡斯特那次看台倒塌的事嗎？嘿，我是唯一在場的記者，但我工作的報社卻是唯一沒報導這件事的媒體，因爲我嚇得寫不出東西來。現在我又趕不及報導發生在自家門口的謀殺案。」

我們離開這間房間時，聽到他的筆尖在大頁紙上書寫的尖銳沙沙聲。

石膏像碎片的發現地點就在幾百碼外。我們這才首次看到在某個不知名人士心中激起狂熱毀滅恨意的偉大帝王塑像。尖銳的碎片散落在草地上，福爾摩斯撿起幾塊仔細檢視。從他專注而意味深遠的表情，我認爲他已找到某些線索。

「怎麼樣？」雷斯崔問道。

福爾摩斯聳聳肩。

「離答案還遠得很。」他說：「不過——不過——嗯，我們可以根據某些事實來推論。這不值錢的石膏像，在這奇怪的罪犯眼中，比人命的價值更高。這是一點。再來，另一個奇特的事實是，他沒在屋內或是一拿到屋外就把它砸毀，如果他的唯一目的是要毀掉這東西的話。」

「也許他因爲死者的出現慌了手腳，他不知道對方出現的目的爲何。」

「嗯，很有可能。但要請你注意，特別是他在這屋子的花園中砸碎石膏像的位置。」

雷斯崔看著他。

「這是棟空屋，他知道在這個花園不會被人干擾。」

「是的。不過這條街前方還有另一幢空屋，要到這裡必須先經過那幢屋子。他為何不在那裡砸毀就好？畢竟每帶著石膏像多走一碼，被人撞見的風險便增加一分，不是嗎？」

「算了，我放棄。」雷斯崔說。

福爾摩斯指向我們頭頂上方的街燈。

「他在這裡看得見，在那裡就不行。這就是他的理由。」

「唉呀！果真如此，」警探說：「現在我才想起，巴尼科特醫生的石膏像就是在他的紅色檯燈旁砸碎的。那麼，福爾摩斯先生，我們要如何根據這項事實採取行動呢？」

「記住——千萬別忘了，之後我們也許可以從這點導出某個結論。你現在打算怎麼做，雷斯崔？」

「在我看來，最實際的破案方式是先確認死者身分。這應該不難。等我們查出他的身分以及身邊的相關人等，就更容易知道他昨晚在彼特街做了什麼，以及在霍瑞斯·哈克先生家門前的台階上撞見並殺了他的人是誰。你不這麼認為嗎？」

「沒錯，但我不會這樣處理這案子。」

「那你會怎麼做？」

「哦，千萬別讓我影響到你。我建議你照你的想法、我用我的想法各自行動，事後可以互相比較並補充彼此疏漏之處。」

「很好。」雷斯崔說。

「如果你要回彼特街，看到霍瑞斯·哈克先生時幫我告訴他，我大致上已經有了結論。昨晚出現在他屋裡的，是個對拿破崙有妄想症的危險瘋狂殺手。這對他的報導應該會有點幫助。」

雷斯崔直視著他。

「你不是認眞的吧？」

福爾摩斯笑了起來。

「不是嗎？嗯，也許不是，但我確定霍瑞斯．哈克先生和中央通訊集團的稿件訂戶對這會很有興趣。華生，我想接下來我們會發現，眼前將要面對的是一整天漫長而複雜的工作。雷斯崔，今晚六點鐘如果你方便來一趟貝克街，我會非常高興看到你。在此之前，請先讓我帶著這張從死者口袋找出的照片。如果我對每個環節的推論都正確無誤，今晚我可能會需要你的陪伴與協助來進行一場小小的探險。那麼在此之前，就先向你道別，並祝你好運。」

福爾摩斯和我一起走到主街，停在哈克先生購買石膏像的哈定兄弟店門前。店裡的年輕助手告訴我們，哈定先生下午才會進來，由於他自己剛來這裡工作沒多久，所以沒辦法提供太多訊息。福爾摩斯看來顯然有些失望與不悅。

「欸，好吧，華生，本來就不該期待一切盡如人意。」最後他說：「如果哈定先生下午才進來，我們只好到時再回來。沒錯，正如你所想，我正努力找出這些石膏像的來源，好查出它們是否因爲某些特殊之處才同樣遭遇如此厄運。我們現在去坎寧頓路摩斯．哈德遜先生的店，看他能不能給我們一些其他線索。」

我們坐了一個小時馬車才到這位畫商的店裡，他的身材矮小厚實，有張氣色紅潤的臉，是個急躁好動的人。

「是的，先生，就發生在這櫃台上。」他說：「流氓無賴就這樣隨便跑進來打爛東西，眞不知道我們繳稅是做什麼用的。是的，先生，巴尼科特醫生的兩座石膏像是我賣給他的。太可恥了！先生，一定是恐怖主義者的陰謀——我是這麼想的。除了無政府主義者——我都叫他們赤色共和黨人——還有誰會到處破壞雕像?我從哪裡進這批石膏像?我看不出這有什麼關係。呃,你一定要知道的話,是跟蓋爾德公司進的,在史蒂班尼區的教堂街。他們已經做了二十年,這行很多人都知道。進了幾個?三個——二加一等於三——兩個賣給巴尼科特醫生,還有一個光天化日下在我的櫃台上被砸了。我看過照片上這人嗎?不,不認得。啊,我知道,這是貝波。他怎麼了?他是個打零工的義大利人,會點雕刻,還會鍍金和裱框,也做些其他雜工,在店裡算是幫得上忙。他上星期辭職,後來就沒再聽過他的消息。不,我不知道他從哪來,也不知道他去哪了。他在這裡沒發生過什麼不好的事。他是石膏像被砸爛前兩天離開的。」

「嗯,我們能從摩斯.哈德遜這邊知道的就這麼多了。」我們走出店時,福爾摩斯說:「我們現在知道這個貝波是坎寧頓路和肯辛頓區兩地的共同線索,光是這點就值得走這十哩路。華生,現在我們去史蒂班尼區的蓋爾德公司,也就是這些石膏像的來源。要是沒有一點收穫,我才覺得奇怪呢。」

我們回頭穿過倫敦許多繁華鬧區:旅館的倫敦、劇院的倫敦、文學的倫敦、商業的倫敦,最後是濱海的倫敦。我們來到一個有十萬人口的河邊城區,發出濃烈氣味的廉價公寓擠滿來自歐洲的流亡者,在一條以前住著富商的大道上,我們找到那間石膏像工廠。工廠外是個堆滿石碑的大院子,廠內約有五十個工人在雕刻或鑄模。經理是個高大的金髮德國人,很有禮貌地接待我們,並對福爾摩斯提出的問題作出清楚的答覆。他的記錄簿上顯示,工廠曾做過數百座狄凡的大理石拿破崙頭像複製品,大約一年前出貨到摩斯.哈德遜店裡的三座石膏像是同一批六座中的三座,另三座則出貨到肯辛頓區的哈定兄弟商店。這六座石膏像沒有任何理由會與其他複製品不同,他也想不出任何人可能基於任何理由去摧毀它們。事實上,他覺得這念頭很好笑。這些石膏像批發價一座六先令,零售店定價會是十二先令或更高一點。這些石膏像是用頭像兩側各做半邊鑄模，再將兩個石膏模子合起來組成完整的頭像。這些工作多半由這個廠房裡的義大利工人完成，組合好之後就放在走道上的桌面陰乾，再存放起來。這些就是他告訴我們的。

那張照片對這位經理造成明顯的影響，他的臉氣憤地漲紅，那雙日耳曼人的藍眼上方，眉頭緊緊蹙起。

「啊，那個無賴！」他叫道，「是的，沒錯，我很清楚這個人。我們在業界的名聲一向很好，警察唯一一次進來這裡就是因爲這傢伙。這是一年多前的事了，他在街上用刀刺傷另一個義大利人，他前腳剛踏回工廠，警察後腳就跟過來把他帶走。他叫貝波——姓什麼我就不知道。雇了這個人眞是自找罪受。不過他是個好工人——我最好的幾個工人之一。」

「他被判刑多久？」

「那人活了下來，所以只判一年。他現在一定已經出獄了，但他不會有膽子在這裡現身。他有個表兄弟在這工作，我敢說他知道能在哪裡找到貝波。」

「不、不，」福爾摩斯叫道，「一個字都別對他提——我請你一個字都別說出去。這件事很重要，我越是調查，事情似乎就越嚴重。你查帳本的銷售記錄時，我看到是去年六月三日售出。你能告訴我貝波是哪天被逮捕的嗎？」

「我可以從發薪記錄大概告訴你。」經理答道，「是的，」他翻了幾頁後繼續說：「他最後一次領薪水是五月二十日。」

「謝謝你。」福爾摩斯說：「我就不再佔用你的時間和耐性了。」最後一次叮囑他不要對人提起我們的調查後，我們再次往西邊前進。

等我們有空在餐廳吃頓匆忙的午餐時，下午已過大半。餐廳入口處一張報紙上印著「肯辛頓凶案，狂人痛下殺手」。從報導內容看來，霍瑞斯・哈克先生終究還是寫出了這則新聞稿，佔了兩欄的報導中，他用煽情華麗的文字重述了整起事件。福爾摩斯將報紙放在調味瓶架上邊吃邊讀，期間還有一、兩次笑出聲來。

「華生，這個好，」他說：「你聽聽：

本案目前已有令人滿意的進展，警界經驗最豐富的警探之一雷斯崔先生，與著名罪案顧問專家夏洛克・福爾摩斯先生一致同意，這一連串以如此悲慘形式結束的怪異事件，是出自瘋狂而非精心策畫的罪行。除了精神錯亂，無法解釋目前所發生的一切。

華生，只要懂得如何使用，報紙就會是最有用的工具。現在，如果你吃完了，我們就回肯辛頓看看哈定兄弟對我們這案子有什麼說法。」

這家大型商店的老闆身材矮小，個性活潑爽快，動作俐落，頭腦清晰而且口才便給。

「是的，先生，我已經從晚報上讀到這件事了。霍瑞斯・哈克先生是我們的顧客，那石膏像是幾個月前賣給他的。我們向史蒂班尼區的蓋爾德公司訂了三座，現在都賣光了。賣給誰？哦，我查一下銷售記錄應該就能很快告訴你。有了，記在這裡。一座賣給哈克先生，這你知道的。一座賣給住在奇士威鎮勒柏南谷，勒柏南別館的喬塞亞・布朗先生。還有一座是賣給瑞汀鎮下林路的桑德弗先生。沒有，我沒見過你照片上這個人。我沒見過比他更醜的人，先生，如果是你，也很難忘記這樣的臉吧。我們的職員裡有義大利人嗎？有的，先生，我們的職員和清潔工就有好幾個義大利人。他們想要的話是有機會看到這本銷售記錄，不過倒也沒特別理由防著不讓他們看就是了。唉，是啊，這事的確很古怪。要是你們的調查有什麼結果，希望到時能再告訴我。」

福爾摩斯將哈定先生的證詞記了下來，我看得出他對事件的發展非常滿意，但他什麼都沒說，只說我們的動作得快點，否則就趕不上和雷斯崔約定的時間。結果沒錯，我們回到貝克街時，警探已在那裡等著我們，正極不耐煩地來回踱步。凝重的臉色顯示他這一天下來的工作沒有白費。

「怎麼樣？」他問道，「運氣如何，福爾摩斯先生？」

「我們忙了一整天，不過不算全無收穫。」我的朋友解釋道，「我們見到了兩家零售商老闆和批發工廠經理。我追查到這一批每一座石膏像的下落了。」

「石膏像！」雷斯崔叫道，「嗯，好吧，你有你的方法，福爾摩斯先生，我沒辦法說什麼。不過我想今天我的收穫比你多。我確認了死者的身分。」

「眞的嗎？」

「而且找到了犯案原因。」

「太精采了！」

「我們有個探長，專門負責塞弗隆丘和義大利區。嗯，死者脖子上掛著天主教的徽飾，加上他的膚色，讓我直覺認爲他來自南方，希爾探長一看到就認出他來。他叫皮耶卓·維努奇，來自拿坡里，是倫敦的頂尖殺手。他跟黑手黨[1]有關係，你知道，那是個地下政治組織，專用謀殺來執行命令。你看，現在事情就清楚了，另一個傢伙可能也是義大利人，甚至是黑手黨成員。他可能觸犯了某些幫規，皮耶卓被派去追殺他。我們在皮耶卓口袋裡找到那張照片上的人很可能就是那傢伙，以免到時殺錯人。他跟蹤那傢伙，看到他進入一幢房子，於是等在屋外，最後在扭打中遭到致命一擊。你覺得如何，福爾摩斯先生？」

福爾摩斯讚同地拍了拍手。

「非常好，雷斯崔，好極了！」他叫道，「但照你的說法，要如何解釋被砸壞的石膏像？」

「石膏像！你就是忘不了這東西是吧。結果那根本沒什麼，只是個小竊盜罪，頂多判六個月。我們眞正要查的是謀殺的部分，而我已經掌握所有線索了。」

「那麼下一步呢？」

「非常簡單。我要和希爾一起去義大利區，找出照片上那個人，以謀殺罪名逮捕他。你跟我們一起來嗎？」

「我想不了。我想我們能用更簡單的方式得到結果。我沒辦法說得太清楚，因為那將取決於——嗯，取決於一樣完全不在我們掌握中的因素。我認爲希望很大——事實上，機率是二分之一。如果今晚你跟我們一起來，我就能幫你抓到他。」

「在義大利區？」

「不，我想比較有可能在奇士威鎭找到他。雷斯崔，如果你今晚跟我去奇士威，我就答應明天陪你去義大利區，晚一天不會有什麼損失。我認爲現在去睡個幾小時對我們會有好處，我至少十一點鐘才要出發，而且不太可能在天亮之前回來。和我們一起晚餐吧，雷斯崔，然後你可以在沙發上睡到出發爲止。

1 福爾摩斯探案故事中，曾多次出現知名的犯罪組織、幫派或具爭議性的團體，例如三K黨、摩門教等，雖然部分可能與事實不相符，但由此可知福爾摩斯要對付的不只是影響倫敦治安甚巨的莫里亞蒂教授，還有來自全球各路人馬的犯行與威脅。

至於華生，請你幫我叫個快遞信差，我有封很重要的信必須即刻送出。」

福爾摩斯整晚都在翻找儲藏室裡的舊報紙。當他下樓時，眼中帶著勝利的光采，但並未對我們說起任何關於這次搜尋的結果。就我來說，跟著他一步步追蹤這曲折複雜的案子，雖然我仍無法察覺我們將要達成的目標，但我很清楚知道福爾摩斯預期這怪誕的罪犯會試著找出剩下的兩座石膏像。其中一座我記得就在奇士威鎮。我們這趟行程的目標，無疑就是要趁他行動時逮住他。我也不得不欽佩這位朋友在晚報上放出錯誤線索的狡猾手法，好讓這傢伙誤以為可以安全無虞地繼續進行剩下的計畫。當福爾摩斯要我帶上左輪手槍時，我並不驚訝，他自己則帶了最愛的灌鉛狩獵短棍當作武器。

十一點鐘時，一輛四輪馬車來到門口。我們乘車前往漢默史密斯橋另一頭，要車伕在原地等待。我們走一小段路，來到一條兩旁點綴著可愛獨戶小屋的僻靜小路。我們在其中一戶的門柱上就著街燈看到「勒柏南別館」字樣。屋主顯然已經休息，除了門廊扇形窗中透出一縷燈光，其他地方一片黑暗，燈光在花園小徑上投射出一個模糊的光圈。分隔道路與花園的木籬在內側形成一道濃重的陰影，我們就蹲踞其中。

「恐怕你得等上好一段時間了。」福爾摩斯輕聲說：「我們要感謝今天沒有下雨。我們甚至不能冒險抽菸來打發時間，但我們有二分之一的機會能在稍後讓現在所受的折磨得到回報。」

事實上，最後我們守候的時間未如福爾摩斯所說的久，而且是在突然間以一種奇怪的方式結束。某一瞬間，花園的門無聲無息地打開，一道輕盈的黑色身影如猿猴般迅速敏捷地穿過花園小徑。我們看見那影子快速掠過門內透出的燈光，消失在屋子的陰影中。在漫長的停滯期間，我們屏住呼吸，然後聽到一記細微的碎裂聲。窗戶被打破了，那聲音消失，四周再次陷入漫長的寂靜。那傢伙進了屋子，我們看到他的油燈罩揭開時屋內光線一閃，他要找的東西顯然不在那房間。接著，燈光在另一道窗簾後一閃，然後又是另一扇窗後。

「我們去打開的窗口外面，等他爬出來時逮住他。」雷斯崔悄聲說。

我們還來不及移動，那人就再次現身。當他出現在微弱的光線下，我們看到他腋下夾著一件白色物體。他鬼鬼祟祟四下張望，空無一人的寂靜街道讓他放下心來。他轉身背著我們，丟下手中的東西，下一刻先是尖銳的敲擊聲，接著便是碎裂的聲響。他太專注於手上的事情，因此完全沒聽到我們穿過草坪的腳步聲。福爾摩斯像隻猛虎跳上他的背部纏住他，雷斯崔和我也隨之抓住他的手腕，立刻銬上手銬。當我們將他轉過身，我看到一張醜陋的暗黃色臉孔正以憤怒扭曲的表情瞪著我們。我一看便認出那就是我們正在尋找的照片中人。

福爾摩斯的注意力並不在我們的犯人身上。他蹲在門階上，極度仔細地檢視那人從屋內帶出的東西。那是一座拿破崙石膏像，和我們今天早上看到的一樣，也同樣被摔成碎片。福爾摩斯仔細地將每一塊碎片拿到燈光下，但看不出每一塊石膏碎片之間有什麼不同。當他檢查完所有碎片，門廊的燈亮起，門被打開，矮胖而友善的屋主穿著襯衫長褲走了出來。

「我想你是喬塞亞・布朗先生吧？」福爾摩斯說。

「是的，先生。你一定就是夏洛克・福爾摩斯先生？我收到你請快遞信差送來的信，並照你說的做了。我們把門從裡頭鎖上，等著事情發生。很高興你們能逮到這個無賴。各位先生，請進屋來用些茶點吧。」

雷斯崔急著將犯人送往安全的地方，因此幾分鐘後我們又叫了馬車，再次踏上前往倫敦的路途。我們的俘虜不發一語，只從纏結的亂髮下怒瞪著我們。當我的手靠近他，他便像隻餓狼般想抓住。我們在警局待了許久，對他搜身的結果，除了幾先令和一把長鞘刀外什麼也沒有，刀柄還沾著大量新近染上的血跡。

「沒問題的。」我們離開時雷斯崔說：「希爾認得這些人，他會查出他的名字，你也會發現我的黑手黨理論到頭來還是對的。我還是非常感激你，福爾摩斯先生，對於你用來逮住他的熟練手法，我想我還是不太了解。」

「現在要解釋，時間恐怕也太晚了。」福爾摩斯說：「此外也有一、兩個細節還沒完全釐清，而這個案子非常值得追查到底。如果你明晚六點能過來一趟，我就能讓你了解對於這案子到目前爲止你還未能完全掌握它的重要性，這將會是犯罪史上一個全新的原創案例。華生，如果我允許你再記載一些我的小案子，我能預見這個拿破崙雕像探案將會是你另一個精采的篇章。」

□

第二天傍晚我們再見面時，雷斯崔提供了不少這位犯人的資料。他名叫貝波，姓氏不詳，是義大利移民區有名的混混。他曾經靠著不錯的手藝當個雕刻匠，有個正當的營生，但後來走上歪路，並兩度入獄——一次是因爲一件小竊案，另一次正如我們所知，是因爲刺傷了同鄉。他的英語十分流利，可是破壞拿破崙像的原因仍然不明。他拒絕回答任何相關問題，既然他在蓋爾德公司就是做這工作，警方發現這些相同的石膏像可能都出自他手中。這些資料我們大多已經知道，福爾摩斯仍舊禮貌地繼續聽著，但以我對他的了解，明顯看出這時他的心思已經到了別的地方。我同時察覺到在他平日慣常僞裝的面具下，混雜著不安與期待的情緒。最後，當門鈴響起，他從椅子上跳了起來，眼中發出亮光。過了一會兒，我們聽到樓梯上傳來腳步聲，一位臉色紅潤，留著灰色側鬍的老人被帶進屋裡。他的右手提著一個老式毛氈袋，他將袋子放在桌上。

「夏洛克・福爾摩斯先生在嗎？」

我的朋友向他躬身笑道：「我想您是瑞汀來的桑德弗先生吧？」

「是的，先生。恐怕我來晚了些，因爲火車誤點了。我有你信中提到的那座雕像。」

「沒錯。」

「你的信在這裡，你說：『我想擁有一座狄凡的拿破崙像複製品，願意出價十鎊購買你手上這座雕像。』是眞的嗎？」

「當然是眞的。」

「你的信讓我非常驚訝，我不明白你怎麼知道我有這東西？」

「您當然會驚訝，但解釋起來非常簡單。哈定兄弟商店的哈定先生告訴我，他們的最後一件石膏像是賣給你，並把你的地址給了我。」

「哦，是這樣的，是嗎？他跟你說過我花多少錢買的嗎？」

「不，他沒說。」

「啊，我算不上有錢，不過是個誠實的人。我只花了十五先令買這座雕像，我想在你付出十鎊之前應該先讓你知道這點。」

「我相信您的誠實使您有此顧慮，桑德弗先生。既然開了這價錢，我堅持就該遵守約定。」

「啊，你眞是大方，福爾摩斯先生。如你所說，我把石膏像帶來了。就在這兒！」他打開袋子，我們終於看到之前不只一次以碎片呈現的完整雕像放在桌上。

福爾摩斯從口袋拿出一張紙，並將一張十鎊鈔票放在桌上。

「桑德弗先生，請您在這些證人面前於這張紙上簽名。這上面只是簡單說明，您願將這座雕像的所有權轉讓予我。您要知道，我是個做事一板一眼的人，因爲您永遠不知道日後事情會變得怎麼樣。謝謝您，桑德弗先生。這是您的錢，祝您晚安。」

我們的訪客離開後，福爾摩斯的動作吸引了我們的注意力。他從抽屜拿出一塊乾淨的白布鋪在桌上，然後將剛得到的雕像放在白布中央，最後拿出自己的狩獵短棍，猛力打在拿破崙像的頭部。雕像裂成碎片，福爾摩斯立刻急切地傾身檢視。下一刻，隨著一聲勝利的呼叫，他舉起一塊碎片，上面就像布丁上的梅子，附著一個暗色圓形物體。

「各位先生，」他叫道，「讓我向您介紹舉世聞名的波吉亞黑珍珠。」

雷斯崔和我先在原地呆坐了一會兒，接著我們就像看到戲中精心編排的關鍵場面般，不由自主地開始鼓掌。福爾摩斯的蒼白臉頰湧上一陣紅潮，向我們一鞠躬，就像主角對著觀眾的歡呼致意。在這一刻，他有那麼一會兒不再是部推理機器，需要他人崇拜與喝采的人類本性背叛了他。一位朋友發自內心的驚嘆與讚美，竟使他暫時丟開原本蔑視虛名的高傲與內斂。

「是的，各位先生。」他說：「這是世上現存最知名的珍珠，我竟有幸經由一連串的歸納與推理，自從它於柯隆納王子在戴克飯店的寢室失蹤開始，一路追蹤至史蒂班尼區蓋爾德公司製作的六座拿破崙像中最後一座的內部。雷斯崔，你應該還記得這件價值連城的珠寶失蹤時引起的軒然大波，以及倫敦警方徒勞無功的搜查。我當時也就此案受過諮詢，可是找不出任何線索。王妃的侍女涉有嫌疑，她是義大利人，並證實有個兄弟住在倫敦，可是查不出他們之間有過聯繫。那女侍名叫露桂莎·維努奇，我毫不懷疑兩天前被殺的皮耶卓就是她的兄弟。我查了舊報紙，發現這顆珍珠失蹤的日子，正是貝波爲了在蓋爾德公司工作時發生的暴力案件而被捕的前兩天，也正是製作這批石膏像的時候。如今你們可以非常清楚看出事件的順序，雖然你們是以和我相反的方向看出來的。總之貝波得到這顆珍珠，也許他是從皮耶卓那裡偷來的，也許他是皮耶卓的共犯，或是皮耶卓與其姊妹的中間人，不管哪個才是正確的，對我們來說結果都一樣。

「主要的事實是，他擁有這顆珍珠，但當時他正被警方追捕。他跑到工作的工廠，知道只有幾分鐘時間能藏起這無價之寶，否則就會在搜身時被查出來。這時六座拿破崙像放在走道上陰乾，其中一座還是軟的。這一瞬間，手藝精湛的貝波在濕的石膏上挖了個小洞，放入珍珠，再稍事修補這個小洞。這是個絕妙的藏匿地點，沒有人可能找到。貝波被判入獄一年，這時他的六座拿破崙像便散落倫敦各處，而他也不知寶物藏在哪一座雕像中，只有打碎後才能知道。而且當時石膏還濕濕的，珍珠會黏附其上，即使搖晃石膏像也無法得知，事實上也是如此。貝波並未絕望，他以相當程度的機智與毅力繼續搜查。藉由在蓋爾德公司工作的表兄弟知道買走這批石膏像的零售商身分。他想辦法在摩斯．哈德遜的店裡找到工作，藉此追蹤到三座石膏像的下落，但珍珠不在裡面。後來藉由哈定兄弟店裡義大利員工的幫忙，查到另外三座的下落。第一座在哈克先生家，不過貝波被他的共犯跟蹤，並認定他要為珍珠失蹤一事負責。在後來的扭打中，他刺死了這個共犯。」

「如果那是他的共犯，為何還要帶著他的照片？」我問道。

「用來追蹤他，向別人追問他的下落時用得到。這是最明顯的理由。命案發生後，我推測貝波可能會加快而非延後行動，他擔心警方會發現他的祕密，於是他加速進行，保持領先在警方之前。當然，這時我不能確定他沒在哈克的石膏像內找到珍珠，我甚至不能確定藏在裡面的是不是珍珠。在我看來，很明顯他在找某樣東西，如此他才會帶著石膏像走過好幾幢屋子，直到一個有街燈照亮的花園才將它打破。既然哈克的石膏像是三座之一，剩下的機率自然就像我告訴你的——珍珠會有三分之一的機會在石膏像內。還剩下兩座，他自然會先找在倫敦的那座。我事先警告屋內的人，以防悲劇再次發生，我們趕了過去，得到最好的結果。這時候，我當然已經知道我們在找的是波吉亞珍珠，因爲被殺害的死者姓名將事件連了起來。只剩最後一座石膏像——在瑞汀的那座——珍珠必然就在裡面。我在你們面前向原物主買下——珍珠就在那裡。」

我們坐在那裡，好一會兒沒有說話。

「啊，」雷斯崔說：「我看你經手處理過許多案子，福爾摩斯先生，但我想我沒見過比這更精巧的手法了。我們蘇格蘭場不會嫉妒你，不會的，先生，我們都以你爲傲。如果明天你能過來，從最資深的探長到最資淺的警員，每一位都會以能與你握手爲榮。」

「謝謝！」福爾摩斯說：「謝謝你！」當他轉過身，我未曾看過他比現在有更受普通人的情感觸動的時刻。過了一會兒，他再次變回那冷靜實際的思想家。「華生，請把珍珠放進保險櫃裡。」他說：「請拿康克—辛格頓僞造文書案的檔案給我。再會了，雷斯崔。要是再遇到什麼小問題，如果是我能力所及，我會很高興再爲你提供一、兩個破案線索。」

CASE 11

# 布魯斯-帕丁頓計畫探案

「這裡有的，只是一堆小竊盜案。」我說。

福爾摩斯輕蔑地哼了一聲：「這個陰暗的廣大舞台應該要有比這更精采的演出。我不是個罪犯，對這個社會來說實在太幸運了。」

「真的，確實如此！」我由衷地說。

一八九五年十一月第三週，一陣黃色濃霧籠罩著倫敦。從週一等到週四，讓我開始懷疑是否再也無法從我們貝克街的公寓窗口看到對面房屋的輪廓。第一天，福爾摩斯都在編修他那一大本參考資料冊。第二和第三天則專心沉浸在他最近的新嗜好——中世紀音樂上[1]。到了第四天，當我們吃完早餐，往後推開椅子，看到厚重油膩的棕色霧氣仍舊懸浮飄蕩，甚至在窗玻璃上凝成滴狀油露，我的同伴心中的不耐與好動的本性使他再也無法忍受這沉悶的昏黃，被壓抑的狂熱能量令他在起居室中不斷來回踱步、咬著指甲，因無事可做而焦躁不已。

「報上都沒有趣的事了嗎，華生？」他說。

我知道福爾摩斯感興趣的，是關於犯罪事件的新聞。報上有革命的新聞、提到可能發生的戰爭，還有即將面臨的政府人事變動，這些都不在他關切的範圍內，我所看到的犯罪新聞若非平淡無奇就是微不足道。福爾摩斯口中喃喃咒罵，又開始不斷走動。

「倫敦的罪犯全是些愚鈍的傢伙[2]，」他像個輸了比賽的運動員發著牢騷，「華生，看看窗外那些屋子模糊的輪廓，幾乎沒法看清楚，等等又會隱藏到雲霧後方。小偷和殺人犯可以像老虎在叢林般肆虐倫敦，直到出手襲擊之前都不會被發現，只有受害者才明白發生了什麼事。」

「這裡有的，」我說：「只是一堆小竊盜案。」

福爾摩斯輕蔑地哼了一聲。

「這個陰暗的廣大舞台，應該要有比這更精采的演出，」他說：「我不是個罪犯，對這個社會來說實在是太幸運了。」

「眞的，確實如此！」我由衷地說。

「如果我自己是布魯克斯或伍德豪斯等有充足理由要取我性命的五十人之一，我在我自己的追殺之下能活多久？一個召喚、假造一次約會，一切就結束了。幸好那些流行暗殺的拉丁美洲國家沒有這種大霧天。老天有眼！總算有事情來打破這無聊的局面了。」

女僕拿了封電報上來。福爾摩斯撕開後爆出笑聲。

「好啊！好啊！接下來還有什麼？」他說：「我哥哥麥克羅夫要來了。」

「有什麼不對？」我問道。

「有什麼不對？這就像看到一列軌道車開到鄉間小道上。麥克羅夫有自己的軌道，而且一向按部就班。他在帕爾默大道的住處、戴奧吉尼斯俱樂部[3]和白廳街的辦公室——這就是他的生活圈。說到貝克街這裡，他就來過這麼一次。是什麼不得了的大事會讓他離開軌道呢？」

「他沒解釋嗎？」

福爾摩斯把他哥哥發來的電報遞給我。

1　福爾摩斯對音樂的熱愛，表現在聆賞歌劇、音樂會與演奏小提琴這些事情上，尤其在查案查到一半的緊張時刻，常會領著華生醫生出門去聽演奏會。他在家裡拉小提琴時偶爾不按照正常的演奏姿勢，「隨意在膝上撥奏出一些聲音」，而且不管這個時間會不會打擾到鄰居或房東哈德遜太太，真是隨性極了。

2　「從罪案專家的角度來說，莫里亞蒂教授死後，倫敦便成為一座非常無聊的城市。」福爾摩斯歸來後，曾發過這頓牢騷。在此之前，福爾摩斯常會在左手臂上注射濃度為百分之七的古柯鹼溶液，用以換取神志上的刺激。他曾對華生醫生說：「我的腦袋最受不了停滯不用。給我問題！給我工作！給我最難解的密碼或謎題，我就會恢復正常。」

3　一間極為特別的俱樂部，裡頭的成員是全倫敦最內向、最不願交際遊樂的人，聚集在此舒適地閱讀最新的書報，且不得在會客室以外的地方交談。麥克羅夫是創始人之一，每天下午四點四十五分到七點四十分之間必定在此出現。

為卡杜根・衛斯特之事，即刻前來與你見面。

麥克羅夫

「卡杜根・衛斯特？我聽過這名字。」

「我完全想不起來。麥克羅夫竟會如此怪異地打破規律！行星都要脫離軌道了。對了，你知道麥克羅夫是做什麼的嗎？」

我隱約記得在「希臘語翻譯員」事件時，他似乎曾解釋過。

「你跟我說過他在英國政府底下有間小辦公室。」

福爾摩斯低聲笑了起來。

「那時候我和你還不太熟，談到國家高層事務自然要謹慎點。沒錯，他是在英國政府底下做事，有些時候你要說他『就是』英國政府也沒錯。」

「福爾摩斯，我的天哪！」

「我知道這會嚇你一跳。麥克羅夫一年賺四百五十鎊，甘心做個下屬，沒有任何野心，不會得到榮譽或頭銜，但仍是這個國家最不可或缺的人。」

「他是怎麼辦到的？」

「嗯，他的地位獨一無二，那是他自己成就出來的。這樣的例子是空前也是絕後。他有個比任何人都有條理的機敏頭腦，並擁有最大的腦容量用以記下各種事實，我則是把他用在這份特殊事業上的卓越能力拿來偵察犯罪。每個政府部門的最後決議都會先經過他手上，他是資訊交換中心，名副其實的情報交易所，以此達到制衡各部門的效果。政府中的其他人都是專才，而他的專長就在於無所不知。假設有位部長需要一份包括海軍、印度、加拿大和金銀複本位制的資料，他可以從各相關部門分別得到部分資料，只有麥克羅夫能同時兼顧全局，並不假思索地分析其中每一項因素會如何影響其他部分。一開始他們只是求方便，把他當捷徑來用，現在他卻讓自己變得不可或缺。在那個傑出的腦袋裡，所有東西就像分類放在文件架上一樣可以隨時調出。一次又一次，他的意見最後決定了國家的政策。他就活在這樣的世界裡，不去想其他事情，除了當我偶爾去找他，要他爲我手上的小案子提供意見時，才會放鬆下來，把這當作智力上的練習。今天木星可要墜落了。這到底是什麼意思？卡杜根是誰？他和麥克羅夫又是什麼關係？」

「我知道了，」我叫道，一面置身沙發上零亂的報紙堆裡，「是的，有了，就在這裡，一定就是這個！卡杜根‧衛斯特就是星期二早上被發現死在地下鐵的年輕人。」

福爾摩斯坐直身子專心聆聽，正要送往嘴邊的菸斗停在那裡。

「這事一定很嚴重，華生。一件能讓我哥哥改變習慣的命案，事情一定非同小可。這案子有什麼地方需要他攪和進來？就我記得，這案子毫無特色，這年輕人顯然是跌下火車而死。他沒被搶，也沒有特殊原因值得懷疑其中有暴力因素。難道不是這樣？」

「調查過死因後，」我說：「又出現許多新線索，仔細研究下，我敢說這的確是件奇怪的案子。」

「從它影響到我哥哥這點來判斷，我想這一定是件極不尋常的案子。」他縮進扶手椅中說：「華生，現在就讓我們看看這案子的所有事實吧。」

「這個人名叫亞瑟‧卡杜根‧衛斯特，二十七歲，未婚，是伍爾維治兵工廠的員工。」

「政府雇員，看，這就是與麥克羅夫的關聯！」

「星期一晚上他離開伍爾維治，最後一個見到他的人是未婚妻薇莉‧韋斯柏理。晚間七點半，他突然離開她走入大霧中。他們沒有吵架，她也找不出任何他會這麼做的動機。下次再聽到他的消息，就是一個姓梅森的鐵路工人在倫敦地鐵艾德門站發現他的屍體。」

「是什麼時候？」

「發現屍體的時間是星期二清晨六點。他四肢張開躺在東向鐵道的左邊鐵軌上，地點離車站很近，就在鐵軌自隧道中出現並轉彎處。頭部嚴重受創，很可能就是從列車上跌落所造成。屍體只可能來自這條路線，如果是從附近街道搬運過來，勢必會經過車站的票口，那裡一直都有收票員把關。這點看來十分確定。」

「非常好，關於這點是確定無疑了。這個人不管當時是死是活，要不是從火車上跌落，就是被人從車上丟出來。這些都很清楚了，繼續。」

「陳屍處旁鐵道上的列車是由西向東行，有些是地鐵列車，有些是來自威士丹和郊區聯軌站的火車。現在能夠肯定的是，這個年輕人是深夜時分在這條路線上死亡，不過他打從哪裡上車就不知道了。」

「當然，這可以從他的車票看出來。」

「他口袋裡沒有車票。」

「沒有車票！天哪，華生，這就眞的太奇怪了。就我的經驗，你絕對不可能不出示車票就進入地鐵站月台。可以假設這年輕人有車票，但被人拿走以湮滅他在某站上車的證據？這有可能。還是他把車票遺落在車廂裡？也不無可能。不過這點著實奇怪。就我所知，沒有被搶的跡象是嗎？」

「顯然沒有。這裡有他的隨身物品清單：皮夾，內有兩鎊十五先令；一本首都暨郡立銀行伍爾維治分行支票簿。他的身分是用以上物品查出來的。還有兩張伍爾維治劇院特等席的票，日期就在當晚。另外還有一小疊技術文件。」

福爾摩斯滿意地發出一聲讚嘆。

「終於等到了，華生！英國政府—伍爾維治兵工廠—技術文件—我哥哥麥克羅夫，所有環節都完整了。要是我沒聽錯，他已經自己過來解釋這件事了。」

過了一會兒，高大壯碩的麥克羅夫．福爾摩斯被帶進房間，沉重巨大的體格使他看起來笨拙遲鈍，不甚靈便的身形上方，那張臉上有著威嚴的眉毛、充滿警覺的鋼灰色深邃雙眼、堅毅的雙唇以及不動聲色的神情。看過一眼之後，你就會忘了那碩大的身形，只記得那超卓的心智。

緊跟在後的是我們身材瘦削、不苟言笑的老朋友——蘇格蘭場的雷斯崔。兩人臉上的嚴肅神情預告著接下來要提出的將會是極爲重大的要求。警探不發一語和我們握了手，麥克羅夫從大衣中掙脫出來，坐進一張扶手椅。

「夏洛克，這案子擾人至極，」他說：「我非常討厭改變作息，但高層不接受任何表示拒絕的答案。以現在暹羅的狀態，我其實不該離開辦公室的，但這事情太危急了，我從沒看過首相這麼心煩，海軍上將也一樣——現在政府內部就像打翻的蜂巢亂成一團。你讀過案件細節了嗎？」

「我們剛讀過。那是些什麼技術文件？」

「啊，正是重點！幸好消息還沒外洩，否則各大報一定會瘋狂抨擊。那個年輕人口袋裡的文件，就是布魯斯—帕丁頓潛艇研發計畫。」

麥克羅夫嚴肅的語調顯示了這件事的重要程度。他弟弟和我坐在那兒等他往下說。

「你們一定都聽過吧？我以爲在場的人應該都聽過了。」

「只聽過這名字。」

「這件事說是無可比擬的重要也不爲過，這是目前政府內部的最高機密。你們可以相信我，有了布魯斯—帕丁頓，在它的操作範圍內，從此再也不需要進行海戰。兩年前，政府悄悄從預算中撥出一大筆經費，用在取得這項發明的專利權上，並用盡一切手段保守這個機密。這個計畫極度複雜，其中包括大約三十項不同專利，每一項在整體運作上都非常重要。這些文件就放在緊鄰兵工廠一間裝有防盜門窗的機密室中，鎖在一個精密保險櫃裡。這份計畫在任何情況下都不能帶出這間辦公室，即使是海軍總工程師要參考這些文件，也只能到伍爾維治的這間辦公室來看。現在，我們卻在倫敦市中心一個死去的年輕職員身上發現這些文件。從官方角度來看，這狀況眞是糟透了。」

「你們把文件都找回來了？」

「不，夏洛克，不！這就是重點，沒有全找回來。有十張文件被帶出伍爾維治，在卡杜根·衛斯特的口袋裡只找到七張，其中最關鍵的三張不見了——被偷了，消失了。夏洛克，你一定要放下手邊所有事情，別管那些平常歸警察處理的小案子，你一定要先解決這個生死攸關的國際問題。卡杜根·衛斯特爲何要帶走這些文件？消失的那幾張到哪去了？他是怎麼死的？他的屍體怎麼會出現在那裡？要如何才能彌補這些錯誤？要是能爲這些問題找出答案，你就等於爲國家立了大功。」

「麥克羅夫，你爲什麼不自己出手？你能看得和我一樣清楚。」

「也許吧，夏洛克，但這是尋求細節的問題。如果你把所有細節都交給我，我坐在扶手椅就能給你絕佳的專業意見。可是要我東奔西跑、訊問地鐵警衛、拿著放大鏡貼在地上——這實在不是我的專長。不，你才是能夠釐清這一切的人選。如果你想在下一次的受勳名單上看到自己的名字——」

我的朋友笑著搖搖頭。

「我只是爲了遊戲而遊戲，」他說：「但這案子確實有些意思，我很願意加入調查。請再多給我一點線索。」

「我把一些較關鍵的線索寫在這張紙上，上面還有一些對你來說可能會有用的地址。這些文件的實際保管者是位政府內的專家，也就是著名的詹姆斯．華特爵士，他得過的勳章和頭銜足以在名人錄上填滿兩行。他已爲政府服務多年，是個紳士，頗受王室喜愛，最重要的是他不容置疑的愛國熱誠。只有兩個人有保險櫃鑰匙，他就是其中之一。我補充一點，星期一上班時間內，文件絕對還在辦公室裡。到了下午三點，詹姆斯爵士帶著鑰匙前往倫敦。這件意外發生時，他整晚都待在海軍上將辛克萊位於巴克利廣場的家中。」

「這件事查證過嗎？」

「是的。他弟弟瓦倫坦．華特上校證實他離開伍爾維治，海軍上將辛克萊證實了他抵達倫敦的部分，所以詹姆斯爵士不是這案子的直接關係人。」

「另一把鑰匙在誰手上？」

「資深職員兼製圖師席尼．強森先生。他四十來歲，已婚，有五個孩子，是個沉默孤僻的人，不過整體來說，他的公職生涯記錄十分優異。他和同事相處並不熱絡，但工作十分認眞。根據他的說法以及妻子連帶證實，星期一下班後他整晚都在家。鑰匙自始至終掛在錶鍊上未曾取下。」

「跟我們說說卡杜根．衛斯特這個人吧。」

「他在這位子上已工作十年，而且表現很好，他的個性是出了名的急躁衝動，但是個率直誠實的人。我們手上沒有對他不利的資料。在那個辦公室，他的地位僅次於席尼．強森。他的工作使他每天都有機會親手接觸這些計畫的文件，除此之外就沒其他人能接觸這個計畫了。」

「那天傍晚是誰把文件鎖進保險櫃？」

「是席尼．強森先生，那位資深職員。」

「那麼，誰拿走文件已經很清楚，是在那位年輕職員卡杜根・衛斯特身上找到的。看來這就是最終的事實，不是嗎？」

「的確是，夏洛克，但還是有很多無法解釋的疑點。首先，他爲何要拿那些文件？」

「我想它們應該很值錢吧？」

「他用這些文件可以輕易賣到幾千鎊。」

「你能舉出任何把文件帶到倫敦但不是爲了出售的動機嗎？」

「不，我沒辦法。」

「那我們就得假設這是動機了。衛斯特這年輕人拿走了文件，但要這麼做就一定要有複製鑰匙——」

「需要好幾把複製鑰匙，他還得打開那棟建築和辦公室的門。」

「那麼，他就有好幾把複製鑰匙。他把文件帶到倫敦，出賣這個機密，同時無疑要趕在第二天早上被發現前將文件放回保險櫃，不料在進行這個叛國任務時走到生命終點。」

「怎麼發生的？」

「我們可以假設他是在回伍爾維治的路上遭人殺害，然後被丟出車廂。」

「艾德門站，他的屍體是在那裡發現的，已經過了倫敦橋站，是在回伍爾維治的路線上。」

「在通過倫敦橋的路上，有可能發生很多狀況。舉例來說，有人在車廂上和他攀談，但這場談話最後卻引發暴力衝突，導致他失去生命。也可能是他想離開車廂，卻失足掉落鐵軌導致死亡。另一個人只要把門關上，當時霧這麼大，沒有人會看見什麼。」

「就我們目前所知，也找不出更好的解釋。夏洛克，想想還有多少你沒能解釋的疑點。就當作爲爭辯而爭辯吧，假設卡杜根．衛斯特這年輕人決定將文件帶去倫敦，他自然會與外國情報員約好時間，並把這天晚上空出來。可是他卻買了兩張劇院的票，而且已經和未婚妻在前往劇院的路上，最後又突然消失。」

「只是用來掩飾的藉口。」一直坐著聆聽的雷斯崔有些不耐地說。

「那就是非常特別的藉口。這是這理論的第一個漏洞。第二個漏洞是，我們假設他到了倫敦，見到外國情報員，他必須在第二天早上前將文件放回以免被發現失竊。他拿走十張文件，可是口袋裡只有七張，其他三張哪去了？他絕不可能出於自己的意思將這三張文件留下。還有，他叛國所得的代價哪裡去了？他的口袋裡應該要有一大筆錢才對。」

「在我看來事情非常清楚，」雷斯崔說：「我對發生的一切全無疑問。他拿走文件準備賣掉，見到情報員，卻在價錢上談不攏。他啓程回家，那情報員尾隨在後，並在火車上殺了他，拿走較關鍵的幾頁文件，再將他的屍體丟出車廂。這樣每件事都說得通，不是嗎？」

「爲什麼他身上沒有車票？」

「車票會顯示最接近這個情報員住處的車站，所以他從被害者的口袋將車票拿走。」

「很好，雷斯崔，非常好。」福爾摩斯說：「你的理論都說得通，如果以上屬實，那這案子就可以結束了。一方面叛國者已死，另一方面布魯斯—帕丁頓潛艇計畫可以想見已經流向歐洲大陸。那我們還有什麼可做？」

「採取行動，夏洛克——動起來啊！」麥克羅夫大叫著跳了起來，「我的所有直覺都反對這個解釋。運用你的能力！到犯罪現場！去見所有關係人！檢查每個細節！在你這份事業中，沒有比現在更好的時機來報效國家了。」

「好啦、好啦。」福爾摩斯聳聳肩說：「來吧，華生！還有你，雷斯崔，你能陪我們一、兩個小時嗎？我們要從艾德門車站開始調查。再會了，麥克羅夫，今晚之前我會向你回報，但我要先警告你，別抱太大期望。」

□

一個小時後，福爾摩斯、雷斯崔和我就站在地鐵軌道剛出隧道快要到艾德門站的地方。有個臉色紅潤、態度殷勤的老先生代表鐵路公司在那裡等著我們。

「那個年輕人的屍體就躺在這裡。」他指著鐵軌旁約三呎處的地方說：「不可能是從上面掉下來，你看，這裡全是牆壁，所以只可能來自列車上。根據我們調查，一定是星期一午夜時經過的列車。」

「車廂內檢查過有暴力打鬥的跡象嗎？」

「沒有這類跡象，也沒找到車票。」

「有沒有哪扇車廂門被打開的記錄？」

「沒有。」

「今天早上我們找到一些新證據，」雷斯崔說：「一個週一晚間十一點四十分搭地鐵經過艾德門站的乘客宣稱，快到艾德門站時，聽到一記沉重的撞擊聲，很像屍體掉落在鐵軌上的聲音。當時霧氣很重，什麼都看不到，他當時也沒立刻報警。啊，福爾摩斯先生，怎麼了嗎？」

我的朋友站在那裡，聚精會神地注視著鐵軌彎出隧道之處。艾德門站是一系列鐵路網的會車點。他飢渴探尋的眼神定在隧道出口，我又看見那敏銳機警的臉龐、緊繃的雙唇、顫動的鼻翼，以及因專注而緊蹙的眉頭。

「交會點，」他喃喃自語，「交會點。」

「沒有其他站像這裡有這麼多路線交會吧？」

「什麼？你在說什麼？」

「沒有，像這樣的車站很少。」

「而且還有彎道。交會點，還有彎道。天哪！如果眞是這樣的話。」

「你想到什麼，福爾摩斯先生？你找到線索了嗎？」

「只是個想法——一個方向，如此而已。這案子是越來越有趣了。特別，太特別了，有何不可呢？我在這條路線上沒看到任何血跡。」

「幾乎沒有。」

「可是就我知道，死者受了重傷。」

「骨頭都撞碎了，但沒什麼外傷。」

「應該還是會有血跡。我能檢查一下在霧中聽到重物掉落撞擊聲的那位乘客所在的車廂嗎？」

「恐怕沒辦法，福爾摩斯先生。那列車已被分開，那節車廂現在接上別的列車了。」

「福爾摩斯先生，我能向你保證，」雷斯崔說：「我已親自仔細檢查過每一節車廂了。」

我這位朋友最明顯的弱點，就是對智力與機警程度不如自己的人非常沒耐心。

「很可能已經確實檢查過，」他說著轉過身，「不過我要看的並不是車廂本身。華生，這裡沒其他東西可看了。我們也不再繼續麻煩你，雷斯崔先生。我想我們的調查該移往伍爾維治了。」

在倫敦橋上，福爾摩斯寫了封電報給他哥哥，發出前他遞給我看，上面寫著：

黑暗中已見微光，可能轉瞬即逝。此刻請派人將已知在英國活動之外國間諜或國際情報員完整名單及地址送至貝克街，並等候回覆。

夏洛克

「這應該會有些幫助，華生。」我們坐在往伍爾維治的列車上時他對我說：「他介紹了這麼個不尋常的案子，這下我們可欠麥克羅夫老哥一個人情了。」

他仍舊精力充沛，急切的臉上掛著專注的神情，我因此得知必然有些特殊以及能讓他聯想到其他事物的狀況打開了他的思路。一隻獵狐犬從原本耷拉著耳朵並垂著尾巴躺在狗舍，到現在雙眼發亮、肌肉緊繃，隨著氣味開始奔跑——這就是福爾摩斯從今早到現在的變化。這和幾個小時前在那被濃霧包圍的房間內，穿著鼠灰色晨袍懶洋洋躺在那裡尋找新案子的，已經完全是另一個人了。

「現在有資料、有範圍，」他說：「我卻如此遲鈍，還是沒法找出所有可能。」

「我到現在也還是一頭霧水。」

「案件的彼端仍是一件摸不著頭緒的黑，但我有個想法，也許能讓我們有些進展。這個人是死在別的地方，他是被放在車廂頂上的。」

「車廂頂上！」

「不太尋常，不是嗎？考慮這些已知的事實，發現屍體的地方是在讓列車最顛簸、搖晃最厲害的地點，這是巧合嗎？這不正是最容易讓車廂頂上的東西掉落的地點嗎？這地方不會影響到車廂內的物體，所以若非屍體從車廂頂掉落，就是發生了奇特至極的巧合。現在再想想血跡的問題，當然了，如果屍體是在其他地方流血，這條路線上自然就不會有血跡。每件事實都支持這個理論，湊在一起就漸漸形成一股力量。」

「還有車票的事也是！」我叫道。

「正是。我們之前無法解釋他身上沒有車票一事，現在就說得通了。每一件事都接得上。」

「即使如此，我們還是和原來一樣，無法解決他的死亡之謎。事實上，這個問題在此沒有變得簡單，反而變得更奇怪了。」

「也許，」福爾摩斯若有所思地說：「也許，」他又陷入沉思，直到列車緩緩駛入伍爾維治車站。他在車站叫了輛街車，把麥克羅夫的紙條從口袋拿出來。

「我們這個下午要跑不少地方。」他說：「我想第一個要拜訪的是詹姆斯・華特爵士。」

這位大名鼎鼎的官員住在豪華的郊區宅院，屋前的綠色草坪延伸至泰晤士河岸。我們抵達時霧正散去，此時稀薄且帶著水氣的陽光透射進來。一位男僕前來應門。

「詹姆斯爵士！先生，」他神情肅穆地說：「詹姆斯爵士今天早上過世了。」

「上帝慈悲！」福爾摩斯驚訝地叫道，「他是怎麼死的？」

「先生，或是您要進來見他的弟弟瓦倫坦上校？」

「是的，最好如此。」

我們被領進一間光線昏暗的會客室，隨後一位五十來歲，高大英俊且留著淺色鬍髭的男人走了進來，他正是剛去世的科學家的弟弟。他激動的眼神、髒汙的雙頰和未梳理的頭髮，再再顯示出突然降臨在這家人頭上的重大打擊。目前他仍很難平靜地談論這件事。

「就是那件可怕的醜聞。」他說：「我哥哥詹姆斯爵士，他是個非常重視名譽的人，這件事讓他再也無法承受，並為此傷透了心。他一向以自己所領導部門的效率自豪，這實在是個致命的打擊。」

「我們本來希望他能幫助我們在調查上找出一些方向，以釐清這整件事。」

「我向你保證，這件事對他來說，就像對你或對我們所有人一樣神祕。他已經把知道的全都告訴警方。他自然對卡杜根．衛斯特的罪行毫不懷疑，但對於其他部分，他同樣無法想像是怎麼回事。」

「關於這件事，你有沒有任何新線索？」

「我所知道的都是從報上看到或聽來的。我無意待客不周，福爾摩斯先生，想必你能了解目前我們心情大亂，我得請你盡快結束這次拜訪了。」

「這確實是意料之外的發展，」當我們再次登上馬車，我的朋友說：「我在想，不知這可憐的老傢伙是自然死亡或是自殺。若是後者，是否表示他爲了怠忽職守而自責？這個問題只能留待日後解決。現在我們去卡杜根．衛斯特家。」

城郊一棟整潔的小屋裡住著喪子的母親，這位老婦因過度悲傷而神志不清，因此對我們毫無用處。在她身邊坐著一位臉孔白皙的年輕女子，自我介紹是薇莉．韋斯柏理小姐，是死者的未婚妻，也是那致命的夜裡最後見到他的人。

「我無法解釋這些事，福爾摩斯先生。」她說：「自從悲劇發生後，我一直未曾闔眼，白天夜裡不停想了又想、想了又想，就是要弄清楚是怎麼回事。亞瑟是世上最單純、最正直也最愛國的人，就算砍斷手也不會出賣由他保護的國家機密。任何認識他的人都會說這件事荒謬、反常，而且絕對不可能發生。」

「但你會做何解釋，韋斯柏理小姐？」

「是的，我承認我無法解釋。」

「他有金錢上的需求嗎？」

「不。他生活的需求很簡單，以他的薪水來說十分寬裕。他已經存了幾百鎊，我們準備新年時結婚。」

「沒有精神不穩定的跡象嗎？說吧，韋斯柏理小姐，請對我們坦白說明。」

我同伴的利眼這時注意到她的態度稍有轉變。她臉紅了起來，並有些猶豫。

「是的，」她終於說：「我覺得他似乎有什麼心事。」

「很久了嗎？」

「大概是從上星期開始的。他變得常靜下來想事情，看起來很憂愁。有一次我要他說出來，他承認心裡確實有事，而且是公事。他說：『這件事太嚴重，我不能說，就算對你也一樣。』此外我就問不出更多東西了。」

福爾摩斯看起來十分嚴肅。

「請繼續，韋斯柏理小姐。就算有對他不利的事，也請你往下說。結果是如何還很難講。」

「事實上，我也沒有其他事可說了。他有一、兩次好像話已到了嘴邊，想對我說些什麼。某天晚上，他說了這個祕密的重要程度，我記得他說，外國間諜毫無疑問會不惜代價得到這個祕密。」

我朋友的臉色越來越凝重。

「還有嗎？」

「他說我們對這件事太鬆懈了——賣國賊很容易就能得到這些機密。」

「他是最近才這麼說的嗎？」

「是的，不久前的事。」

「告訴我們事發當晚的情形。」

「我們正要去劇院，那天的霧大到連馬車都沒辦法行駛，於是我們便用走的。走到他的辦公室附近時，他就突然衝進大霧裡。」

「什麼都沒說？」

「他只驚叫一聲。我等在原地，但他沒再回來，後來我就回家了。第二天早上，辦公室的人過來詢問。大約中午十二點，我們才聽到這不幸的消息。哦，福爾摩斯先生，你一定、一定要挽回他的名譽！這對他而言是那麼重要的事！」

福爾摩斯悲傷地搖了搖頭。

「來吧，華生。」他說：「我們還要去其他地方，下一站是文件失竊的辦公室。

「之前對這年輕人不利的證據就已經夠多，經過我們的調查後又更糟了。」當馬車緩緩起步時，他說：「即將到來的婚禮為他的罪行提供了動機。他自然會需要錢，他一直有這念頭，也曾經說出口。他還差點因為說出計畫而讓那女孩成了叛國共犯。這實在是糟透了。」

「福爾摩斯，人的品格也有一定的分量吧？再者，他為何要把那女孩丟在街上，自己跑走去犯下重罪？」

「的確！這是有力的反證，但這案子本來就很難纏。」

資深職員席尼・強森先生在辦公室和我們見面，他就像所有接過我同伴名片的人一樣，對我們頗為禮遇。他是個身材瘦削、戴著眼鏡，總是板著張臉的中年人。今天的他臉色枯槁，雙手也因所談話題而緊張地絞在一起。

「真是一團糟，福爾摩斯先生，簡直糟透了！你聽說長官去世的消息了嗎？」

「我們剛從他家過來。」

「這地方現在一塌糊塗，長官死了、卡杜根・衛斯特死了、文件被偷。星期一傍晚關門下班時，我們明明就和政府內部任何一個單位一樣有效率。老天，用想的都夠可怕了！那個衛斯特怎麼會做出這種事來！」

「你很確定他是有罪的？」

「我看不出還有什麼其他可能。之前我對他可是像對自己一樣信任。」

「星期一傍晚這間辦公室是幾點關門？」

「五點。」

「關門的人是你嗎？」

「我總是最後一個離開。」

「那些文件放在哪裡？」

「保險櫃裡。我親手放進去的。」

「這棟建築沒有門衛嗎？」

「有的，但他還有其他部門要照看。他是個老兵，人再可靠不過。那天晚上他什麼也沒看到，當然，那天的霧很大。」

「假設卡杜根・衛斯特下班後想進入這棟建築，在拿到文件前，他需要三把鑰匙，是嗎？」

「是的。外面大門的鑰匙、辦公室門的鑰匙還有保險櫃的鑰匙。」

「只有詹姆斯・華特爵士和你有這些鑰匙？」

「我沒有門的鑰匙，只有保險櫃的。」

「詹姆斯爵士做事有條理嗎？」

「我想是的。我知道他把三把鑰匙串在同一個鑰匙環上。我經常看到。」

「他帶著那個鑰匙環去了倫敦嗎？」

「他是這麼說的。」

「你的那把鑰匙從不離身？」

「從不離身。」

「說到衛斯特，如果他眞的偷了文件，就一定要有複製鑰匙，可是並沒有在他身上找到。另外，如果一個職員要將計畫的文件賣給外人，在實際執行上，抄一份複本不是要比帶原件出去簡單得多嗎？」

「這需要具備相當程度的技術知識才有辦法抄寫複本。」

「不過我想，詹姆斯爵士、你和衛斯特都具備這樣的知識吧？」

「我們三人毫無疑問是具備的。但是，福爾摩斯先生，請你千萬別把我拖進這起事件裡。既然是在衛斯特身上找到原件，我們現在這樣揣測又有什麼用呢？」

「嗯，如果他有能力安全地抄錄複本，在效果相同的情況下，他卻冒險帶走原件，這的確非常奇怪。」

「確實奇怪——但他就是這麼做了。」

「在這案子裡，每訊問一次就會帶出一些無法解釋的事情。現在有三張文件仍舊下落不明，就我了解，這三張是最重要的。」

「是的，正是如此。」

「你的意思是說，任何人只要持有這三張文件，即使沒有另外七張，也可以打造出布魯斯—帕丁頓潛艇？」

「我曾向海軍部如此報告，但今天我再看一次草圖後，又不這麼確定了。因爲有自動調節裝置的雙重活門設計圖就在找回的其中一張文件上。直到外國人能自行開發出這個裝置前，他們是不可能做得出潛艇的。不過他們也可能很快就會克服這個困難。」

「不過遺失的三張是其中最重要的？」

「毫無疑問。」

「如你許可，我想看看這間辦公室。現在我沒有其他問題要問了。」

他檢查了保險櫃的鎖、辦公室的門，最後是鐵製窗板。直到我們站在辦公室外的草坪上時，他的興致才被挑了起來。窗外有些月桂叢，其中幾根枝條有彎曲或折斷的痕跡。他用放大鏡仔細檢查，接著再轉向地面上一些模糊不清的痕跡。最後他要求這位管理辦公室的職員將鐵製窗板關上，然後指給我看，窗板的中間部分無法完全密合，任何人皆可從窗外看到辦公室內的情形。

「晚了三天才來，線索都被破壞了。現在這些痕跡也許有意義，也可能沒有。好吧，華生，我不認為伍爾維治這裡會有其他進展了。我們在此小有收穫，看看在倫敦會不會更好一點。」

在我們離開伍爾維治車站前，又多了一點收穫。車站的售票員很肯定自己星期一晚上見過卡杜根・衛斯特——他和衛斯特已熟到一眼就能認出來——他搭的是八點十五分往倫敦橋站的列車。他獨自一人，買的是三等車廂的票。售票員記得當時他既緊張又激動，手抖到連找回的零錢都拿不起來，售票員還幫了他一把。查看列車時刻表，我們發現八點十五分這班車是衛斯特在大約七點三十分離開未婚妻身邊後，他所能搭到最早的一班車。

「華生，我們從頭整理一次。」沉默了半小時後，福爾摩斯開口說：「在我們共同調查的所有案件中，我想沒有一件比這更困難的了。每當我們稍微前進，就會發現面前又出現新的障礙。儘管如此，我們還是得到不少進展。

「我們在伍爾維治的調查結果，大致上對卡杜根・衛斯特這年輕人不太有利，但在辦公室窗邊發現的線索可以導出對他較有利的假設。我們這就假設，比方說有外國情報員與他接觸，或許他因此必須發誓不能提起這件事，但這還是使他思緒大亂，最後對未婚妻提起。非常好。我們再假設，當他與這位年輕女士前往劇院時，在大霧中突然瞥見這位情報員正往辦公室方向前進。他的個性衝動，習於倉促決定，同時對他來說工作責任優於一切，於是他跟蹤這個人，在窗前看到文件被偷走後，繼續追蹤這個竊賊。如此一來，我們就可以克服既能製作複本又何必偷走原件的悖論。因為偷走文件的是外人，所以必須取得原件。那麼，到目前為止的一切就都變得合理了。」

「那下一步該做什麼？」

「接著我們就遇上困難了。在這情況下，普通人也許會以為卡杜根・衛斯特的第一個反應是抓住這個壞蛋並向人示警。他為何沒這麼做呢？拿走文件的會是他的上司嗎？這樣的話就能解釋衛斯特的行為。會不會是衛斯特在霧中瞥見爵士，於是他立刻前往倫敦，到爵士所在之處攔截文件。這表示他知道爵士的去處嗎？他把那女孩留在霧中，沒對她做任何解釋，顯見狀況必然十分緊急。我們的線索到此又告中斷，而這個假設與衛斯特橫陳的屍體、他口袋中的七張文件，以及被置於地鐵車廂頂的這些事實之間，還有著巨大的空隙。我直覺現在應該要從事件另一頭著手，如果麥克羅夫能給我那份人名與地址清單，或許就能找出我們要追查的人，然後兩線同時進行。」

□

果不其然，一封內閣信差以急件送來的便箋已在貝克街等著我們。福爾摩斯瞄了一眼後將信丟給我。

小角色不少，能插手這種重量級事件的則寥寥可數。值得注意的只有：阿道夫・梅爾，西敏寺區大喬治街十三號。路易・勒・侯希爾，諾丁丘坎普登大宅。雨果・奧博斯坦，肯辛頓區柯菲園十三號。已知後者週一時在城內，據報現已離城。很高興得知你有進展，內閣全體正急侯你的結案報告。最高層峰所派專員已至。如有必要，全國警力皆為你所用。

麥克羅夫

「不過，」福爾摩斯笑著說：「恐怕女王陛下所有的馬匹和人力都幫不上忙了。」他將倫敦大地圖攤開，整個人急切地伏上去，「好啊、好啊，」不久後他滿意地嘆道，「事情終於稍微轉向我們這邊了。啊，華生，我確信最後我們一定會成功。」他突然高興起來，在我肩上用力一拍，「我現在出去一下。只是稍作勘察，放心，沒有最信賴的同志兼傳記作家在身邊，我是不會展開正式行動的。你先待在這裡，大概再過一到兩個小時，我們就會再見面。如果不知該如何打發時間，那就拿出紙筆，開始敘述我們如何拯救了這個國家吧。」

我似乎也被他興高采烈的樣子感染了。我很清楚，除非有很好的理由，否則他絕不會從平時苦行僧般的神態突然變得如此狂喜。在這十一月的漫長傍晚，我不耐地等著他的歸來。最後終於在剛過九點鐘時，有個信差送來一封短箋：

正在肯辛頓區葛洛斯特路戈蒂尼餐廳，請即刻前來與我共餐。來時請攜鐵撬、附遮罩油燈、鑿子及左輪手槍。

夏・福

這些可都是受人敬重的好市民在穿越濃霧籠罩的昏暗街道時必備的物品。我小心地把這些東西放進長大衣內，然後前往這個地址。我的朋友就坐在這精緻華麗的義大利餐廳門口附近一張小圓桌旁。

「你要吃點東西嗎？還是和我一起喝杯咖啡或是橙香酒？試試本店特有的雪茄，這沒有你以為的那麼濃烈。你帶工具來了嗎？」

「帶了，在我的大衣裡。」

「好極了。我來簡報一下剛才我做了些什麼，還有等會兒要做的事。華生，現在你必然很確定那年輕人的屍體被放在列車頂上。當我知道他不是從車廂中跌落時，我就確知他是從車頂跌下來的了。」

「不可能從車廂之間掉下來嗎？」

「我想這不太可能。如果你看過車廂頂部，就會發現它略呈圓弧狀，而且周圍沒有護欄，所以我們可以十分確定卡杜根・衛斯特是被放在那裡。」

「他是如何被放上去的？」

「這正是我們要回答的問題。可能的方法只有一種，你知道，地鐵在倫敦西區有些地方並不是在隧道裡。我隱約記得搭地鐵時，偶爾會看到頭上開了窗口。現在，假設列車在這樣的窗口下方暫停時，把一具屍體放上車廂頂會很困難嗎？」

「看起來很不可能。」

「我們要回歸那條老定理，當其他可能都不存在時，剩下的不管是什麼、不管多不可思議，那一定就是事實。當眼前其他所有可能都失敗時，我卻發現剛離開倫敦的那個國際情報頭子，就住在緊鄰地鐵的一排房屋中。這便是你有些驚訝地看見我興奮到做出輕佻言行的時候。」

「哦，是這樣子。是嗎？」

「是的。那就是住在柯菲園十三號的雨果・奧博斯坦先生，於是他就成了我的目標。我從葛洛斯特路車站展開行動，一位好心幫忙的管理員不但陪我沿著鐵軌查看，還滿足了我的好奇，不但看到柯菲園後方防火梯旁的窗戶就開在地鐵路線上方，更重要的另一項事實是，爲了等另一條較大路線的火車會車，地鐵列車常會在這地方暫停幾分鐘。」

「精采，福爾摩斯！你解開謎題了！」

「暫時——暫時而已，華生。我們是有進展，但離目標還遠得很。看過柯菲園後方，我再到前面一探，那隻籠中鳥果然已經飛走了。目前我能說的是，這屋子空間頗大，沒有家具。奥博斯坦與一個貼身男僕同住，那人很可能是個他能完全信任的同謀。我們要記住，奥博斯坦是去歐洲大陸處理手上的贓物，而不是逃亡。他沒有理由害怕搜索令，也絕不會想到一個業餘偵探會來這裡搜索他的住處。這就是我們等會兒要做的事。」

「我們不能合法申請搜索令嗎？」

「以目前的證據很難申請下來。」

「我們進去要做什麼？」

「還不知道裡面會有哪些文件。」

「我不喜歡這樣，福爾摩斯。」

「親愛的老弟，你幫我把風就行了，犯法的部分讓我來做。[4]現在不是拘泥小節的時候。想想麥克羅夫的字條，海軍部、內閣還有王室的人都在等我們的消息。我們必須要去。」

4 福爾摩斯不只一次以調查案件為理由遂行犯罪。某次他與華生醫生潛入一個惡名昭彰的勒索者臥房欲竊取文件時，在藏身的暗處親眼目睹一位來訪的女性因受不了長期威脅而開槍殺死這名勒索者。福爾摩斯最終不但沒有舉發這位女士，還趁其他人抵達犯罪現場前將所有被用來勒索的證據資料扔進火爐裡燒掉。華生一直很慶幸蘇格蘭場的警探不夠聰明，讓他們倆躲過牢獄之災。

我的答覆就是從桌邊站起。

「你是對的，福爾摩斯。我們必須要去。」

他從椅子上跳起與我握手。

「我就知道你不會臨陣退縮。」他說。這一瞬間，我在他眼中看到某種未曾出現但近似溫柔的情感，下一刻他又回復平日嚴厲實際的模樣。

「那地方離這裡約半哩遠，但不急，我們用走的。」他說：「另外，請你好好保管工具別掉出來，要是因爲你的模樣可疑而遭逮捕，那事情就會極爲不幸地變得複雜了。」

柯菲園是維多利亞時代中期，倫敦西區最普遍的那種整排門面平坦、有門柱與迴廊的房屋。隔壁屋子似乎在爲小孩舉辦派對，整夜不斷傳出年輕人的歡笑吵鬧聲及鋼琴聲。大霧仍舊持續，並將我們遮蔽在它友善的形影後方。福爾摩斯點亮油燈，照向那扇寬闊的前門。

「麻煩了，」他說：「這門不但鎖住，而且還上了門。也許從地下室進去比較容易。那裡的拱廊可以避開過度熱心的警察，以免他們介入。幫我一下，華生，等下再換我幫你。」

過了一會兒，我們都到了地下室門邊，剛躲進陰影中，上方的大霧裡就傳來警察的腳步聲。那柔軟的節奏聲遠去後，福爾摩斯開始對付下方的門。我見他彎下身子用力一轉，喀啦一聲門便開了。我們鑽進黑暗的通道，關上身後的門。福爾摩斯帶頭走在前面沒鋪地毯的彎曲階梯上，他手上的黃色微弱燈光照向一扇低矮的窗子。

「就是這裡，華生——一定就是這扇窗。」他把窗子推開，一開始先是傳來低沉粗啞的隆隆聲，接著聲音越來越大，最後一輛列車從外面與我們錯身而過，消失在黑暗中。福爾摩斯將燈光照向窗台，上面是往來列車的引擎累積形成的厚厚一層油煙，黑色表層上有幾處模糊的擦痕。

「你可以看出他們放屍體的位置。嘿，華生！這是什麼？毫無疑問一定是血跡。」他指著窗台木頭上幾抹顏色不同之處，「石階上也有，證據太明顯了。我們在這裡等列車停下來。」

我們沒等太久，下一班列車如同之前一樣從隧道隆隆駛來，但漸漸變慢，接著是一陣銳利的煞車聲，列車隨即停在我們下方。從窗台邊到車廂頂還不到四呎遠。福爾摩斯輕輕關上窗子。

「到目前為止，我們都是對的。」他說：「你怎麼想，華生？」

「絕對是傑作。是你表現得最精采的一次。」

「這點我不能認同。當我有了屍體來自車廂頂上才合理的想法之後，其他一切就不可避免地出現了。此外，若非這起事件牽涉到龐大利益，那麼到目前為止所發生的一切也就沒有意義可言。眼前的困難仍然存在，或許我們能在這裡找到一些有用的線索。」

我們從廚房的階梯往上走，進入一樓的房間。第一間是餐室，有簡單的家具，沒有值得注意的東西。第二間是臥房，同樣被清空了。剩下的這個房間看來比較有意思，我的同伴立刻展開系統式搜查。房裡散落著書籍和紙張，顯然這是間書房。福爾摩斯快速有序地一一檢視所有抽屜內及書架上的物品，但他肅穆的臉上並未出現成功在望的神采。將近一個小時後，他仍和剛進來時一樣毫無進展。

「這狡猾的惡狗，把所有線索都湮滅了。」他說：「這裡沒有任何能讓他入罪的東西。這是我們最後的機會，但眞正致命的信件不是被毀掉就是帶走了。」

書桌上有個放零錢的小錫盒，福爾摩斯用鑿子撬開，裡面有幾卷紙張，上面寫滿數字與算式，沒有其他註記指出其用途。一再出現的詞彙如「水壓」和「每平方吋所受壓力」，顯示可能與潛艇有關。福爾摩斯不耐煩地將它們丟到一邊，裡面剩下一個裝著一些小張剪報的信封。他把剪報倒在桌上，就在這一刻，我看到他飢渴的臉上升起了希望。

「這是什麼，華生？欸，這是什麼？一連串廣告欄上的訊息。《每日電訊報》的人事廣告欄，全是版面右上角，沒有日期——但是依序排列。這一定是第一張：

盼速獲回音。同意所提條件。請寫至卡上所附地址詳談　皮耶諾

下一則：

過於複雜，無法詳述。需要詳細報告。物品已至，僅待貨物送達。　皮耶諾

接下來是：

事態緊急。除非履行合約，否則條件取消。來信定約，以廣告確認。　皮耶諾

最後一則：

週一晚九點，輕敲兩下，僅咱二人。無須多疑。貨物送達，即刻付現。　皮耶諾

「相當完整的記錄，華生！要是能找出另一頭那個人就好了！」他坐在那裡，手指輕敲桌面開始思考。最後，他猛然起身。

「嗯，也許終究不是這麼困難。華生，我們在這裡沒其他事可做了。我想也許該去一趟《每日電訊報》的辦公室，把今天的工作做個結束。」

麥克羅夫和雷斯崔於第二天早餐過後依約前來，福爾摩斯向他們敘述了我們昨天的行動，警探聽我們說到闖入空屋時猛搖著頭。

「福爾摩斯先生，我們警方不能這麼做，」他說：「難怪你能找到比我們多的線索。總有一天你會越界，到時你和你的朋友都會惹上麻煩。」

「爲了英國、爲了家園、爲了美好的事物——嗯，華生？祖國聖壇上的烈士。你怎麼看，麥克羅夫？」

「太好了，夏洛克！精采極了！但你要拿那些東西怎麼辦？」

福爾摩斯拿起面前桌上的《每日電訊報》。

「你看過皮耶諾今天登的廣告了嗎？」

「什麼？又一則？」

「是的。就在這裡。」

今夜。同時。同地。敲兩下。極度重要。你已身陷險境。

皮耶諾

「我的老天！」雷斯崔叫道，「要是他回應的話，我們就能抓到他了！」

「我登這廣告就是這意思。我想，要是兩位今晚八點鐘方便移駕與我們一同前往柯菲園，我們距離解開謎團很可能就更近一步了。」

福爾摩斯的性格中最不尋常的一點就是，當他相信做得再多也不會有進展時，就能立刻拋開一切，將思緒投入其他較輕鬆的事情上。我記得在那值得記憶的一天，他整個人沉浸在書寫拉索斯多聲部經文曲的論文中。至於我就沒有這種分心二用的能力，那天對我來說，便是一個永無止盡的漫漫長日。此事對國家的重要性、政府高層對此事的疑慮，以及我們這項實驗本身——全都重重壓在我的神經上。因此當我們吃過簡單的晚餐，開始準備進行這次探險時，我眞是鬆了口氣。雷斯崔與麥克羅夫依約與我們在葛洛斯特路車站外碰面。奧博斯坦家地下室的門從昨晚就沒關上，由於麥克羅夫堅持拒絕翻過圍欄，所以由我翻過去進屋再把大門打開。九點鐘時，我們全都坐在書房，耐心等候我們的目標。

一個小時過去，又過了一個小時。來到十一點鐘，當大教堂的鐘聲響起，那每一聲鐘響都像是爲我們的希望所奏的輓歌。雷斯崔和麥克羅夫在椅子上坐立不安，每兩分鐘就看一次錶。福爾摩斯沉默不語鎭靜自如，眼睛半閉，但整個人仍處於高度警覺狀態。這時他突然抬起頭。

「他來了。」他說。

一陣鬼祟的腳步聲經過大門前，又走了回來。我們先聽到門外傳來細碎的聲響，接著是兩下銳利的敲門聲。福爾摩斯起身，以動作示意我們留在椅子上。走廊上的煤氣燈是房內唯一的光源，我們看到他打開大門，一道黑色身影溜進門內，穿過他身邊，他把門關好並閂上。我們聽見他說：「這邊！」過了一會兒，那人便站在我們面前。福爾摩斯緊跟在他身後，那人轉身一看，驚叫一聲，他立刻抓起那人的衣領，將他推進房內。我們的犯人還沒站穩身子，福爾摩斯便將門關上，背靠著門扉站在那裡。那人打量了他一會兒，露出難以置信的表情，接著便倒在地上失去知覺。驚嚇之下，他的寬邊帽從頭上掉落，領巾也從嘴邊滑下，露出留長的淺色鬍髭，以及瓦倫坦·華特上校那英俊的臉龐。

福爾摩斯驚訝地吹了聲口哨。

「華生，這次你可以把我寫成笨蛋。」他說：「這可不是我在找的那隻小鳥。」

「他是誰？」麥克羅夫激動地問道。

「潛艇研發部門首長，已故的詹姆斯・華特爵士的弟弟。是的、是的，我看出底牌是什麼了。他快醒了，我想最好把他留給我訊問。」

我們把倒在地上的這人抬到沙發上。現在我們的囚犯坐了起來，面帶驚恐地環顧四周，一手覆上額頭，彷彿不敢相信自己的知覺。

「怎麼回事？」他問道，「我是來拜訪奧博斯坦先生的。」

「我們全知道了，華特上校。」福爾摩斯說：「一位英國紳士如何能做出這等行爲，這實在超出我的認知。我們已經知道你和奧博斯坦的關係以及你們之間的通信，也知道卡杜根・衛斯特這年輕人因此死亡的相關事實。我勸你，若能坦白悔悟，至少還能保有最後一點名譽，同時有些細節我們需要你加以說明。」

這人開始發出呻吟，把臉埋入雙掌之中。我們還在等，但他依舊沉默。

「我能向你保證，」福爾摩斯說：「關鍵事實我們已經全都知道。我們知道你有財務壓力，你複製了一套你哥哥持有的鑰匙。接著你聯絡上奧博斯坦，他在《每日電訊報》的廣告欄上與你應答。我們知道星期一晚間你在大霧中前往辦公室，但被卡杜根・衛斯特發現並跟蹤，或許先前他便基於某些理由而開始懷疑你。他看到你偷走文件，但無法報警，因爲你可能只是把文件帶去倫敦交給你哥哥。他採取了一個好公民該有的行動，放下所有私事，在霧中緊跟著你，直到你來到這間屋子。這時他才出手干預，但是你，華特上校，除了叛國之外，你又爲自己加上更糟的謀殺罪名。」

「我沒有！我沒有！我敢對上帝發誓不是我幹的！」我們可憐的囚犯叫道。

「那就說出來吧，在你將卡杜根．衛斯特放到車廂頂上之前，他是怎麼走到生命終點的。」

「我會說，我發誓我會說。我承認，其他事就像你說的一樣。我玩股票欠了一大筆債，極度需要用錢。奧博斯坦給了我五千鎊，才讓我的人生不致毀滅。但說到謀殺，我就跟你一樣清白。」

「那麼，究竟是發生了什麼事？」

「他先前就開始懷疑我，也像你說的一樣跟蹤我，我來到這扇門前時才發現。那是很濃的霧，只能看清眼前三碼的東西。我在門上敲了兩下，奧博斯坦前來應門。這時那年輕人從大霧中衝出來，堅決要知道我們拿這些文件要做什麼。奧博斯坦隨身帶有一支防身短棍，當衛斯特硬是跟著我們進屋後，奧博斯坦便一棍打在他頭上。那是致命的一擊，不到五分鐘他就死了。他倒在大廳裡，我們都不知該怎麼辦。後來奧博斯坦想到個主意，他的屋子後窗下方有列車經過。不過他先檢查我帶來的文件。他說其中最關鍵的三張他必須留下。『你不能拿走，』我說：『如果不放回去，伍爾維治那邊會出大事情的。』『我一定要留著，』他說：『這些東西太專業，這樣的時間不夠我製作複本。』『但今晚一定要把所有文件放回去。』我這麼說。他想了一會兒，然後叫道說他有主意了。『這三張我還是留著，』他說：『其他的就放在這小伙子的口袋。等到他被發現後，整件事自然會算到他頭上。』我想不出其他辦法，所以就照他說的去做。我們在窗邊等了半個小時後，有班地鐵列車停了下來，那天的霧大到什麼都看不見，我們毫無困難地把衛斯特的屍體往下放到車廂頂上。事情與我有關的部分就到此爲止。」

「那你哥哥呢？」

「他什麼都沒說，但有一次他逮到我拿他的鑰匙，我想他是起了疑心。我從他眼中看得出來。你知道的，他從此再也抬不起頭來。」

房間裡一片死寂，最後是麥克羅夫打破沉默。

「難道你不能補救嗎？這樣或許能減輕你良心的負擔，也能減輕一點刑罰。」

「我能怎樣補救？」

「奧博斯坦帶著文件到哪兒去了？」

「我不知道。」

「他沒給你聯絡地址嗎？」

「他說把信寄到巴黎的羅浮飯店，他就一定會收到。」

「那你就還有能力可以進行補救。」福爾摩斯說。

「只要能夠，我願意做任何事。我對他再也不存感激之心，是他把我拖下水並毀了我的。」

「這裡有紙筆，坐在書桌前，我告訴你怎麼寫。信封上就寫他給你的地址，就這樣。現在，信要這樣寫：

敬啟者：

關於我們的交易，你現在必定發現，其中遺漏了一項關鍵細節。我可將之補齊，但由於會增加額外風險，因此必須再付五百鎊現金。我不信任以郵寄支付，同時不接受黃金與現鈔以外的付款方式。我願意出國與你見面，但此時出國會引起不必要的注意。因此我希望本週六中午能與你在查令十字飯店吸菸室見面。請記得，我只收英國紙鈔與黃金。

非常好，這樣就行了。我想這樣應該就能逮住我們要的人了。」

後來的確成功了！這是歷史性事件——一個國家的野史總是比公開的正式記載更詳盡且更有趣——

這個奧博斯坦因為急於達成他事業上最大的成就而落入陷阱，最後在英國監獄裡待了十五年。在他的行李箱中，找到了無價的布魯斯－帕丁頓計畫，當時他已將此計畫向歐洲各國海軍部競價兜售。

華特上校在他服刑期第二年末死於獄中。至於福爾摩斯，他再次投入修訂那篇拉索斯多聲部經文曲的論文，後來在學術界的小圈子裡私下印行。根據專家表示，這篇論文可說是這個主題的終極版本。幾星期後，我意外得知這位朋友受邀前往溫莎古堡作客一天，回來時帶著一枚品質極佳的翡翠領帶夾。當我問起是不是他自己買的，他答道，這是某次為一位極其高貴的女士完成一件任務後得到的小小回禮。他沒再多說，但我想我能猜到這位女士的尊貴姓名。而且我不懷疑，這枚翡翠領帶夾將會讓我的朋友永遠記得布魯斯－帕丁頓計畫探案事件。

*CASE 12*

# 索爾橋之謎

「我是看在這位年輕女士的份上才接這案子，」福爾摩斯嚴厲地說：「我不知道她被控的罪名會不會比你剛才承認自己所做的更糟，你是想毀了一個住在你屋簷下、無法自我保護的女孩。該要有人教教你們這些有錢人，不是用錢就能收買全世界、就能讓人原諒你們的過錯。」

查令十字路上寇克斯銀行保險庫中的某個角落，有個因長年旅行而磨損不堪的鐵皮箱，箱蓋上有我的名字：前印度軍團，約翰．H．華生醫生。裡面堆滿了紙張，幾乎全是夏洛克．福爾摩斯在不同時期所調查奇特案件的記錄。有些案件雖然很有意思，卻以調查失敗收場，由於找不到最終的解釋，所以我也無法在此敘述。學生們也許會對沒有解答的問題感興趣，但這卻很難吸引一般讀者的注意。這些未結的案子包括：回自己屋裡拿雨傘後，世上就再也無人見過的詹姆斯．費爾摩先生失蹤案。可說同樣極不尋常的，是單桅帆船艾莉西雅號事件，一個春日清晨，船隻駛入一陣濃霧之後就再也不曾出現，也無人再聽過這船以及船上之人的消息。第三個值得一提的案子與一位著名記者兼決鬥專家伊薩杜拉．博沙諾有關，某天他被人發現全身僵直，盯著眼前火柴盒中一條據說目前科學界還無人知曉的奇怪蟲子，從此陷入瘋狂。除了這些未能解決的案子外，有的則涉及某些顯赫家族的隱私，若其內容印行公諸於世，恐會造成其中許多尊貴成員的難堪。不用說，背叛如此的信任是想都不用想的事。因此，趁我的朋友目前有時間將精力轉移到這件事情上時，便要將這些記錄挑出並銷毀。如此一來還剩下為數不少、也多少算是有趣的案子，但若非擔心數量多到讓讀者倒胃口，或是影響我所尊敬之人的聲譽，我早就將之編寫印行了。其中有些案子我曾親身參與，能以親眼見證的角度敘述。其他的要不是我未參與其中，就是只參與極小部分，只能以第三人稱角度敘述。以下事件則是出自我的親身經歷。

這是個颳著風雨的十月清晨，當我起床著裝時，觀察到獨自挺立妝點著我們後院的篠懸木上，僅剩的葉子都已被風吹走。我下樓吃早餐時，已有心理準備見到我的同伴因此抑鬱不振，就跟所有藝術家一樣，他很容易受周遭環境影響情緒。可是相反地，他的早餐已快吃完，而且心情十分愉快，並帶著他心情好時那種不懷好意的神色。

「你有案子了，福爾摩斯？」我說。

「看來推理能力是會傳染的，華生。」他答道，「這讓你得以刺探出我的祕密。是的，我有個案子。無所事事停滯了一個月後，輪子終於又動了起來。」

「可以和我分享嗎？」

「能說的不多，等你吃完新來的廚子爲你準備的兩顆全熟水煮蛋後，我們可以再來討論。這兩顆蛋的狀況可說與昨天我在走廊桌上看到的《家庭週刊》不無關係，這顯示了即使是與這本刊物上的羅曼史故事相比無足輕重的煮蛋小事，也需要注意所使用的時間。」

一刻鐘後，餐桌收拾乾淨，我們面對面坐著，他從口袋拿出一封信。

「你聽過尼爾・吉布森嗎？那個金礦大王？」

「你是說那個美國參議員？」

「嗯，他當過西部某州參議員，不過爲人所知的還是世界級金礦鉅子的身分。」

「是的，我知道他。他已在英國住了一段時間，這名字我非常熟悉。」

「差不多五年前，他在罕普郡購置相當大的一筆地產。或許你已經知道他妻子悲慘的死訊？」

「當然知道。我想起來了，難怪這名字這麼耳熟，但我對細節一無所知。」

福爾摩斯伸手指向椅子上的幾張報紙，「沒想到這案子會找上我，否則我就會先把事情大概了解一遍。」他說：「事實上，這件事雖然非常轟動，但看來並不困難。被告令人感興趣的身分並不影響證據的正確性，驗屍官與警方的判斷也是如此。這案子現已移送溫徹斯特的巡迴法庭。我怕這會是件吃力不討好的案子。我可以發掘事實，華生，但無法改變它們。除非有意料之外的新證據出現，我看不出我的客戶還有什麼希望。」

個。」

「你的客戶？」

「啊，我忘了還沒告訴你，在敘述事件背景時，華生，我還是習慣有你參與。你最好先看一下這個。」

他遞給我的信上，筆跡粗黑有力。內容如下：

克萊麗緻飯店

十月三日

敬愛的夏洛克．福爾摩斯先生：

我無法眼見上帝所創造最完美的女人走向死亡的命運卻不出手挽救。我無法解釋——我甚至無法試著解釋，但我絕不懷疑鄧巴小姐的清白。你知道本案的事實——誰又不知呢？現在這已成為全國上下的話題，卻無一人挺身替她說話！這可恨的不公簡直令我發狂。那女人是連一隻蒼蠅都不忍心殺害的。欸，明早十一點鐘我會前來，看看你能否在黑暗中找出一線光明，或許我手上握有連自己都不知道的線索。無論如何，只要你能救她，我所知、所有的一切，甚至我整個人，全都任你差遣。如你過去確曾展現過你的能力，請將它用在此案上吧。

你忠誠的，

J．尼爾．吉布森

「這就是了，」福爾摩斯說著，一面敲著菸斗，將早餐後第一管菸的菸灰倒出，一面緩緩填進新的菸草。「這位先生就是我在等待的人。說到事件，你的時間應該來不及看完這些報紙，若你有興趣對這件事進行知性上的研究，我可以向你大致說明。這人是世上數一數二的金融鉅子，就我了解，也有著最為暴戾的性格。他娶了個妻子，正是這起悲劇的受害者，除了她已青春不再，我對她一無所知。不幸的是，教導她兩個年幼孩子的家庭女教師卻非常美麗。以上就是本案的三個關係人，事件發生在英國歷史核心地帶一所古老的大莊園中。說到這起悲劇，這位妻子在深夜被人發現死在離屋約半哩遠的地方，穿著晚餐時的服裝，圍著披肩，一枚左輪手槍用的子彈貫穿腦部。她身邊沒有武器，現場也沒有謀殺的跡象。她身邊沒有武器，華生——記住這點！案件看來發生在即將入夜時，屍體是大約十一點鐘被獵場看守人發現，搬進屋內之前已被警察與醫生檢查過。這樣是否太簡略？你還跟得上嗎？」

「非常清楚，但為何會懷疑那位女教師呢？」

「嗯，首先有些非常直接的證據。在她衣櫃的底板上找到一把一個彈膛已發射過的左輪手槍，口徑也與命案的子彈相同。」這時他的眼神定住不動，逐字複述：「衣—櫃—底—板—上。」接著他陷入沉默，我看得出他腦中有一連串思緒正在運作，而我不會笨到這時去打斷他。突然間，他又恢復生氣，「是的，華生，槍找到了。糟透了對吧？兩個陪審團都這麼認為。而且死者手上有張女教師寫的字條，約她在案發地點見面。如何？最後還加上動機。吉布森參議員是位很具吸引力的男士，如果他的妻子去世，誰會比這已深受男主人喜愛的年輕女子更有機會坐上這個位子？愛情、財富、權力，都取決於一個中年女子的生命。醜惡，華生——非常醜惡！」

「的確如此，福爾摩斯。」

「她也無法提出不在場證明，相反地，她不得不承認在那段時間去過索爾橋——就是那悲劇現場。她無法否認，一些路過村民也看到了她。」

「看來事情已經無法轉寰。」

「還沒有，華生——還沒有！這座只有一塊石板寬、兩側有欄杆的橋，跨過一片既長又深、長滿蘆葦的水域最窄處。這地方叫索爾湖，死者就倒在橋頭。這就是本案的主要事實陳述。如果我沒聽錯，看來我們的客戶提早到了。」

比利打開房門，報出的卻不是我們期待中的名字。我們對馬婁・貝茲先生的名字都感到很陌生，他瘦小而緊張，眼神畏懼，舉止猶疑扭怩。從我的職業角度來看，他已瀕臨精神崩潰。

「貝茲先生，你看起來有點激動。」福爾摩斯說：「請坐，恐怕我無法給你太多時間。我十一點鐘還有約。」

「我知道。」我們的訪客透不過氣似地擠出這幾個字，「吉布森先生就要來了。吉布森先生是我的雇主，我是他的管家。福爾摩斯先生，他是個惡棍，可恨的惡棍。」

「你話說得很重，貝茲先生。」

「福爾摩斯先生，因爲時間有限，我只能強調重點。我絕對不能讓他發現我來過這裡，他就快到了，但我沒辦法更早來。他的祕書費格森先生今天早上才對我提到他今天和你有約。」

「你是他的管家？」

「我已向他提出辭呈，再過幾個星期，我就能脫離他可怕的奴役了。福爾摩斯先生，他是個嚴苛的人，對身邊所有人都是如此。他在外表現出的善行只是用來掩飾私下的罪惡行徑。他的妻子是主要受害者，他對她十分殘酷——是的，先生，十分殘酷！我不知道她是怎麼死的，但我能肯定他讓她的生活過得非常悲慘。她生在巴西，是熱帶地區的人，我想你知道這點。」

「不，我沒注意到。」

「她生在熱帶，也有熱帶的性情，是個爽朗熱情的人。她盡一個女人所能地愛他，但當她的肉體吸引力消失後——我聽說他們的感情曾經非常好——就再也留不住他了。我們都喜歡她、同情她，並痛恨他對待她的方式。他看似正直，其實非常狡詐。這就是我要說的，別被他的外表騙了，他有很多你不知道的部分。我得走了，不、不，別留我！他就要到了。」

我們奇怪的訪客看了時鐘一眼，幾乎用跑的出了門外，消失無蹤。

「好啊、好啊！」福爾摩斯沉默了一會兒後說：「看來吉布森先生有個忠心的家人。這個警告很有用，現在我們就等他本人大駕光臨。」

很準時地，我們聽到樓梯上響起沉重的腳步聲，接著這位知名的百萬富豪便進了房間。我看到他時，不但明瞭他的管家對他的恐懼與厭惡，也知道為何他的商業競爭對手會如此憎恨他。如果我是雕刻家，想要塑造一個有著鋼鐵意志與冷硬心腸的成功人士，我會以尼爾·吉布森先生為原型。他的身形高瘦粗獷，給人飢渴貪婪的感覺。只要以林肯總統為基底，把相貌中的高尚部分替換掉，就會很像這個人。可以用花崗岩來雕他的臉，強硬、粗獷、冰冷，以及象徵多年歷練的紋路與疤痕。兩道濃眉下的冷灰色雙眼投射出犀利的眼神，輪流看著我們兩人。福爾摩斯提到我的名字時，他敷衍地對我微微欠身，接著便強勢地自己拉了張椅子靠近我的同伴坐下，瘦削的雙膝幾乎碰到福爾摩斯。

「福爾摩斯先生，我先說明，」他開口說：「只要能查明這案子，錢不是問題。要是能幫你照亮眞相，你拿錢去燒都可以。這女人是無辜的，一定要還她清白。要怎麼做完全由你決定，你開價吧！」

「我的職業收費有一定標準，」福爾摩斯冷冷地說：「有時我會免費服務，此外不會輕易變動。」

「那麼，如果你不在乎錢，就想想名聲吧。如果你能成功解開這案子，英美兩國的報紙都會對你大加讚揚，你會成為兩塊大陸上的話題人物。」

「謝謝你，吉布森先生，我不認爲我需要他人讚譽。你可能會很意外，我其實喜歡低調地工作，吸引我的是謎題本身。我們這是在浪費時間，直接來談事情經過吧。」

「我想你已在報紙的報導中看到了主要事實，我不知道還能給你什麼有幫助的線索。如果你想對哪些事有進一步的了解，那我可以告訴你。」

「嗯，只有一件事。」

「是什麼？」

「你和鄧巴小姐究竟是怎樣的關係？」

這位金礦大王差點從椅子上暴跳起來，接著又迅速恢復鎮定。

「我想，問這問題是你的權利——或許也是工作所需——福爾摩斯先生。」

「我們同意你的假設。」福爾摩斯說。

「那我可以向你保證，我們的關係僅止於一位年輕女士與其雇主只在他孩子在場時的見面或談話。」

福爾摩斯從椅子上起身。

「我很忙，吉布森先生，」他說：「既沒時間也沒興趣進行這無意義的對話。祝你有個美好的早晨。」

我們的訪客也站了起來，他的身高還在福爾摩斯之上。濃眉下的雙眼發出怒火，灰黃的雙頰因此泛紅。

「你這該死的是什麼意思，福爾摩斯先生？你不接這案子嗎？」

「嗯，吉布森先生，至少該說是我不接受你這個人。我想話已經說得很清楚了。」

「是夠清楚，但你這句話的背後是什麼意思？想要抬價？還是怕接了之後沒辦法解決？我有權利得到清楚的答案。」

「啊，也許你有權利得到，」福爾摩斯說：「我就給你答案吧。這案子開頭就已經夠複雜了，再給我錯誤的資訊只會讓案子更難查。」

「你是說我在說謊。」

「呵，我只是說得婉轉一點，如果你一定要這麼說，我也不否認。」

我跳了起來，因為這百萬富翁露出猙獰的表情並舉起碩大的拳頭。福爾摩斯懶懶地笑了，伸手去拿菸斗。

「別氣壞了，吉布森先生。我發現剛吃完早餐後，就算再小的爭吵都對身體不好。我建議你在早晨的空氣中散散步，靜下來想想，對你會有很大好處。」

金礦大王努力壓下怒氣。這讓我十分佩服，非要有過人的自制力，才能在短時間內將火爆脾氣轉變成這樣冷漠的輕蔑。

「好，這是你的選擇。我想你自己知道怎麼做這生意，我沒辦法強迫你接這案子。福爾摩斯先生，你今天早上的行為對自己不會有好處，我曾讓比你更強的人屈服，和我對抗的沒有人有好下場。」

「很多人這麼對我說過，但我現在還好端端在這裡。」福爾摩斯笑道，「那麼，吉布森先生，祝你有個美好的早晨，你要學的事可多了。」

我們的訪客氣沖沖地走了，福爾摩斯卻輕鬆自若地靜靜盯著天花板抽起菸來。

「你有什麼看法，華生？」最後他開口問道。

「這個嘛，福爾摩斯，我得坦白說，想到他是那種會毫不猶豫排除障礙的人，再想起他不喜歡他的妻子，而她也算是某種障礙，就像那個貝茲告訴我們的，我就覺得——」

「沒錯，我也這麼覺得。」

「但他和那個女教師究竟是什麼關係？你又是怎麼發現的？」

「虛張聲勢，華生，虛張聲勢！當我想到他那熱切而不尋常的非公事化語調，以及和這恰恰相反的、極爲自制的舉止和外表，事情就很清楚了。他是對被指控的女人而非被害的女人有著很深的情感。如果要找出眞相，我們就得找出這三人眞正的關係。你也看到我是如何對他正面攻擊，他也若無其事地接招，然後我再用十分肯定的樣子對他虛張聲勢，其實我只是高度懷疑而已。」

「他也許會再回來？」

「他一定會再回來。他必須回來。他不能把事情就這樣擱著。哈！門鈴不是響了？是了，是他的腳步聲。啊，吉布森先生，我正在跟華生醫生說你來晚了。」

金礦大王的情緒比他離開時平和多了，但從反抗的眼神仍看得出他的自尊所受的傷害，不過理智告訴他自己，要達到目的就得讓步。

「我想過了，福爾摩斯先生，我發現自己一時性急誤解了你的意思。你只是要查出眞相，不管那會是什麼，我比你更能認同這點。我可以向你保證，鄧巴小姐與我的關係和這案子沒有直接的關聯。」

「這點該由我來決定，不是嗎？」

「是的，我想就是這樣。你就像外科醫生，要知道所有症狀才能作出診斷。」

「沒錯，正是如此。也只有病人想要欺騙醫生時，才會隱瞞某些事實。」

「話是這麼說沒錯，不過你得承認，福爾摩斯先生，大半男人被直接問到與另一個女人的關係，尤其對她是認眞的時候，總會有些退怯。我想大半男人心裡都有個不願讓人打擾的私密角落，而你就這樣闖了進來。我可以理解你這麼做是想要救她。好吧，我豁出去了，沒有任何禁忌，你想查什麼都行。你想知道什麼？」

「事實。」

金礦大王停頓一下，彷彿在整理思緒，布滿深刻紋路的無情臉龐變得更爲悲傷而嚴肅。

「我可以用簡單的幾個字告訴你，福爾摩斯先生，」最後他說：「有些事要說出口，眞是既痛苦又困難，所以除了必要部分，我不會再說更多。我是在巴西探勘金礦時遇上我的妻子。瑪莉亞・品托是瑙斯一個地方官的女兒，她非常美麗。那時我既年輕又熱情，即使到現在，以冷漠挑剔的眼光回想，在我眼中她的容貌仍是如此罕見的完美。她的個性熱情衝動、不顧一切且毫無保留，與我認識的美國女人非常不同。唉，長話短說，我愛上了她，也娶了她，浪漫的感覺過去之後——但也持續了好幾年——我才了解到我們之間沒有——完全沒有——一點共同之處。我的愛意褪去，如果她也是如此，那就簡單多了。可是你知道女人了不起的地方！無論我做什麼，都無法讓她離開我。如果說我苛待她，或甚至如某些人所說的那般粗暴，都是因爲我知道如果能澆熄她的愛意，甚至令她恨我，那麼事情對我們兩個就簡單多了。可是她絲毫不變，她在英國森林間對我的愛意，與二十年前在亞瑪遜河畔毫無二致。不管我做什麼，她的付出始終不渝。

「然後葛莉絲・鄧巴小姐來了。她前來應徵廣告，成爲兩個孩子的家庭教師。或許你已在報上見過她的照片，全世界都會承認她也是個非常美麗的女人。我不會假裝自己比鄰居高尙，我承認，與這樣的女人在同一個屋簷下朝夕相處，不可能不對她產生一點愛意。你能怪我嗎，福爾摩斯先生？」

「我不怪你有這感覺，但當這位年輕女士在你的保護之下，對她表達這種感覺就不對了。」

「嗯，也許如此。」這位百萬富翁說，雖然剛才的指責一度讓他眼中的怒火復燃，「我不會假裝自己是更好的人。我這輩子一直都是想要什麼就伸手爭取，比起這女人和她的愛情，我不曾更加渴望任何東西。我也這麼告訴過她。」

「哦，你這麼做了，是嗎？」

福爾摩斯一旦激動起來，樣子是很可怕的。

「我告訴她，如果能夠娶她，我一定會這麼做，但我做不到。我說錢的方面不是問題，這也是我唯一能讓她的生活快樂舒適的方法。」

「你還眞是慷慨。」福爾摩斯嗤之以鼻地說。

「聽著，福爾摩斯先生，我是帶著證據問題來請教你，不是請你批判我的道德表現。我沒問你這方面的意見。」

「我是看在這位年輕女士的份上才接這案子，」福爾摩斯嚴厲地說：「我不知道她被控的罪名會不會比你剛才承認自己所做的更糟，你是想毀了一個住在你屋簷下、無法自我保護的女孩。該要有人教教你們這些有錢人，不是用錢就能收買全世界、就能讓人原諒你們的過錯。」[1]

出乎意料地，金礦大王平靜地接受指責。

「我現在就是這種感覺。感謝上帝，事情沒有照我的計畫發展。她完全不能接受，並想立刻離開這個家。」

「爲什麼沒有離開？」

「首先，有人需要靠她的收入過活。放棄工作而不顧家人，對她來說並不好過。當我發誓——我也眞的做到——不再騷擾她之後，她才同意留下。還有另一個理由，她明白自己對我的影響力，這份影響大過世上任何力量，而她想要善用這份力量。」

「怎麼做？」

「她對我的事業略知一二。我的事業非常龐大，福爾摩斯先生——大到常人無法想像。我能建造，也能破壞——但我通常都在破壞。我說的不只是影響個人，還包括社區、城市，甚至國家。商業上的競爭是非常激烈的，弱者只有失敗一途。我用盡一切能力來玩這遊戲。我從不示弱，也從不在乎其他人的痛苦。她的看法則不同，我想她是對的。她相信當一個人的財富超過所需，這財富就不該再建立在榨取千萬個爲生活掙扎的人們之上。這是她的觀點，我想她看到了某些能超越金錢並且更長久留存的東西。她發現我會聽她的話，能藉由對我的影響爲這世界做點事情，所以她留了下來——接著就發生了這件事。」

「你有任何線索嗎？」

金礦大王停頓了幾分鐘，將頭埋在雙掌中陷入深思。

「情況對她非常不利，這我無法否認，女人的內心世界經常不是男人所能理解的。剛開始我大吃一驚，簡直亂了手腳，我以爲她眞的違反自己的本性，做出不合常理的事。不過後來我又有另一個想法，不管它有沒有道理。我告訴你，福爾摩斯先生，我的妻子非常善妒，靈魂上的嫉妒可以和身體上的嫉妒同樣瘋狂，雖然我的妻子沒有理由嫉妒——我想她自己也知道。但她後來發現，這個英國女孩對我在精

1在這裡，福爾摩斯充分表露了他的價值觀：淡泊金錢名利，堅持俠義精神，即便面對權貴也毫不退縮，甚至因此獲得對方的理解與敬重。

神與行動上的影響力是她永遠不能及的。即使這樣的影響力是好的，仍無法改變這事實。她因此恨得入骨，而她身上永遠流著亞瑪遜的熱血。她有可能計畫殺了鄧巴小姐——就說是拿著槍威脅她離開我們吧，接著發生扭打，然後手槍走火擊中持槍的人。」

「我已想過這個可能，」福爾摩斯說：「事實上，除了蓄意謀殺，這是唯一比較明顯的可能。」

「但她完全否認了。」

「唔，不過也還不能下定論，不是嗎？我們可以理解，當一個女人處於這種極爲糟糕的狀況下，仍有可能半清醒地帶著手槍跑回家，甚至把槍丟進一堆衣服裡卻沒意識到自己在做什麼。槍被找到後，既然無論如何都無法解釋，那就只好完全否認。有誰能推翻這個假設嗎？」

「鄧巴小姐本人。」

「嗯，也許。」

福爾摩斯看了看錶，「今天早上我們應該去取得必要的法院許可，這樣傍晚就能搭火車到溫徹斯特。等我見過這位小姐，我在這案子裡可能才比較幫得上忙。雖然我不能保證最後的結果會符合你的期望。」

由於正式的法院許可辦理上有些耽擱，因此這天便沒去溫徹斯特，改去尼爾．吉布森先生在罕普郡的產業索爾莊園。他沒能親自來陪伴我們，不過我們有本地警佐柯凡垂的地址，他是第一個檢驗案發現場的人。他身材瘦高，膚色蒼白，舉止神祕而若有所藏，彷彿知道或懷疑某些他沒說出口的事。他有個小把戲，就是會突然降低音調變爲悄聲說話，好像接下來要說什麼重大祕密似的，實際上都只是些極平常的事情。除了這些舉止，他倒是立刻顯示出自己是個正直誠實的傢伙。他不無沮喪地表示這案子超出他能力所及，並歡迎任何方面的協助。

「不管怎樣，福爾摩斯先生，我寧可看到是你過來，而不是蘇格蘭場的傢伙。」他說：「如果是警場介入調查，有功不會是本地警員的，要是失敗一定怪在我們頭上。我聽說了你這人不耍花招。」

「我完全不想出現在這案子裡，」福爾摩斯說著，我們這位新朋友立刻鬆了口氣，「如果能查清這案子，希望別提到我的名字。」

「哦，你眞大方，我知道你的朋友華生醫生也是值得信賴的人。福爾摩斯先生，我們一面走過去，我有個還沒對別人說過的問題想要請教。」他環顧四周，一副不太敢說出來的樣子。「你不覺得這案子對尼爾・吉布森先生不利嗎？」

「我也想到了。」

「你還沒見過鄧巴小姐，她從各方面來看都是極完美的女人。他或許會想除掉他的妻子，而且比起我們，這些美國人更喜歡動槍。你知道，那槍是他的。」

「這點確定了嗎？」

「是的，先生，是他一對手槍當中的一把。」

「一對當中的一把？另一把呢？」

「呃，這位先生有各式各樣的槍，我們一直沒找到配成對的那把——但那槍盒是用來裝一對手槍的。」

「如果是一對手槍，一定可以找出另一把。」

「嗯，如果你想看的話，我們把他的槍都擺放陳列在屋子裡了。」

「或許等一下吧。我想我們先一起過去看看那個悲劇現場。」

這場對話是在警佐柯凡垂家兼作本地警局的小屋前廳裡進行。我們走了大約半哩路，穿過一片颳著強風、長滿石南的荒地，那些蕨葉都已枯得變成暗金色。接著來到一扇側門前，打開進去就是索爾莊園的產業。一條小徑帶領我們穿過野雉禁獵區，來到一片林中空地，在一座小丘頂看到一棟半都鐸半喬治時期風格的寬闊半木造房屋。我們的身旁是一座長滿蘆葦的長形水塘，只有中央有座馬車能過的石橋，橋的兩邊則又擴大成兩個小湖。我們的嚮導停在橋頭，指著地面。

「吉布森太太的屍體就躺在這裡，我用石頭做了記號。」

「據我所知，你在屍體被移動前就到了？」

「是的，他們當時立刻就來找我。」

「是誰來找你？」

「吉布森先生本人。一有人通報這件事，他立刻和其他人從屋裡跑出來，他堅持警察到場前不能移動任何東西。」

「這很合理。我從報上看到，說子彈是近距離發射。」

「是的，先生。非常靠近。」

「在右太陽穴附近？」

「後面一點，先生。」

「屍體是怎麼個躺法？」

「朝天仰臥，先生。沒有掙扎的跡象。沒有其他痕跡、沒有武器。鄧巴小姐寫的字條抓在她左手上。」

「你是說緊抓著？」

「是的，先生。我們差點扳不開她的手指。」

「這點非常重要。這就排除了有人在她死後把字條放入她手中用以布置假線索的可能。我的天！字條。我記得寫得很短：

九點鐘我會到索爾橋。

G‧鄧巴

是這樣嗎？」

「是的，先生。」

「鄧巴小姐承認字條是她寫的？」

「是的，先生。」

「她怎麼解釋？」

「她什麼都不說，只說要保留答辯權直到巡迴法庭審判時。」

「這問題確實有趣。關於字條這點目前很難理解，不是嗎？」

「呃，先生，」我們的嚮導說：「容我大膽地說，這似乎是整件案子到目前為止唯一清楚的一點。」

福爾摩斯搖搖頭。

「就算眞有這字條，也眞是她寫的，應該是事發之前一段時間收到的——就說是一、兩個小時前吧。爲何這位女士還要把字條緊抓在手裡？她爲何要這麼小心地帶著？她不需要用這作爲見面的憑據，這樣不是有點不尋常？」

「嗯，先生，經你這麼一說，也許眞的不太尋常。」

「我要坐下來幾分鐘，安靜地把這事想出個頭緒。」他坐在石橋邊，我看見他敏捷的灰眼珠以探詢的目光四下凝望。他突然跳了起來，跑向對面的欄杆，從口袋抽出放大鏡開始檢查這座橋使用的石材。

「非常奇怪。」他說。

「是的，先生。我們也看到橋邊有些碎石屑，我想是某個路過的人弄的。」

築橋的石材是灰色的，但這塊石材上卻有個不比六便士銀幣大的白色痕跡，貼近檢視就能看出這塊痕跡是被銳器打在上面造成的。

「這要用些蠻力才弄得出來。」福爾摩斯若有所思地說。他用手杖用力敲了橋邊幾下，都沒留下任何痕跡。「一定是很重的一擊。位置也很奇怪，不在上方而在下方，你看得出是在欄杆底部。」

「這裡離屍體至少十五呎遠。」

「是的，離屍體十五呎。也許這和本案完全無關，但還是値得注意。我想這裡沒什麼可看的了。你說這裡沒有足跡？」

「地面非常硬，先生，完全沒有任何痕跡。」

「那我們可以離開了。我們先進屋子裡，看看你說的那些武器。接著我們就可以去溫徹斯特，在採取進一步行動前，我想見見鄧巴小姐。」

尼爾．吉布森先生還沒從城裡回來，我們看到早上來訪的那位神經質的貝茲先生。他以不懷好意的神態帶我們去看整齊擺放出來，他主人在多年探險生涯中所累積型式與尺寸不一的各種槍械。

「吉布森先生有他的敵人，任何認識他以及了解他處事手法的人都預料得到。」他說：「他連睡覺時床頭桌的抽屜裡也會擺上一把上膛的左輪手槍。他是個粗暴的人，先生，我們每個人多少都會怕他。我確定那位剛過世的可憐女士也經常處於恐懼之中。」

「你親眼見過他對她施暴嗎？」

「不，我沒辦法說我親眼見過，但我聽他對她罵過非常難聽的話——冷酷、輕蔑又傷人，甚至在僕人面前也一樣。」

「我們這位百萬富豪的私生活看來不是那麼光采，」我們返回車站的路上，福爾摩斯這麼說：「那麼，華生，我們已得到許多事實，有些是新出現的，但距離能下結論還有一段距離。儘管貝茲先生非常不喜歡他的主人，但從他那裡得知，有人通報出事時，他無疑正在圖書室裡。晚餐於八點半結束，那時一切都還很正常。發現出事的時間的確是在快要入夜之前，這悲劇確實是在字條上指定的那段時間發生的，可是沒有任何證據顯示吉布森先生自下午五點從城裡回來後曾出過門。另一方面，就我所知，鄧巴小姐坦承她和吉布森太太約在橋邊見面。基於律師建議保留答辯權，除此之外她什麼都沒說。我們有幾個非常關鍵的問題要問這位年輕女士，在沒見到她之前，我的心還是定不下來。我得承認，這案子裡除了一件事外，其他部分都對她非常不利。」

「是什麼事，福爾摩斯？」

「在她的衣櫃裡找到的手槍。」

「天哪，福爾摩斯！」我叫道，「在我看來這是最糟糕的罪證。」

「並非如此，華生。即使在我最初草草讀到這件事的報導時，這點就讓我覺得很奇怪。現在我深入調查這案子後，這點更成了唯一較明顯的希望所在。我們要找出事件的一致性，當出現矛盾之處，就該懷疑其中有詐。」

「我不太了解你的意思。」

「現在，華生，假想你是個冷靜預謀要除掉情敵的女人。你仔細籌畫，寫了字條定約，受害者也來了。你帶了武器，犯下罪行，一切都順利完成。你會告訴我，在犯下如此精心策畫的罪行後，竟會忘了把武器丟入能永遠湮滅證據的蘆葦水塘，反而小心帶回家，放在衣櫃這種一開始就會被搜查的地方，從而毀掉身爲罪犯的名聲？華生，即使是你這種連最好的朋友都不認爲有心計的人，我都無法想像你會這麼粗心。」

「或者是受一時情緒激動影響呢？」

「不、不，華生，我不認爲會有這種可能。一件冷靜策畫出的罪行，一定也會冷靜計畫好湮滅證據的方法。因此，我想我們是被一連串事件誤導了。」

「還有太多地方需要解釋。」

「嗯，那我們就得去找出解釋來。當你的觀點改變後，原本非常肯定的部分反而會變成通往眞相的線索。舉例來說，這把左輪手槍，鄧巴小姐聲稱完全不知是從哪來的。在我們的新理論中，她在此說的都是實話，那就表示有人把槍放進她的衣櫃裡。是誰放的？某個要栽贓給她的人。那麼這個人不就是眞凶嗎？你看，我們的調查一下子就有了大豐收。」

因爲手續還未完成，我們不得不在溫徹斯特過了一夜。隔天早上，我們在備受被告信任的法律界明日之星喬伊・康明斯先生陪同下，獲准到獄中見這位年輕女士。從我們目前聽到的許多事情中，我已預期會見到一位美麗女子，但我仍忘不了鄧巴小姐給我的第一印象。難怪連那位強橫的百萬富翁都會發現她有某種比他更強大的力量——某種能控制並引導他的力量。任何人看到那堅強、輪廓分明而善感的臉龐，都會覺得即使她做出某些衝動之舉，內在的高貴本性仍會讓她產生好的影響力。她有一頭深褐色頭髮，身材高䠷，五官端莊而果決。她的深色雙眼流露出無助的情緒，宛如正被追捕，感覺被羅網包圍、無處可逃的小動物。當她知道眼前我這位著名的朋友將會伸出援手時，蒼白的臉頰湧上一抹血色，望向我們的眼神中也露出希望的光芒。

「也許尼爾．吉布森先生已把我們之間的一些事告訴你了？」她以低沉而焦慮的語調問道。

「是的，」福爾摩斯答道，「你無須再痛苦地說一遍。見到你之後，我願意接受吉布森先生所聲明你對他的影響力，以及你們之間關係清白的說法。可是你為何不在法庭上將一切說出來？」

「在我看來，這項控訴是不可能成立的。我認為如果可以等待，整件事最後就能釐清而不致於涉及這個家庭中許多令人痛苦的私密之事。我現在才知道，事情不但未能釐清，反而更加嚴重了。」

「親愛的女士，」福爾摩斯焦急地叫道，「請你別再作夢了。你可以向康明斯先生確認，目前所有狀況都對我們不利。如果想要釐清這件事，就得盡一切可能去努力。若有人說你目前並未陷入極度危險的狀況，那就是殘酷的欺騙。請盡你所能地幫助我找出眞相吧。」

「我不會有任何隱瞞。」

「那麼告訴我們，你和吉布森先生的妻子之間眞正的關係。」

「她恨我，福爾摩斯先生。她以那熱帶性格中的全部狂熱恨我。她是那種絕對不肯退讓到只得一半的女人，她有多愛她丈夫，就有多恨我。她很可能誤解了我們的關係。我不想破壞她的形象，但她的愛完全集中在身體層面，無法了解她丈夫和我在智性、甚至心靈上的連結，也無法想像我是為了影響他，讓他的力量能達到正面效果才留在這個家中。現在我才知道我錯了，不但無法證明我留下來的決定是對的，我造成的也只有不快樂。就算我離開這個家，這些不快樂一樣會繼續存在。」

「現在，鄧巴小姐，」福爾摩斯說：「請告訴我們那一晚確實發生了什麼事。」

「福爾摩斯先生，我可以盡我所能將知道的一切告訴你，但我無法證實這些事，而且有些地方——最關鍵的地方——我不但無法解釋，也想不出可以怎麼解釋。」

「如果你能說出事實，或許就有人就能幫你找出解釋。」

「那麼，就說當晚我出現在索爾橋的事吧。我早上收到吉布森太太的字條，字條放在教室桌上，也許是她親自放的。她請我晚餐後到那裡和她見面，說有很重要的事要告訴我，還要我把回覆字條留在花園的日晷上，她不想讓人知道我們的祕密。我看不出為何要這麼神祕，不過還是照她說的接受了這個邀約。她還要求我毀掉她寫的字條，於是我就在教室的壁爐裡將字條燒了。她非常怕她丈夫，他對她十分苛刻，我為此經常勸告他。因此我以為她是不想讓她丈夫知道我們見面的事。」

「但她卻非常小心地留著你寫的字條？」

「是的。聽說她死時手上抓著字條，我也嚇了一跳。」

「那麼，後來發生了什麼事？」

「我依照答應的時間前往，到橋邊時她已在那等著我。直到那一刻，才知道這個可憐的女人有多恨我。她就像個瘋婆子——事實上，我認為她真的瘋了，就像有些精神病患隱晦的瘋狂症狀中帶有的強烈自我欺騙，否則她怎麼能每天對我視若無睹，心中卻對我有如此強烈的恨意？我不想重述她說過的話，她用許多可怕的惡毒字眼將心中所有的狂烈憤怒宣洩出來，我甚至無法開口回應——我沒辦法。她的樣子讓我害怕，我用手指塞住耳朵然後跑開。我離開時，她還站在橋頭對著我尖叫詛咒。」

「就是後來她被找到的地方？」

「離那裡大概幾碼遠。」

「假設她在你剛離開就遇害，你沒聽到槍聲嗎？」

「沒有，我什麼都沒聽到。實際上，福爾摩斯先生，她的突然發狂讓我又氣又怕，因此我跑回自己的房間安靜一下，也不太可能注意到發生了什麼事。」

「你說你回自己的房間，直到第二天早上前，有出過房門嗎？」

「有的，有人來通報這可憐女人的死訊時，我和其他人一起跑了出去。」

「你看到吉布森先生了嗎？」

「有的。我看到他時，他正從橋邊走回來，他派人去找警察和醫生過來。」

「他的樣子是不是很煩亂？」

「吉布森先生堅強而內斂，我不認爲他是會將情緒外露的人。以我如此了解他，還是看得出這件事讓他大爲震驚。」

「接著我們來談最重要的一點。在你房間找到的手槍，你之前看過這東西嗎？」

「我發誓從沒看過。」

「是什麼時候找到的？」

「第二天早上，警方開始搜查的時候。」

「在你的衣服堆中？」

「是的，在我衣櫃底部的衣服堆下方。」

「你知不知這東西放在那裡多久了？」

「前一天早上還不在那裡。」

「你怎麼知道？」

「我整理過衣櫃。」

「這就是了。有人進了你房間，把手槍放在那裡，想要栽贓。」

「一定是這樣沒錯。」

「會是什麼時候？」

「一定是用餐的時候，或是和孩子一起在教室裡的時候。」

「你就是在那時候收到字條？」

「是的，從那時候開始，我整個上午都在那裡。」

「謝謝，鄧巴小姐。還有任何可能幫助我調查的線索嗎？」

「我想應該沒有了。」

「石橋上有些暴力破壞的痕跡——是新的痕跡，就在陳屍地點對面。對此你有什麼可能的解釋？」

「一定只是巧合吧。」

「奇怪，鄧巴小姐，非常奇怪。爲何在這悲劇發生的時刻出現？又爲什麼在這個位置？」

「是什麼造成的呢？一定要非常用力才能造成這樣的結果。」

福爾摩斯沒有回答。他蒼白急切的臉龐突然變得緊繃，神情遙不可及。我知道他正在運用他的超人天賦。由於他顯然正在思考某些非常重要的事，因此我們全都不敢出聲。我們坐在那裡，律師、犯人和我都看著他全神貫注地無聲沉思。突然間他從椅子上跳起來，全身充沛的精力讓他微微顫抖，想要立刻採取行動。

「來，華生，快來！」他叫道。

「怎麼回事，福爾摩斯先生？」

「別擔心，小姐，我會再告訴你。康明斯先生，在正義之神的幫助下，我會給你一個驚動全英國的大案。鄧巴小姐，明天你就會知道最新消息。同時相信我，雲霧已經散開，我有絕對的信心，眞相就要出現。」

從溫徹斯特到索爾莊園的路並不遠，但在我迫不及待的心情下，路程變得好漫長。對福爾摩斯來說，這段路更是似乎永無盡頭，心神不定的他根本坐不下來，不是在車廂裡來回走動，就是用修長靈敏的手指輕敲著身旁的椅墊。就在快到目的地時，他突然坐到我對面——我們坐的是頭等車廂的包廂席——雙手搭在我的膝頭，用他想要惡作劇時的調皮眼神看著我。

「華生，」他說：「我記得每次我們這樣出門查案時，你都會帶著槍。」

的確如他所說，因爲每次只要他全神貫注地思考問題，就會忘了自己的安危。我的左輪手槍便不只一次在需要時幫了大忙。我也提醒他這個事實。

「是的、是的，這種事我是不太放在心上。你到底有沒有帶你的左輪槍？」

我從外套口袋中拿出手槍，是把小巧但輕便實用的武器。他打開保險扣，倒出子彈，仔細檢查。

「它很重——出奇地重。」他說。

「是啊，相當紮實的產品。」

他默想了一會兒。

「你知道嗎，華生，」他說：「我相信你這把手槍與我們正在調查的謎題有非常密切的關係。」

「福爾摩斯，你在開玩笑吧！」

「不，華生，我非常認眞。我們要做個測試，如果測試成功，那一切就會眞相大白。測試結果就要看這把小型武器的表現了。拿出一顆子彈，再把剩下五顆裝回去，關上保險扣。好了！增加了一點重量，又像是原來的樣子了。」

我完全不知道他在想什麼，而他也不解釋，我們就坐在那裡想著事情，直到火車駛進小小的罕普郡車站。我們找來一輛快要解體的兩輪馬車，一刻鐘後就到了那位值得信賴的警佐朋友家。

「有線索？福爾摩斯先生，是什麼線索？」

「那就要看華生醫生的左輪手槍表現如何了，」我朋友說：「就是這個。警官，你現在能給我一條十碼長的繩子嗎？」

村裡的小店給了我們一球紮實的麻繩。

「有這些就夠了，」福爾摩斯說：「如果你願意一起來，我們現在就要展開這趟旅程的最後階段。」

太陽正在下沉，將罕普郡的荒野變成一幅神奇的秋日美景。警佐走在我們旁邊，眼中滿是疑慮與不信任的眼神，彷彿極度懷疑我同伴的神志是否清楚。當我們來到犯罪現場，看得出我的朋友在平時冷酷的外表下，其實內心正無比焦慮。

「是的，」他對我的觀察作出回答，「華生，以前你就看過我失手。對這類事我有種本能直覺，雖然有時還是會出錯。在溫徹斯特監獄中，這想法第一次閃過我腦中。活躍的心靈有個缺點，就是常會被不同的解釋給誤導。但是——但是——唉，華生，我們只能試試看了。」

我們一面走，他一面將繩子牢牢綁在左輪手槍的握把上。現在我們到了悲劇現場，在警佐的指示下，他仔細將屍體躺臥的位置標示出來，然後在石南和野蕨叢中找到一塊不小的石頭。他把繩子的另一頭綁在石頭上，讓石頭垂在石橋的欄杆外但不碰到水。他站在離橋有段距離的陳屍處，左輪槍握在手中，綁住武器和遠端石頭的繩子繃得很緊。

「就是現在！」他大叫。

話一出口他就把槍舉至頭部，接著讓槍脫手而出。一瞬間，槍被石頭的重量迅速拖走，撞上石橋欄杆，發出尖銳的撞擊聲，消失在另一邊的水中。幾乎在手槍還沒消失前，福爾摩斯就已跪在橋邊檢查，並為找到預期中的結果而發出歡呼。

「有比這更實在的示範嗎？」他叫道，「華生，你看，你的手槍解開了這個案子！」他一面說著，一面指向欄杆底部一個形狀與大小都與第一次相同的銼痕。

「我們今晚會住旅館，」他起身時繼續對著驚訝的警佐說：「當然了，你要去弄個爪鉤，應該很容易就能找到我朋友的左輪手槍，旁邊還會有另一把綁了石頭的槍。那槍屬於一個復仇心切，並想掩飾自己的罪行，再將謀殺罪名嫁禍到無辜者頭上的女人。你可以告訴吉布森先生，我明天早上會去看他，到時就可以來研究鄧巴小姐的無罪答辯了。」

這天晚上，我們坐在村中旅店抽著菸斗。福爾摩斯對我簡單說明了事情經過。

「華生，」他說：「把這起索爾橋謎案加入你的探案記錄中，恐怕對我的名聲不會有什麼幫助。結合想像與現實是我的思考技藝的基礎，但這次我在這點上表現得太遲鈍了。我得承認，橋上的銼痕就是通往真相的有力線索，這都要怪我沒有早點想到。

「我們也得承認，這個不快樂的女人，她的心理真是深沉而難以捉摸，要解開她的詭計可不是件簡單的事。在我們的探案經歷中，我想應該沒有比這段扭曲的愛情所導致的事件更奇怪的案子了吧。在她眼中，鄧巴小姐無論是她身體上或精神上的情敵，都同樣不可原諒。她無疑將丈夫為了抗拒她過度外放的熱情而採取的粗暴態度與惡毒言語，歸咎在一位無辜的女士身上。她想到的第一個解決方式是結束自己的生命，第二則是要將她的情敵捲入她的突然死亡中，讓她遭遇生不如死的慘況。

「我們現在知道了她採取的步驟，其中顯示出來的是個異常深沉的心靈。取得鄧巴小姐的字條，讓人以爲是她選擇了案發地點，這招確實聰明，但過度急於達到目的，使她最後在手中抓著字條這點做過了頭。這點早在最初就引起我的懷疑。

「然後她拿了丈夫的一把左輪手槍——正如你所見，那屋裡簡直是間兵工廠——這是給自己用的。再將另一把相似的槍先射掉一發子彈——她可以在森林裡開槍，如此才不會引人注意——那天早上再將這把槍藏在鄧巴小姐的衣櫃裡。她之後來到橋邊，設計出這極爲聰明的方法來擺脫這武器。當鄧巴小姐現身，她將最後的力氣用來傾洩所有的恨意，等鄧巴小姐走出聽力範圍之外，她就將這可怕的計畫付諸實行。每個環節都在正確的位置上，整件事就串起來了。報紙或許會問，那一開始爲什麼不打撈池塘。事後才說這種話當然很容易，除非知道要打撈什麼以及在哪裡撈，否則這麼一個長滿蘆葦的湖泊，打撈起來要花多少力氣。嗯，華生，我們幫助了一個了不起的女人和一個傑出的男人，未來如果他們能將彼此的力量結合起來——看來並非絕無可能——那麼金融界將會發現，尼爾．吉布森先生在悲傷的教室中終究學到了些人生的課程。」

*CASE 13*

# 福爾摩斯退場記

「我會讓你嘗到同等的報復，就算要用上下半輩子所有時間，也要向你討回來！」

「老調重彈，」福爾摩斯說：「過去這些年，這句話我聽過多少次了。這也是已故的可憐莫里亞蒂教授最愛的台詞，塞巴斯汀·莫倫上校也以這句話而出名，但我今天仍然活得好好的，繼續在南唐斯養我的蜜蜂。」

此刻是八月一日晚上九點鐘——歷史上最恐怖的八月。人們可能認爲，上帝的詛咒已濃重地籠罩在這墮落世界之上。四下寂靜無聲，炎熱滯悶的空氣中唯有人們隱約的期待。太陽早已落下，遙遠的西方天際卻仍如割開的傷口般一片血紅。天上是閃爍的星辰，下方則是港灣中的點點漁火，兩位身分顯赫的德國人站在花園小徑的石牆邊，身後是棟長而低矮、有著山形牆的屋子。他們低頭望向巨大白堊峭壁下方的寬闊海灘，那裡正是宛如流浪之鷹的馮・勃克四年前落腳之處。他們頭靠著頭，站在那裡低聲密語。再往下看，他們手上雪茄發亮的末端，彷彿惡魔燃燒的邪眼正望向黑暗中。

馮・勃克這人頗不尋常——德國皇帝身邊鮮有人能與他相比。首先，是他的特殊才能讓他被推薦來到英國，投入這項極爲重要的任務。接手這項任務後，在幾位核心人物的眼中，他的才能益發無法掩抑。其中一人就是現在在他身邊的拜倫・馮・赫林，大使館的主任祕書，他那一百匹馬力的賓士轎車正停在鄉間小路上，等著載它的主人回到倫敦。

「根據我對事件的研判，這星期內你恐怕就得回到柏林，」祕書說：「親愛的勃克，我很清楚最高層峰對你在此的工作評價。當你回去時，一定會爲所受的歡迎大感驚訝。」那祕書身形巨碩，體格高大魁偉，說起話來語調緩慢低沉，那是他政治事業的資本。

馮・勃克笑了起來。

「要騙過他們並不難，」他說：「很難想像有比他們更天眞單純的人。」

「這我就不知道了，」另一個人若有所思地說：「他們的底線十分特別，但你必須尊重這點。正是他們表面上的單純，讓陌生人容易掉入陷阱。一般人的印象是他們非常軟弱，等到突然受到強硬對待時，才會知道自己碰到了底線，這時就得認清事實做出改變，例如遷就並尊重他們孤僻的習性。」

「你是指『禮節合度』之類的事？」勃克嘆了口氣，彷彿爲此受過不少折磨。

「這是英國人對於他們古怪表面行爲抱持的偏見。我可以用自己捅的一個婁子當例子——我和你談這些，是因爲你對我在工作上的成就十分清楚。那是我第一次來這裡時，受邀到某位內閣成員的鄉間別墅度週末，許多人到了那裡，說起話來就口無遮欄了。」

「我知道這種情形。」勃克點點頭淡淡地說。

「沒錯。我自然將這些談話做了份摘要送往柏林。不幸的是，我們的好首相處理得太正式，回文批示說他已得知這些談話內容，從這份公文一路回溯，便可直指我是消息外洩的源頭。你不知道這對我造成多大的傷害。我向你保證，我們的英國主人遇上這種事可是不會手軟，我用了兩年時間才讓這事淡化下去。而你現在用喜愛運動的外表——」

「不、不！別說這是僞裝的姿態，這僞裝本身才是眞正的僞裝。我是出於本性，我愛運動，天生就是運動員。」

「那好，這樣就更有用了。你和他們一起駕駛遊艇、打獵、玩馬球，參與每一項運動，你的四駕馬車技術甚至能拿奧運獎牌。我還聽說你會跟年輕官員打整場拳擊。結果如何？現在沒人會跟你認眞，你就是個『不賴的老運動員』、『還不錯的德國佬』，一個能大口喝酒的俱樂部常客，到處吃得開，一個天不怕地不怕的人。現在全英國有半數玩家已把你這僻靜的鄉間別墅當作聚會場所，你也成了最活躍的歐洲情報員。天才，親愛的勃克——眞是天才！」

「你太抬舉了，拜倫。不過我敢說，我在這國家的四年中絕非沒有半點收穫。我還沒讓你看過我的小收藏室，不介意進來看看吧？」

書房的門直向著露台。勃克走在前頭，推門進去，打開電燈開關。後頭那體形魁梧之人進門後，他將門關上，小心拉緊格子窗前的厚重窗簾，直到所有預防措施都處理妥當後，他才將那如鷹般的黝黑臉孔轉向訪客。

「有些文件已經不在，」他說：「我太太和家人昨天離開此地前往弗萊辛時，先帶走一些較不重要的文件，其他這些我就必須請求大使館保護了。」

「你已被列爲使館的私人隨員，你和你的行李都不會有任何痲煩。當然，我們也有可能不必離開。英國有可能放棄法國，我們十分確定這兩國之間沒有任何條約束縛。」

「那比利時呢？」

「是的，比利時也一樣。」

勃克搖搖頭，「我看不出怎麼會有這種可能。他們之間一定有某種約定，她承受不起這種羞辱。」

「如此一來，她至少能得到短暫的和平。」

「但她的名譽呢？」

「嘖，這位先生，我們可是活在功利主義時代，名譽已是中世紀的概念了。再說英國也還沒準備好，這騙不了人的。我們徵收的五千萬戰爭稅就算沒將他們從夢中驚醒，我們的意圖也已經像是在《泰晤士報》上登廣告一樣路人皆知。有人聽到問題，我就有責任找出答案。有人焦躁不安，我就有責任安撫他們。我能向你保證，英國到目前爲止，舉凡重要事項——軍火儲備、防範潛艇攻擊的準備、炸藥的生產製造——沒有一項是準備好的。若眞是如此，英國要如何加入戰爭？特別是我們又挑起她與愛爾蘭之間的內戰，只要戰火一爆發，天曉得她還有多少力氣顧及家門外的事。」

「她總得顧及未來。」

「啊，那又是另一回事了。我相信未來我們對英國一定會有十分明確的計畫，到時你蒐集的情報就非常關鍵了。不管是今天或明天，如果英國佬今天動手，我們已經準備好了，如果是明天，我們的準備還更充足。他們要是聰明，就該和盟軍並肩作戰而非孤身迎敵，不過那是他們自己的事了，這個星期就將決定他們的命運。你剛才說到文件——」他坐進扶手椅，電燈照得他的禿頭發出亮光，他安詳地吐出雪茄煙霧。

這間擺滿書籍、飾有橡木壁板的房間中，遠處角落掛著一道簾幕。拉開簾幕，後方是個鑲銅邊的大保險箱。勃克從錶鍊上解下一把小鑰匙，在鎖頭上撥弄一陣後，拉開沉重的箱門。

「你看！」他說著一面稍微站開，用手一比。

燈光將打開的保險箱內部照得一清二楚，使館祕書的興趣完全被挑了起來，盯著裡面塞滿的一格格文件架。每個格子都有標籤，他邊看邊在口中喃喃唸道：「渡口」、「港口防務」、「飛機」、「愛爾蘭」、「埃及」、「普茲茅斯堡」、「英吉利海峽」、「羅西造船廠」及其他一連串標籤名，每個格子裡都塞滿文件和各式計畫。

「了不起！」祕書說著，放下手中的雪茄，輕輕拍著肥厚的手掌。

「全是這四年內的成績，拜倫。以一個成日喝酒玩樂的鄉紳來說，還算不錯吧。不過我蒐集的情報中，最重要的才正要到來，這格就是爲它準備的。」他指向標示著「海軍密碼」的一格說。

「但裡面已經有不少檔案了。」

「全是過時的廢物。英國海軍部不知怎麼警覺到了，改了所有密碼。這眞是大敗筆，拜倫——這是我整個任務中的最大挫敗。不過多虧我的支票簿和好人艾特蒙，今晚一切都將好轉。」

拜倫看了看錶，發出一聲失望的嘆息。

「唉，我眞的不能再坐下去。你應該可以想像，此刻英國保守黨一定已經展開行動，我們必須回到自己的崗位上。我原本希望你的成功出擊能讓我帶回一些新消息。艾特蒙說了何時會有消息嗎？」

勃克將一份電報推過去。

今晚必定前來。會帶上新的火星塞。

艾特蒙

「火星塞，嗯？」

「你也看得出來，他以引擎專家的身分作為掩護。我這兒有個裝備完整的車庫，我們之間都以需要的修車零件作爲暗號。當他提到散熱器，指的就是戰艦，汽油幫浦指的是巡洋艦，諸如此類的。火星塞指的就是海軍密碼。」

「中午從普茲茅斯寄出，」祕書檢視著郵戳，「對了，你付他多少酬勞？」

「這件特別任務是五百鎊。當然他平時就有固定薪水。」

「這貪婪的惡棍！這些賣國賊，他們雖然有用，但我痛恨他們敢拿這種帶血的髒錢！」

「我倒不討厭艾特蒙。他做得很好，只要付得夠多，他就能拿得出好東西，這是他自己說的。再說他也算不上是賣國賊，我能向你保證，即使拿我們最純正的德國貴族對英國的感覺和這個愛爾蘭裔美國人相比，也只是小意思而已。」

「哦，是個愛爾蘭裔美國人？」

「只要聽過他說話，你就不會懷疑了。有時候我還眞不了解他，他似乎不但討厭大英帝國，連英國國王也一併憎恨。你眞的得走了？他隨時可能會到。」

「不，很抱歉，但我已經待太久了。我們期待明天早上能見到你，等你從約克公爵的身邊偷到那本海軍密碼冊後，你在英國的任務也將畫上勝利的句點。哇！是匈牙利的托凱葡萄酒。」

他指著托盤上兩個高腳玻璃杯和一瓶積滿灰塵的密封葡萄酒。

「在你啓程之前，讓我爲你斟上一杯吧？」

「不，謝了。但這酒看起來眞不錯。」

「艾特蒙對酒的品味很不錯，他就很愛我的托凱。他是個不容易討好的傢伙，有些小事情上必須遷就他。我跟你說，我可是對他做過一番研究。」他們再次步向露台，露台遠端，拜倫的司機開始發動那輛大車，「我想那些燈火是來自哈維奇吧。」祕書說著，披上他的大衣。「看起來多麼寧靜祥和啊，一星期內也許會有其他燈光出現，英國海岸將不再平靜！如果齊柏林將軍的允諾實現的話，那麼連天堂也將不再平靜。那是誰？」

他們身後只有一扇窗亮著，裡面有盞油燈，旁邊有個臉色紅潤、戴著鄉村小帽的老婦坐在桌邊。她正弓著身子編織，不時停下摸摸旁邊凳子上的大黑貓。

「那是瑪莎，我唯一留下的僕人。」

祕書咯咯笑了起來。

「如此全神貫注，這樣安詳舒適的氛圍，可眞是英國女性的典型。好吧，再會了，勃克！」最後一次揮手後，他鑽進車內，片刻之後，車頭燈發出的兩道金色光束穿透黑暗。祕書靠向那輛豪華轎車內的舒適椅背，腦中只想著即將在全歐境內發生的悲劇，以至於車子在鄉間小路上迂迴穿行時，幾乎沒注意到一輛從對向交錯而過的福特小車。

當車燈的光芒終於在遠處消失後，勃克慢慢走回書房，途中看到那位老管家已經熄燈就寢。這棟大宅陷入一片寂靜黑暗中，這對之前有一大家子人在此的他來說，是個新的體驗。想到家人都已抵達安全之處，他鬆了口氣。除了廚房的老女僕外，整間屋子就只剩他一個。書房裡還有一大堆東西要清理，於是他起身行動，直到銳利英俊的臉龐被燃燒文件的火光映得又紅又熱。他的桌旁有個皮箱，他開始將保險箱內的東西整齊有序地裝入其中。他正開始動作時，敏銳的耳朵聽到遠處傳來的車聲。他滿意地嘆了口氣，用皮繩將皮箱綑好，關上保險箱並上鎖，快步走向露台，剛好看到一輛小車的燈光停在大門前。車上乘客鑽出車外，快步向他走來，至於那稍顯年長、體格壯實、蓄著灰鬚的司機，則像是經過長途駕駛後，終於能下車伸展四肢放鬆一下。

「怎麼樣？」勃克急切地問，跑上前迎向他的訪客。

那人將手上的棕色小紙包高舉過頭揮了揮當作回答。

「今晚你得雙手歡迎我了，先生，」他叫道，「我終於把上等培根帶回家了！」

「是密碼嗎？」

「和我在電報上說的一樣，所有的密碼：軍用旗語、燈號、馬可尼無線電報碼。不是原件而是複本，你介意嗎？拿原件太危險了，但這是眞貨，你絕對可以相信。」他像個老朋友般在這個德國人肩上重重一拍，後者身子微微一縮。

「進來，」他說：「屋子裡只有我，我就爲了等這個而留下來的。複本當然比原件好，要是原件失蹤，他們會把所有東西全部改過一遍的。你想這個複本夠安全嗎？」

這個愛爾蘭裔美國人走進書房，坐上扶手椅，將四肢伸展開來。他又高又瘦，年約六十，五官輪廓分明，蓄著一把山羊鬍，頗有漫畫裡山姆大叔的味道。他的嘴角叼著一支抽到一半的雪茄，一坐下就劃了根火柴重新點上。「準備搬走了？」他看看四周然後說：「我說，先生，」當他看到簾幕拉開後露出的保險箱時又說：「別跟我說你把文件都放在裡面？」

「有何不可？」

「天哪，這根本就是門戶大開！你還是他們公認的情報員呢！唉，一個美國小賊用把開罐刀就能把那玩意兒打開了。要是我知道我寫的任何信件就這麼隨便躺在那裡面，我一定是個傻瓜才會再寫信給你。」

「任何想染指這保險箱的賊都會被難倒的。」勃克答道，「沒有任何工具能鋸開這層金屬。」

「那個鎖呢？」

「不可能，這是個雙重鎖。你知道是怎樣的雙重鎖嗎？」

「說來聽聽。」這美國人說。

「你要同時用一組文字和一組數字才能把鎖打開。」他起身指向鎖孔周圍的兩道圓盤，「外面這個是文字，裡面的是數字。」

「哦哦，是這樣啊。」

「所以這不像你想的這麼簡單。這是我四年前訂做的，你猜我用的是什麼文字和數字？」

「這可難倒我了。」

「我用的文字是AUGUST（八月），數字是1914，正是現在這時候。」

美國人臉上露出驚訝與欽佩之情。

「哇，眞是聰明！你那時就想到這麼遠了。」

「是的，我們當中有幾個人在當時就推測中這日子，現在時候到了，明天一早我就離開這裡。」

「嗯，我想你也得爲我安排一下，我可不想自己一個留在這天殺的國家。我看不出一星期，英國就會展開行動了，我寧願隔岸觀火就好。」

「你不是美國公民嗎？」

「是啊，傑克．詹姆斯也是美國公民，還不是給關在波特蘭島？跟美國說你是美國公民一點屁用也沒有。他們會說『人在英國就得遵守英國法律』。先生，說到傑克．詹姆斯，在我看來，你似乎不太爲同伴伸出援手的啊。」

「你說什麼？」勃克尖銳地問。

「嗯，他們可是你找來的，不是嗎？你應該要照應他們，不讓他們失手。但他們眞失手時，你什麼時候幫過他們？這個詹姆斯——」

「那是詹姆斯自己的錯，你很清楚。他在工作上太固執己見了。」

「詹姆斯是個蠢蛋，這我同意。可是還有賀利斯。」

「那傢伙瘋了。」

「是，他到最後是有點糊塗了。但當一個人從早到晚都得面對上百個準備對付他的人時，是會被逼進瘋人院的。另外還有史坦納——」

勃克的反應十分激烈，原本紅潤的臉頰突然變得慘白。

「史坦納又怎麼了？」

「他們逮到他了，就這樣。他們昨晚對他的店展開突襲，現在他和他的文件全都進了普茲茅斯監獄了。你就要一走了之，這可憐的傢伙卻得扛下這些罪名，要是能保住老命就算運氣了。這就是爲什麼我要跟你一樣盡快出海離開。」

馮．勃克個性堅強且自制力頗高，但這時仍能輕易看出他被這消息震住了。

「他們怎麼可能找到史坦納？」他喃喃自語，「這眞是最糟的打擊了。」

「嘿，有個更糟的也快來了，我相信再過不久他們也要找上我了。」

「這不會是眞的！」

「當然是。我在弗萊登街的房東太太已經被人盤問，我一聽到這事，就知道得趕緊行動了。可是先生，我要知道的是那些條子怎麼會知道這些事？自從我開始爲你做事後，史坦納已是第五個被逮的人了，如果我不趕快行動，我就知道第六個會是誰了。你要怎麼解釋這些？幫你做事的人下場如此，你不覺得羞愧嗎？」

勃克的臉頓時漲得通紅。

「你竟敢對我說這種話！」

「如果我不敢說，那我就不會爲你做事了，先生。我會直接把我的想法告訴你。我從你們德國政客那裡聽說過，一旦密探完成工作，你們就會毫不吝惜地把他們甩掉。」

勃克猛然站起。

「你竟敢說我出賣自己手下的探子！」

「我不敢完全確定，先生，但一定有個內奸或臥底，現在全靠你去找出來了。不管怎樣，我是不會再冒險了。我要去荷蘭，越快越好。」

勃克壓下怒氣。

「我們合作了這麼久，實在不必在勝利即將到來前爭吵，」他說：「你冒了很大的風險完成許多了不起的任務，這我絕對不會忘記。你先去荷蘭，再從鹿特丹坐船去紐約，一星期後就再也沒有任何一條安全的航線了。把密碼冊給我，我好跟其他文件一起收進行李。」

美國人抓著那個小紙包，但沒做出交出去的動作。

「說好的錢呢？」他問。

「什麼？」

「鈔票。酬勞。五百鎊。那個砲手最後一刻跟我來陰的，我得多花一百鎊說服他，不然對你對我這件事都是一場空。他說『啥都不幹』，而且他是說眞的，但最後這一百鎊搞定了他。這事從頭到尾花了我兩百鎊，所以要是沒拿到我的錢，我是不會給你的。」

勃克的笑中帶著苦澀，「你對我的名譽似乎評價不高。」他說：「所以你要先拿到錢才肯交出冊子。」

「呃，先生，做生意就是這樣。」

「好，就依你。」他在桌前坐下，開始簽起支票，然後撕下，正要遞出時卻又收回。「艾特蒙先生，既然我們要照條件交易，我看不出爲何我對你的信任要比你對我來得多？你明白嗎？」他轉頭看向美國人，「支票放在桌上，但我要求要先檢查密碼冊，你才能把錢拿走。」

美國人一語不發，將紙包遞出。勃克解開繫繩和兩張包裝紙，然後坐下，在沉默中驚訝地凝視著面前的藍色小冊子。封面上以燙金字體印著《養蜂實用手冊》。這位間諜大師只對眼前這本完全無關的小冊子看了一眼，下一刻他的頸背便被某樣金屬物抵住，一塊沾了哥羅仿的海綿便罩上他扭曲的臉孔。

「再來一杯，華生！」夏洛克．福爾摩斯遞出手中的特優級托凱酒瓶。

那個身材壯碩的司機坐在桌邊，微帶急切地將酒杯往前推。

「眞是好酒，福爾摩斯。」

「這酒棒極了，華生。我們躺在沙發上那位朋友向我保證過，這酒是來自奧匈帝國皇帝的麗泉宮特藏酒窖。可以麻煩你把窗戶打開嗎？哥羅仿的味道和這好酒一點都不搭。」

保險箱已被打開，福爾摩斯將一格格的文件取出並迅速檢視，再整齊放入勃克的皮箱。那個德國人正在沙發上熟睡著，上臂和雙腿都被綑了起來。「不用急，華生，不會有人來打擾。可否麻煩按一下鈴，這屋裡只有老瑪莎，她把自己的角色演得極好。我剛接手這件事，就幫她在這裡找到工作。啊，瑪莎，你一定很樂意聽到一切都很順利。」

這位愉悅的老婦人出現在門口，她對福爾摩斯禮貌地一笑，但對沙發上的身影恐懼地瞥了一眼。

「沒事的，瑪莎，他完全沒受到傷害。」

「很高興聽到如此，福爾摩斯先生。算起來他是個仁慈的主人，昨天他還要我和他太太一起去德國。如此一來就破壞您的計畫了，是嗎，先生？」

「不錯，的確如此。只有你在這裡才能讓我安心，瑪莎。今晚我們等你的信號等了好一會兒。」

「是因爲那個祕書，先生。」

「我知道，他的車子和我們擦身而過。」

「本來我還以爲他不走了。我知道如果他留在這裡，就會壞了您的計畫。」

「是這樣沒錯。不過，直到我看到你熄燈，知道一切就緒爲止，也只多等了半個小時。瑪莎，明天你可以到倫敦的克萊麗緻飯店找我。」

「好的，先生。」

「我想你已經準備好離開了吧。」

「是的，先生。他今天寄了七封信，我照例把地址記了下來。」

「非常好，瑪莎。明天我會看看。晚安。」老婦人消失後他繼續說：「這些文件算不上太重要，當然，因爲其中的訊息早已送往德國政府。這些都是原件，無法安全送出國境。」

「所以這些都沒用了？」

「我還不能這麼快確定，華生，但至少能夠讓我們的人知道對方已經得知哪些訊息。我敢說，這些文件中有一大部分是透過我得來的，自然不用我多說，那些東西完全一文不值。能在晚年看到一艘德國巡洋艦因爲我提供的兵力布置圖而在索倫海峽航行，實在是一大樂事。而你，華生──」他停下手邊的工作，一手搭上老友的肩膀，「我還沒好好看看你呢。這些年你做什麼去了？看起來還是跟從前一樣快活啊。」

「我覺得又年輕了二十歲，福爾摩斯。我很少再像接到你的電報，要我開車到哈維奇和你碰面時那樣高興了。倒是你，福爾摩斯，除了那山羊鬍之外，你也沒怎麼變啊。」

「這是一個人能爲他的國家做出的一點犧牲，華生。」福爾摩斯說著，拉了拉那把鬍子，「明天過後，這就只是一場可怕的回憶而已了。等我修剪頭髮鬍鬚，五官做點改變後，明天我就能以變成這美國混蛋──請原諒，華生，我完美的英語似乎在接下這任務後就完全消失了──之前的樣子出現在克萊麗緻飯店了。」

「不過，福爾摩斯，你不是退休了嗎？聽說你已隱居到南唐斯一座小農場上，和你的蜜蜂與書籍過起另一種生活了。」

「的確是的，華生。這就是我賦閒生活的成果，是我近期的偉大作品！」他從桌上拾起那本小冊，將書名完整唸了出來：《養蜂實用手冊：隔離女王蜂實地觀察心得》。「這是我獨力完成的，是經過多少個夜晚的沉思加上多少白日勞動的成果。我就像當年觀察倫敦犯罪圈一樣地觀察這些小小的工作團隊。」

「但你又是如何復出的？」

「啊，這連我自己都覺得驚訝。外交部長我還能拒絕，但首相親自上門？事實上，華生，是因爲沙發上這個人比我們的人厲害太多。他太過高明，事情不斷出錯，我們的人卻不知原因爲何。我們對某些人起疑，也抓到一些密探，不過證據顯示幕後還有更強大的祕密勢力。我們必須將它揭發出來，有人對我施加極大的壓力，要我查出內幕。華生，整件事花了兩年時間，但也並非不緊張刺激。我號稱來自芝加哥，在水牛城的愛爾蘭地下社會中闖出名號，又爲史基柏倫的治安官帶來一大堆麻煩，最後終於引起馮・勃克手下的密探注意，覺得我是合適人選，因此將我引薦給他。你應該了解，整件事十分複雜。自從我取得他的信任後，他的大半計畫不明所以地失敗，手下最好的五個密探也進了監獄。我監視著他們，華生，一待時機成熟就逮住他們。啊，先生，希望你還好吧！」

最後一句他是對著馮・勃克說的，後者一陣喘氣並奮力睜眼後，便靜靜躺在那裡聆聽福爾摩斯的說明。這時他爆出一串德語怒罵，臉部因激動而漲紅。福爾摩斯在他的犯人咒罵聲中，繼續快速檢視那些文件。

「雖然欠缺音樂感，但德語顯然是所有語言中最具表達能力的。」當勃克因疲倦而暫停時，他說：「唉呀！唉呀！」他仔細檢視角落裡的一本圖冊，放進皮箱前又說：「這些又能讓我們把另一隻鳥兒抓進籠子了。雖然我留意很久了，但還不知道這主計官是這麼個無賴。馮・勃克先生，你有一大堆事情得解釋了。」

這位犯人掙扎地在沙發上勉強坐了起來，用混雜著驚訝與恨意的眼神盯著抓到他的人。「我會讓你嘗到同等的報復，艾特蒙！」他思索一番後慢慢地說：「就算要用上下半輩子所有時間，也要向你討回來！」

「老調重彈，」福爾摩斯說：「過去這些年，這句話我聽過多少次了。這也是已故的可憐莫里亞蒂教授最愛的台詞，塞巴斯汀・莫倫上校也以這句話而出名，但我今天仍然活得好好的，繼續在南唐斯養我的蜜蜂。」

「我詛咒你，你這個雙面諜！」這德國人繼續大叫，一面拉扯身上的繩子，憤怒的眼中一面投射出直欲置人於死的凶光。

「不、不，情況沒那麼糟，」福爾摩斯微笑說道：「從我剛才的說明中，你應該能夠了解，來自芝加哥的艾特蒙先生實際上並不存在。我只是使用這名字，而他現在已經消失了。」

「那你又是誰？」

「我是誰真的並不重要，但你既然這麼感興趣，馮・勃克先生，我可以告訴你，這不是我第一次與你家族中的成員碰面。過去我在德國處理過不少事情，你對我的名字或許還相當熟悉。」

「我想要知道。」這個普魯士人堅持想要知道。

「你的堂兄漢利希出任帝國大使時，是我讓艾琳・艾德勒與前波西米亞國王分手，也是我讓你母親的哥哥，葛芬史坦伯爵免於死在克勞普曼虛無主義者手中。也是我——」

勃克驚訝地坐直身子。

「那只可能是一個人。」他叫道。

「的確如此。」福爾摩斯說。

勃克呻吟著倒回沙發上，「那些情報大多出自你手中，」他叫道，「那還有什麼用？我到底做了什麼？這下我徹底毀了——」

「那些情報的確不完全值得信任。」福爾摩斯說：「那些東西需要查證，但你沒那麼多時間。你們的海軍上將也許會發現，他將面對的大砲比預期來得大一些，巡洋艦的速度也會快一點。」

勃克絕望地掐住自己的脖子。

「還會有許多細節無疑會在適當時機曝光。不過，馮・勃克先生，你有種德國人少見的特質，你是個運動家。當你明白，過去你憑著機智擊敗許多人，如今輪到你被擊敗，這樣想想，也許對我就不會有那麼強的敵意了。最後，你爲你的國家盡了一己之力，我也爲我的國家做了最大的努力，還有比這更自然的事嗎？此外，」他輕輕將手放在這沮喪之人的肩上繼續說：「現在這樣，總比落在那些卑鄙的角色手上要好。華生，這些文件都檢查完了，請你過來幫我帶犯人上車，我們立刻就能動身前往倫敦了。」

搬動勃克並不容易，因爲他很強壯，又一面拚命掙扎。最後，我們兩人挾著他很慢地走下花園小徑。不過幾小時前，他才在此驕傲地接受一位著名外交家的恭賀。經過最後一陣短暫掙扎後，他終於被塞進那輛小車的後座，手腳仍然綁著，他的那只皮箱也被塞在身旁。

「我想在情況許可之下，你這樣還算舒適吧。」一切處理妥當後，福爾摩斯說：「如果我點支菸放進你嘴裡，這樣算是侵犯人身自由嗎？」

然而這些示好之舉用在這憤怒的德國人身上，全都是浪費。

「我想你應該明白，福爾摩斯先生，」他說：「如果你的政府允許你的這些作爲，那是會引發一場戰爭的。」

「那你的政府和這些作爲又怎麼說呢？」福爾摩斯輕拍著皮箱說。

「你只是普通公民，沒有權力逮捕我，這一切都是非法而粗暴的行爲。」

「絕對是如此。」福爾摩斯說。

「你綁架了一個德國人。」

「而且還竊取了私人文件。」

「呃，你和你的助手既然了解你們的處境，如果待會兒經過村莊時我大叫求助——」

「親愛的先生，如果你做出這種傻事，那你只會成爲村中的新路標兼旅店的新招牌『被吊的普魯士佬』。英國人很有耐性，但目前他們的火氣也被激起來了，所以你最好別以身相試。不，馮．勃克先生，你最好安靜、理智地和我們一起上蘇格蘭場。在那裡，你可以試著聯絡你的朋友拜倫．馮．赫林，也許會發現他已不再爲你保留使館隨員的位置。至於你，華生，據我所知，你要回到你的診所，而回倫敦也算順路。陪我在露台上站一會兒吧，也許這是我們最後一次能這樣安靜地聊天了。」

兩位好友親密地聊了一會兒，再次回憶過往的時光。他們的犯人則繼續徒勞掙扎著想擺脫綑住他的繩子。他們轉身走向車子時，福爾摩斯指著身後灑滿月亮的海面，若有所思地搖搖頭。

「要吹東風了，華生。」

「我不這麼認爲，福爾摩斯。天氣太暖和了。」

「好個老華生！你是這個動盪時代裡唯一不變的定點。東風就要吹起，只是還沒吹到英國。它將寒冷刺骨，華生，我們之中的許多人也許在它還未發威之前就會凋萎。但這是上帝的旨意，當風暴過後，陽光之下將是一片更乾淨、更肥沃、更強壯的土地。開動吧，華生，該是我們上路的時刻了。我有張五百鎊的支票要及早兌現，因爲開票人將會用盡一切方法止付。」[1]

---

1 故事一開始所說的「歷史上最恐怖的八月」，正是第一次世界大戰爆發的一九一四年八月，此時福爾摩斯已經六十一歲，五十歲那年他便已宣告退休蝸居鄉間養蜂，直到此案才復出為國效力。作品發表當時為一九一七年，真實世界的英國還處於戰爭的恐懼陰霾中，故事結尾藉由福爾摩斯樂觀、積極的口吻，帶給當時的讀者無窮的慰藉與希望。

# 福爾摩斯與13個謎


作　　者——（英）亞瑟・柯南・道爾（Arthur Conan Doyle）
譯　　者——程道民
封面繪圖——AKRU
封面設計——萬勝安
企畫主編——許鈺祥
責任編輯——許鈺祥
行銷業務——王綬晨、邱紹溢、劉文雅
行銷企劃——黃羿潔
副總編輯——張海靜
總 編 輯——王思迅
發 行 人——蘇拾平
出　　版——如果出版
發　　行——大雁出版基地
地　　址——231030 新北市新店區北新路三段207-3 號5 樓
電　　話——（02）8913-1005
傳　　眞——（02）8913-1056
讀者服務信箱E-mail andbooks@andbooks.com.tw
劃撥帳號 19983379
戶　　名 大雁文化事業股份有限公司
印　　刷——中原造像股份有限公司
出版日期——2024年7月 二版
定　　價——380 元
ISBN 978-626-7498-14-9





歡迎光臨大雁出版基地官網
www.andbooks.com.tw

國家圖書館出版品預行編目資料

福爾摩斯與13個謎 / 亞瑟・柯南・道爾
（Arthur Conan Doyle）著；程道民譯. -- 二版.
-- 新北市：如果出版：大雁出版基地發行,
2024.07
　冊；　公分
ISBN 978-626-7498-14-9（平裝）

873.57　　　113009338


如果